U0058944

晚清新小說簡史

The
History
of
Late Qing Fiction

歐陽健

著

「秀威文哲叢書」總序

自秦漢以來，與世界接觸最緊密、聯繫最頻繁的中國學術非當下莫屬，這是全球化與現代性語境下的必然選擇，也是學術史界的共識。一批優秀的中國學人不斷在世界學界發出自己的聲音，促進了世界學術的發展與變革。就這些從理論話語、實證研究與歷史典籍出發的學術成果而言，一方面反映了當代中國學人對於先前中國學術思想與方法的繼承與發展，既是對「五四」以來學術傳統的精神賡續，也是對傳統中國學術的批判吸收；另一方面則反映了當代中國學人借鑒、參與世界學術建設的努力。因此，我們既要正視海外學術給當代中國學界的壓力，也必須認可其為當代中國學人所賦予的靈感。

這裡所說的「當代中國學人」，既包括居住於中國大陸的學者，也包括臺灣、香港的學人，更包括客居海外的華裔學者。他們的共同性在於：從未放棄對中國問題的關注，並致力於提升華人（或漢語）學術研究的層次。他們既有開闊的西學視野，亦有扎實的國學基礎。這種承前啟後的時代共性，為當代中國學術的發展提供了堅實的動力。

「秀威文哲叢書」反映了一批最優秀的當代中國學人在文化、哲學層面的重要思考與艱辛探索，反映了大變革時期當代中國學人的歷史責任感與文化選擇。其中既有前輩學者的皓首之作，也有學界新人的新銳之筆。作為主編，我熱情地向世界各地關心中國學術尤其是中國人文與社會科學發展的人士推薦這些著

述。儘管這套書的出版只是一個初步的嘗試，但我相信，它必然會成為展示當代中國學術的一個不可或缺的窗口。

韓晗

2013年秋於中國科學院

目次 │ CONTENTS

一、晚清新小說的生成

一

著名學者阿英說：「晚清小說，在中國小說史上，是一個最繁榮的時代。」（《晚清小說史》第1頁，作家出版社1955年第一版）《中國通俗小說總目提要》著錄1901年至1911年白話小說529部，幾乎占自唐代至清末總量1164部的一半，證明這一判斷是準確的。導致晚清小說繁榮的原因是什麼？阿英概括為以下三條：

第一，是由於印刷事業的發達，尤其是石印和鉛印技術的引進，沒有從前刻書難的問題，加上新聞事業的發達，報刊需要廣載小說，在應用上需要多量產生。

第二，是由於當時知識階級受西洋文化的影響，從社會意義上認識了小說的重要性，創作熱情空前高漲。

第三，是由於清室屢挫於外敵，政治上又極窳敗，大眾知道政府不足於有為，遂寫作小說，以事抨擊，並提倡維新與革命。

這一問題，關係到晚清小說實質與價值的判斷，故需多問幾個為什麼。以第一個原因來說，印刷術是出版的物質基礎，但不構成晚清小說繁榮的直接原因。如石印自光緒二年（1876）開始採用，確實促進了印刷業的發展。英人美查在上海設點石齋，石印《康熙字典》十萬部；廣東人徐鴻復等先後開設同文書局和拜石山房，石印《二十四史》等。按說，更易獲利的小說亦應大量

刊印；然而，自光緒元年至光緒二十五年（1875-1899），共出版小說79部，每年平均3部。可見印刷術的發達，與小說的繁榮並無必然聯繫。

從傳播學的角度來考察晚清小說，越來越受到研究者的青睞。他們強調，晚清的第一媒體是報刊，它使小說的生產過程與發表形式發生了質的變化。晚清小說理論的創導者利用報刊宣傳、抬高小說的地位，賦予其革新政治的使命。有理論的支持，有大量的作者群，有連續快速的載體，晚清小說便蓬勃發展起來。

應該承認，晚清報刊在政治、經濟、文化變遷中，確實扮演著重要角色，但不能將報刊看作晚清小說發展繁榮的基本動力。首先，報刊的興盛不是孤立的，它是中國社會發展到一定階段的產物。古代雖然有「邸報」、「京報」，那並不是現代的新聞事業。嘉慶二十年（1815）第一份中文報刊《察世俗每月統紀傳》，不出版於中國而出版於馬六甲，表明其時中國還沒有起碼的政治自由和言論自由，也沒有容納報刊的社會制度。鴉片戰爭後，在華外國人創辦的中文報刊開始在內地出現，如寧波1854年的《中外新報》、上海1857年的《六合叢談》、1861年的《上海新報》、1872年的《申報》等。中國人自辦的報紙，最早有漢口1873年的《昭文新報》和上海1874年的《彙報》、香港的《循環日報》等。而報刊的大量創刊和廣泛發行，尚有待於官方控制的放鬆與社會機制的變化。

其次，傳媒作為一種工具和手段，是要由具體的人來承辦的；報刊的宗旨是什麼，它要傳播什麼信息，同樣是要由具體的人來決定的。從根本上講，仍然取決於社會的發展與時勢的轉移。早期報刊的內容多是社會新聞與商業新聞，並不涉及敏感

的政治。從1872年起，《瀛寰瑣記》、《侯鯖新錄》、《海上奇書》等文學性刊物先後創刊，所載的多是文言小說，並沒有新的時代氣息。刊登有時代特徵的小說作品的白話報刊，如《杭州白話報》、《中國白話報》、《演義白話報》、《安徽俗話報》、《蘇州白話報》等，是二十世紀初應時而生的。其宗旨是宣傳維新與革命，構成傳播活動的主旋律。從1902年梁啟超創辦《新小說》以後，晚清專門小說報刊遂風起雲湧，正如黃摩西《小說林發刊詞》所說：「今之時代，文明交通之時代也，抑亦小說交通之時代乎？」「小說交通之時代」的產生，是不能從小說自身或媒體自身尋找原因的。

再說第二個原因。中國的知識界受西方文化的影響，若從1840年鴉片戰爭算起，到十九世紀末已度過了漫長的60年。隨著西學的輸入，思想界學術界開始發生變化，詩歌散文等文學樣式也有不同程度的變革；但在小說創作領域內，卻聞不到一點受西方文化影響的氣息。道光二十年至同治十三年（1840-1874）的35年中，只創作出版了54部小說，且全是傳統型的人情小說《兒女英雄傳》、《繡球緣》，神怪小說《升仙傳》、《鬼神傳》，歷史小說《群英傑》、《鐵冠圖》，公案小說《小五義》、《彭公案》之類，無論是思想內容還是藝術形式，和古小說都沒有質的不同。由此可見，小說的發展變化自有其特點和規律，並不必定與歷史發展變化完全重合和同步。

第三個原因，「大眾知道政府不足於有為，遂寫作小說以事抨擊」云云，實源於魯迅：「光緒庚子（1900年）後，譴責小說之出版特盛。蓋嘉慶以來，雖屢平內亂（白蓮教，太平天國，撚，回），亦屢挫於外敵（英、法、日本），細民暗昧，尚啜茗聽平逆武功，有識者則已翻然思改革，憑敵愾之氣，呼維新與愛

國,而於『富強』尤致意焉。戊戌變政既不成,越二年即庚子歲而有義和團之變,群乃知政府不足與圖治,頓有掊擊之意矣。」(《中國小說史略》)魯迅把眼光投向庚子(1900)以後,以為小說創作至此而「特盛」,是很有見地的。但庚子國變的直接結果,並沒有熄滅「有識者」使中國臻於富強的希望,相反,它恰恰預示著新的改革時期的來臨,也釀就了晚清小說的繁榮。種種事實提示我們:1901年一定有重大歷史事變發生,它推動了報刊的發展,左右了作家的心靈,進而影響了小說自身的演進軌跡。

這個歷史性事變是什麼呢?就是清廷1901年開始的改革。正是這場改革,給小說的繁榮帶來了生機。

清廷的改革決心,是以「巨額之代價」換來的。梁啟超1901年說:「庚子八月,十國聯兵,以群虎而搏一羊,未五旬而舉萬乘,乘輿播蕩,神京陸沉,天壇為芻牧之場,曹署充屯營之帳,中國數千年來,外侮之辱未有甚於此者也。」(〈本館第一百冊祝辭並論報館之責任及本館之經歷〉,《清議報全編》第一冊)庚子國變造成了全民族的災難,加重了全民族的危機感,最高統治者經歷了播遷逃亡、豆粥難求的苦難,以巨額代價,增一層見識:「時經大創後,太后已恍然於國家致弱之原因,知此後行政之方針,不能不從事於改革,以圖補救,乃以決行新政之諭旨,佈告中外。」(黃鴻壽:《清史紀事本末》卷六十九)這就是光緒二十六年十二月丁未(1901年1月29日)在西安發布的諭旨,其中說:「自播遷以來,皇太后宵旰焦勞,朕尤痛自刻責。深念近數十年來,積弊相仍,因循粉飾,以致釀成大釁。現正議和,一切政事,尤須切實整頓,以期漸致富強。懿訓以為:取外國之長,乃可去中國之短;懲前事之失,乃可作後事之師。」(《光緒朝東華錄》總4601頁)諭旨猛烈抨擊「祖宗成法」,號召效行

西法，「嚴祛新舊之名，渾融中外之跡」，且對僅學其「語言文字製造機械」等皮毛進行批評，提出「法積則敝，法敝則更，惟歸於強國利民而已」的方針，要求「軍機大臣大學士六部九卿出使各國大臣各省督撫，各就現在情弊，參酌中西政治，舉凡朝章國政、吏治民生、學校科舉、軍制財政，當因當革，當省當併，如何而國勢始興，如何而人才始盛，如何而度支始裕，如何而武備始精，各舉所知，各抒所見，通限兩個月內悉條議以聞，再行上稟慈謨，斟酌盡善，切實施行」，顯得頗有生氣。

這道諭旨的頒布，揭開了晚清改革的序幕。從此，清政府主持了一場大規模的社會改革運動，其內容包括廢除科舉、創辦學堂、獎勵留學、擴展新軍、興建鐵路、發展實業、改革法制及推行地方自治和立憲政治等等，涉及中國的政治、經濟、社會、文化、教育、軍事、法律等廣闊領域，使中國的政治生活與社會風俗朝著現代化方向挺進。蔣廷黻《中國近代史》評價說：「戊戌年康有為要輔助光緒帝行的新政，這時西太后都行了，而且超過了。」（第90頁，岳麓書社1987年版）慈禧太后此舉，自然是為了維護統治地位，但又確實實行了一場有內涵的改革，反映了時代之變，潮流之變，清政府施政方針不得不變的歷史趨勢；惟此之故，「振刷精神，力祛積弊」、「實事求是，共濟時艱」，已成為當時諭旨和奏摺頻率最高的用語。

由煌煌上諭所確認的作為國策的改革，是以清王朝的權威性合法性為前提的，即便是當年扼殺戊戌變法的頑固派，也不敢抗拒這種潮流。對廣大民眾來說，亂後思治，改革決策受到了普遍歡迎。梁啟超1901年10月《維新圖說》提到，其時維新之語，「彌漫磅礴於國中，無論為帝、為后、為吏、為士、為紳、為商」，均以維新為時尚，「吾昔見中國言維新者之少也而驚，吾

今見中國言維新者之多而益驚」，反映出社會的普遍心態。對於改革的前途，許多人是寄予希望的。有一篇文章說：「中國維新之機，西太后挫之於北京，張之洞戕之於漢口，義和團阻之於直省，震旦新機宜其絕，中國國命宜其死矣，而維新之氣焰不少減，反有挾浪乘風、披靡中原之勢，是非所謂外形敗而實勝耶？」（趙振：〈說敗〉，《清議報》第八十七冊，1901年）

正由於改革出於最高統治者的倡導，維新報刊方能如雨後春筍般湧現，熱情宣傳愛國救亡，鼓吹開明智、興民權，呼籲發展教育，振興實業，傳播科學知識，反對迷信，抨擊三從四德，提倡婦女解放，介紹西學，批評時政：從而形成了席捲全國的改革維新的時代潮流。況且改革的要旨是「取外國之長」以「去中國之短」、「懲前事之失」以「作後事之師」，且須「參酌中西政要」、「當因當革，當省當並」，「或取諸人，或求諸己」，「各舉所知，各抒所見」，思想的禁錮（這一禁錮對於剛剛鎮壓了康梁變法的時代來說，是極為嚴厲的）被打破了，作家敢於揭露時弊，議論朝政了；同時，改革自身的運作也使社會現實發生了前所未有的大變動，因而為小說創作提供了豐富新穎的素材；作為感應的神經，改革小說的湧現乃必然之趨勢。文學的自由局面，文學觀念的全面更新，都是有別於歷史上任何時代的。大眾傳媒的興盛又建構了「國民意識」，製造了大眾品味，這就為晚清小說的繁榮造就了主客觀兩方面的條件。

二

自阿英《晚清小說史》於1937年初版，「晚清小說」的概念便為多數學者所沿用，但其定義至今仍處於朦朧之中。那種將1840年作為開端，以便與所謂「近代」保持一致的做法，已為

多數學者所摒棄。現在的分歧將其發端或定在1895年，或定在1897年，或定在1900年，或定在1902年，時間上的出入似乎並不大，關鍵乃在劃分的標準。「晚清小說」不等於「晚清時期的小說」，縈繞著作者心靈牽引著讀者情感的，多是與民主富強相關的理想，它在本質上是有別於傳統小說的「新小說」，是廣大新小說家在被嚴復稱為「吾國長進之機」（〈與外交報主人論教育書〉，《外交報》第九期，1902年5月2日）的形勢下所交的一份愛國主義的答卷。作為中國小說嶄新階段的「晚清小說」的正式揭幕，要歸功於梁啟超倡導的「小說界革命」及他創辦的《新小說》雜志。

梁啟超（1873-1929），字卓如，號任公，別署飲冰室主人，廣東新會人。光緒十五年（1889）舉人。光緒二十一年（1895），隨康有為發動「公車上書」，先後任《中外紀聞》主筆、《時務報》總撰述，積極宣傳維新變法。1897年9月，他在《蒙學報演義報合序》中說：「西國教科書最盛，而書以遊戲、小說者尤夥，故日本之變法，賴俚歌與小說之力。蓋以悅童子，以導愚氓，未有善於是者也。」戊戌變法失敗流亡日本後，梁啟超有更多時間來考慮小說問題。1898年11月，創辦《清議報》於橫濱，中有「政治小說」一欄。《清議報》12月23日刊梁啟超《譯印政治小說序》，引英名士某君「小說為國民之魂」之言，且謂：「彼美、英、德、法、奧、意、日本各國政界之日進，則政治小說為功最高焉。」作為政治流亡者，梁啟超對慈禧太后是深惡痛絕的，《戊戌政變記》針對因「內憂外患之急如此」，推測慈禧「或鑒於時局而悟改革之理」，採取斷然否定的態度，說：「西后之心，只知有一身，只知有頤和園，只知有閹豎，而不知有國，不知有民；既不知有國，不知有民，而欲其為國為

民圖幸福，烏可得也！」然而，一旦看到國內新的改革形勢，他的心境就起了明顯的變化。他在1901年12月寫道：「十九世紀與二十世紀交點之一剎那頃，實中國兩異性之大動力相搏相射，短兵緊接，而新陳嬗代之時也。今年以來，偽維新之詔書屢降，科舉竟廢，捐例竟停，動力微蠢於上；俄人密約，士民集議，日本遊學，簽簽紛來，動力萌蘗於下：故二十世紀之中國，有斷不能以長睡終者，此中消息，稍有識者所能參也。」（〈本館第一百期祝辭並論報館之責任及本館之經歷〉，《清議報全編》第一冊）梁啟超雖稱清廷改革為「偽維新」，但並不曾減弱自己的關切之情。作於1902年10月的〈敬告當道書〉說：「某竊觀一、二年來，諸君中仰首伸眉，言維新言改革者踵相接，吾不禁躍然以喜；乃日日延頸以企，拭目以俟，一一詳考諸君所行維新之實際，吾不禁盡然以憂。」當慈禧太后似乎已經充當康梁變法的「遺囑執行人」，將二、三年前被她扼殺的維新改革一一從頭實施的時候，梁啟超的心情是很複雜的：一方面，他對慈禧太后「下罪己之詔，布更始之諭」，宣佈實行改革維新的決策，是歡迎的；另一方面，他又清醒地意識到，當道者有可能將改革半途而廢或墮為騙局的危險，嚴正提出：要改革就必須「以實不以文，以全不以偏，以決斷不以優柔」，並警告說：「時勢者，可順而不可逆者也，苟其逆之，則愈激而愈橫決耳；機會者，可先不可後者也，苟其後之，則噬臍而無及耳。」（《新民叢報》第十八期）假改革，必然激起更大的風潮，卒致身敗名裂，國家危亡；而改革的關鍵與核心，在於廢除專制政治，代之以民主立憲。

正因為如此，作為改革事業的「過來人」，梁啟超對於國內的改革新形勢，不是簡單地加以「響應」，為之鼓吹吶喊，而是

懷著沉重的歷史感和卓越的預見性，從戊戌變法失敗的痛苦思索中，更從對西方社會科學理論和實踐的廣泛考察中，提出了「欲維新吾國，當先維新我民」的「新民」的主張。他說：「夫吾國言新法數千年而效不睹者，何也？則於新民之道未有留意者也。今草野憂國之士，往往獨居深思，歎息想望曰：『安得賢君相，庶拯我乎？』吾未知其所謂賢君相，必如何而始為及格。雖然，若以今日之民德、民智、民力，吾知雖有賢君相而亦無以善其後也。」（〈新民說・論新民為今日中國第一要務〉，《新民叢報》第一期，1902年2月）本著「新民為今日中國第一急務」的認識，梁啟超鼓吹辦報為國民之向導，進行廣泛的啟蒙教育，而小說，則是他找到的「新民」的最好武器。

　　光緒二十八年十月十五日（1902年11月14日），我國最早的小說期刊《新小說》在日本橫濱創刊；梁啟超撰寫的發刊詞《論小說與群治之關係》及他創作的第一部嚴格意義上的「新小說」《新中國未來記》，都發表在創刊號上，標誌著晚清新小說的正式降生。

　　《新民叢報》十四號（1902年8月18日）刊〈中國唯一之文學報《新小說》〉，實為《新小說》之發刊詞，其要點包括宗旨：「專在借小說家言，以發起國民政治思想，激勵其愛國精神。」語言：「文言俗語參用；其俗語之中，官話與粵語參用；但其書既用某體者，則全部一律。」內容：圖畫、論說、歷史小說、政治小說、哲理科學小說、軍事小說、冒險小說、探偵小說、寫情小說、語怪小說、札記體小說、傳奇體小說（戲劇）、世界名人逸事、新樂府、粵謳及廣東戲本等。《新小說》第一年第一號刊出〈本社徵文啟〉，云：「本社所最欲得者為寫情小說，惟必須寫兒女之情而寓愛國之意者，乃為有意者，乃為有益

時局。又如《儒林外史》之例，描寫現今社會情狀，藉以警醒時流，矯正弊俗亦佳構也。」吳趼人的投稿，顯然是〈徵文啟〉的作用。雜誌至光緒三十一年（1905）終刊，共出24期，發表創作小說8部，雨塵子的《洪水禍》、嶺南羽衣女士的《東歐女豪傑》、玉瑟齋主人的《回天綺談》，及吳趼人的《痛史》第1-27回、《二十年目睹之怪現狀》第1-45回、《九命奇冤》第1-36回，瑣頤的《黃繡球》第1-26回。另有楚卿（狄平子）的《論文學上小說之位置》、松岑（金松岑）的〈論寫情小說於新社會之關係〉等論文，在晚清小說史上都是值得大書特書的。對於刊物的訂閱、發行，也都有一套可操作的辦法，堪稱成功的範例。

〈論小說與群治之關係〉是「小說界革命」的綱領性論著，開宗明義即云：「欲新一國之民，不可不先新一國之小說。故欲新道德，必新小說；欲新宗教，必新小說；欲新政治，必新小說；欲新風俗，必新小說；欲新學藝，必新小說；乃至欲新人心，欲新人格，必新小說。何以故？小說有不可思議之力支配人道故。」結尾則云：「今日欲改良群治，必自小說界革命始；欲新民，必自新小說始。」從此豎起了「新小說」的旗幟。「新民」、「教育國民」的目的，是為了「養成一國之人，使有可以為立憲國民之資格」；是為了喚起民眾，以主人翁姿態投身於改革的偉業。自覺地肩負起「新民」重任的晚清小說，不僅與一切以「勸善懲惡」為主旨的傳統小說劃清了界限，也獲得了與晚清詩歌完全不同的稟賦。自鴉片戰爭以來，中國詩壇上幾乎沒有一位純粹的詩人。那些在文學史上受到稱道的詩人，他們的主要身分多半是政治家、外交家、軍事家和思想家，他們只是在正業之餘，吟詠情性，發而為詩；詩人不是他們的職業，詩作也不代表他們的主要成就。小說家就完全不同了。寫小說，主要是為了給

人讀的，是為了影響別人的。無意成詩人，有心為作家。「新民」的任務，既如此神聖而又迫切，小說被譽為「文學之最上乘」，由被輕視的「末技」而一躍為「文壇盟主」（老棣：〈文風之變遷與小說將來之地位〉，《中外小說林》第一年第六期，1907年），進而吸引更多的人投身小說創作，甚至成為職業的作家。

三

「新小說」的旗幟，順應了歷史的潮流，立刻獲得了廣泛而熱烈的響應。繼《新小說》雜志而起的，有1903年5月創刊的《繡像小說》。〈編印《繡像小說》緣起〉說：「歐美化民，多由小說；搏桑崛起，推波助瀾。其從事於此者，率皆名公鉅卿，魁儒碩彥。察天下之大勢，洞人類之頤理，潛推往古，豫揣將來，然後抒一己之見，著而為書，以醒齊民之耳目。或對人群之積弊而下砭，或為國家之危險而立鑒，揆其立意，無一非裨國利民。支那建國最古，作者如林，然非怪謬荒誕之言，即記汙穢邪淫之事；求其稍裨於國、稍利於民者，幾幾乎百不獲一。夫今樂而忘倦，人情皆同，說書唱歌，感化尤易。本館有鑒於此，於是糾合同志，首輯此編。遠摭泰西之良規，近挹海東之餘韻，或手著，或譯本，隨時甄錄，月出兩期，借思開化夫下愚，遑計貽譏於大雅。」《繡像小說》的宗旨是「醒齊民之耳目」、「開化夫下愚」，與「新民」、「教育國民」，是同一個意思；但它所刊載的小說，不像《新小說》那樣從正面宣傳改革與立憲，而著重於「對人群之積弊而下砭」和「為國家之危險而立鑒」：後一方面，寫國家之危險，是為了反襯改革的緊迫性，命意比較顯豁；前一方面，對人群之積弊（包括政府與民間）而下砭，也是改革

事業題中應有之義。改革所要克服的，正是這種種的「積弊」，而諸如此類的「積弊」本身，又恰恰是改革的障礙和阻力。「揭發伏藏，顯其弊惡，而於時政，嚴加糾彈，或更擴充，並及風俗」，就是為了證明改革的必要性和迫切性，並為改革掃蕩障礙。這類揭露專制政體弊惡的小說，一時成為一股洶湧的潮流，晚清的幾大小說名著《官場現形記》、《文明小史》、《二十年目睹之怪現狀》、《老殘遊記》、《孽海花》都問世於1903年，恰是與改革的進程相伴而行的。

　　但改革進行得並不順利。光緒三十一年（1905）六月十四日的諭旨說：「方今時局艱難，百端待理。朝廷屢下明詔，力圖變法，銳意振興。數年以來，規模雖具而實效未彰，總由承辦人員向無講求，未能洞達原委。似此因循敷衍，何由起衰弱而救顛危。」改革的難以深入，迫使清廷的有識之士開始考慮變專制政體為立憲政體。光緒三十一年十二月，清廷派載澤、尚其亨、李盛鐸、戴鴻慈、端方五大臣「分赴東西洋各國，考求一切政治，以期擇善而從」，改革因而進入了新階段。光緒三十二年（1906）七月，根據考察大臣的意見，宣佈預備立憲。三十三年（1907）五月二十八日，發布「立憲應如何預備施行准各條舉以聞」諭，強調：「此事既官民各有責任，即官民均應講求，務使事事悉合憲法，以馴致富強，實有厚望。」立憲政體的宣佈，引起了朝野上下的強烈反響：1905年，「立憲之謠起，而士民想望，為之勃興」（吾晉：〈論改良政治自上自下之難易〉，《東方雜志》第二年第一期）；1906年，「海內人士，喁喁望治，惟恐憲政之不立，而引領以歡迎之」（覺民：〈論立憲與教育之關係〉，《東方雜志》第二年第十二期）；1907年，「今政府預備立憲之詔頒矣，四民莫不慶祝，舉國若狂」（娟石女氏：〈弔國

民慶祝滿政府之立憲〉,《漢幟》第二期)。這些出自不同傾向報刊所透露的資訊,反映了立憲帶給人民的振奮作用。而「此事既官民各有責任,即官民均應講求」的政策,進一步解除了意識形態的禁錮,澈底沖破了萬馬齊暗的沉悶局面,為新小說的進一步繁盛準備了心理條件。1906年創刊的《新世界小說社報》、《小說七日報》、《月月小說》,1907年創刊的《小說林》、《中外小說林》、《競立社小說月報》,1908年創刊的《新小說叢》,1909年創刊的《揚子江小說報》、《十日小說》、《小說時報》,1910年創刊的《小說月報》,匯成了晚清新小說百花爭豔的苑地。這些風靡全國的小說刊物,以及大量刊印小說作品的廣智書局、小說林社、新世界小說社、開明書店、改良小說社等,幾乎多由傾向或贊成改革立憲的人士所主持,更說明了改革立憲與小說創作的密切關係。立憲政體的宣佈,也使中國各階級、階層、各政治派別的衝突更加複雜激烈。社會的大動盪、大變異,使小說的題材更加豐富,所要宣洩的思想感情更加異彩紛呈。它固然給贊成立憲的作家以靈感和動力,也給反對立憲的作家提供了抨擊的對象。尤其重要的是,立憲的宣佈,造成了彌漫於國中的民主氛圍,使作家獲得了空前的創作自由度。〈新世界小說社報發刊辭〉說:「文化日進,思潮日高,群知小說之效果捷於演說報章,不視為遣情之具,而視為開通民智之津梁,涵養民德之要素,故政治也,科學也,實業也,寫情也,偵探也,分門別派,實為新小說之創例,此其所以絕有價值也。況言論自由,為東西文明之通例;仁者見仁,智者見智,亦華夏先哲之名言。苟知此例,則願作小說者,不論作何種小說,願閱小說者,亦不論閱何種小說,無不可也。」又說:「官場之現形,奇奇怪怪;學堂之風潮,滔滔汩汩。新黨之革命排滿也,而繼即升官發

財矣。新鄉愿之炫道學倡公理也，而繼即占官地遂私計矣。人心險於山川，世路盡為荊棘，則其餘之實行奸盜邪淫，與夫詐為撞騙者，更不足論矣。耳所聞，目所見，舉世皆小說之資料也。」願作小說者，不論何種小說，「無不可也」。「耳所聞，目所見，舉世皆小說之資料也」──小說創作的自由局面，小說觀念的澈底更新，小說題材的廣為開拓，都是歷史上任何時代所沒有的。

「清朝在它的最後的十年中，可能是1949年前一百五十年或二百年內中國出現的最有力的政府和最有生氣的社會。」（《劍橋中國晚清史》下卷，第566頁）這十年又是劇變的十年，動蕩的十年，各種思潮激烈撞擊的十年。這兩種因素交織在一起，為晚清小說的空前繁榮提供了必要的氣候和土壤。晚清小說就其實質而言，就是改革小說。它們或就改革的全域，或就改革的某一側面，展示當時社會的真實圖景，提出有關救亡圖強的重大社會問題。它既是晚清政治、經濟、文化諸方面真切而生動的反映，也是眾多小說作家探索中國民主富強之路的心史。這些小說在藝術上不乏成熟之作，尤以其急切的用世之心，在總體上顯示了不可低估的價值。

二、新小說的發軔（1902-1903）

（一）新小說的開山之作《新中國未來記》

一

　　《新中國未來記》的發表，標誌著「新小說」的誕生和中國小說史新紀元的到來。它最大的思想亮點，是抨擊專制政體為「悖逆的罪惡」，甚至說：「任他什麼飲博姦淫件件俱精的強盜，什麼欺人孤兒寡婦狐媚取天下的奸賊，什麼不知五倫不識文字的夷狄賤族，只要使得著幾斤力，磨得利幾張刀，將這百姓像斬草一樣殺得個狗血淋漓，自己一屁股蹲在那張黃色的獨夫椅上頭，便算是應天行運聖德神功太祖高皇帝了！」這種對封建帝王的褻瀆與攻擊，堪稱古往今來「無君」、「非君」論的峰巔。

　　梁啟超撰寫這部「夙夜志此不衰」的小說，是針對國內的改革動向，以「發表政見，商榷國計」。小說寫李去病抨擊政府當道「現在他們嘴裡頭講什麼『維新』，什麼『改革』，你問他們知道維新改革這兩個字，是恁麼一句話嗎？他們只要學那窰子相公奉承客人一般，把些外國人當作天帝菩薩祖宗父母一樣供奉，在外國人跟前夠得上做個得意的兔子，時髦的倌人，這就算是維新改革第一流人物了」，證明梁啟超並未對改革陷入盲目樂觀，更未墮入廉價捧場。但改革的新動向，畢竟加深了他的思考，並

將這種思考凝聚於小說之中。梁啟超嚮往民主政治，以為這是實現國家富強、人民幸福的必由之路，但並未將希望寄託於統治集團的恩賜，小說指出：「凡做一國大事，豈必定要靠著政府當道幾個有權有勢的人嗎？你看自古英雄豪傑，那一個不是自己造出自己的位置來？就是一國的勢力，一國的地位，也全靠一國的人民自己去造他，才能夠得的；若一味望政府望當道，政府當道不肯做，自己便束手無策，坐以待斃了，豈不是自暴自棄，把人類的資格都辱沒了嗎？」在這段話上，小說又加眉批道：「此數語直指本心，一針見血，著書者之意，全在此點，讀者最宜三復。」

《新中國未來記》通過黃克強、李去病二人往復四十餘次、「句句都是洞切當日的時勢」的論辯，以及「立憲期成同盟黨」的治事條略，淋漓盡致地發表了改革的正面主張，鮮明地顯示了「新小說」與改革的密切關係。改革是前無古人的事業，在任何古代典籍中都找不到根據，新小說家們因此完全甩脫了古代小說「羽翼經史」的恭謙卑微，站在時代的制高點上，力圖參與並指導現實的變革，這在中國小說史乃至在中國文學史上，都是全新的現象。立憲期成同盟黨的治事條例，分「擴充黨勢」、「教育國民」、「振興工商」、「調查國情」、「練習政務」、「養成義勇」、「博備外交」、「編纂法典」等八條子目。「調查國情」一條說：「今日維新改革之當急，人人皆知。雖然，改革之條理細目如何，某地方某利宜興，某地方某弊宜革，無論何人，不能一一言之詳盡也。其故由我國幅員太廣，交通不便，動如異域，而政府亦向無統計報告之事，故國民於一國實情，始終懵焉，雖有賢智，無如何也。」平等閣主人眉批說：「子目八條中，其六條皆人人心目中共有之義，惟調查國情、編纂法典兩

條，實可謂不世大業，非以政府之力不能從事者；而著者乃欲以民間任之，其願力之偉大，其氣魄之沉雄，真令小儒咋舌。」這種對中國國情的重視，比起清廷的當道者來，確有謀深慮遠之長。

　　君主立憲與革命共和是使中國臻於民主富強的不同模式。梁啟超主張君主立憲，但並不排除使用革命手段的可能。小說寫黃克強論辯結束時道：「講到實行，自然是有許多方法曲折，至於預備工夫，那裡還有第二條路不成？今日我們總是設法聯絡一國的志士，操練一國的國民，等到做事之時，也只好臨機應變做去，但非到萬不得已，總不輕易向那破壞一條路走罷了。」用歷史的眼光看，《新中國未來記》的價值不在它「平和的自由，秩序的平等」以及「無血的破壞」等現成結論，而在它提出上述主張，基於對中國國情與世界大勢的明細冷靜的剖析。黃克強針對李去病「拼著我這幾十斤血肉」和「大小民賊誓不兩立」的血性道：「我們是中國人做中國事，不能光看著外國的前例，照樣子搬過來；總要把我中國歷史上傳來的特質，細細研究，看真我們的國體怎麼樣，才能夠應病發藥的呀。」

　　梁啟超是怎樣細細研究「我中國歷史上傳來的特質」的呢？從人民一方面看，中國與美國不同，「美國本是條頓種人，向來自治性質是最發達的。他們的祖宗是最愛自由的清教徒，因受不了本國壓制，故此移殖新地。到了美國以後，又是各州還各州，自己有議事堂、市公會等，那政治上的事情，本是操練慣的，所以他們一旦脫了英國的羈絆，便像順風張帆一般，立刻造起個新國來」；而「中國人向來無自治制度，無政治思想，全國總是亂遭遭的，毫無一點秩序」。從政府一方面看，中國的專制政體雖甚過分，但政府與西方不同，向來不干涉民事，「中國人向來除了納錢糧打官司兩件事之外，是和國家沒有一點交涉的。國家固

不理人民，人民亦照樣不理國家」。從這兩點「特質」出發，梁啟超主張當民智未開、民力未充的時候，運用君權的權威，效法英、法，實行「干涉政策」，「風行雷厲，把這民間事業，整頓得件件齊整，樁樁發達，這豈不是事倍功半嗎？過了十年二十年，民智既開，民力既充，還怕不變成個多數政治嗎？成了多數政治，還怕什麼外種人喧賓奪主嗎？」他從歷史的文化的深度思考，認為在中國實現民主政治，成功的關鍵在於「必須養成一國之人，使有可以為立憲國民之資格」，「四萬萬人，各各把自己分內的（責任）擔荷起來」；君主立憲，只是他在特定條件下為達此目的選擇的最佳方案而已。

梁啟超還善意地批評了那種將理想與現實、感情與理智混為一談的過激思想，尤其是在正視世界大勢與「救國志士」自身素質兩個問題上，表現了他的遠見卓識。黃克強說：「自十九世紀以來，輪船鐵路電線大通，萬國如比鄰，無論那國的舉動，總和別國有關係」，而列強為著「生計界競爭」，是不會容許中國平平安安革命的，「只是傷害到他自己的利益，他一定是不能放過的」，這就必定引起干預，產生瓜分的危險。梁啟超還提醒說，許多「號稱民間志士」的人，也是「滿肚皮私欲充塞，變幻狡詐，輕佻浮躁，猜疑忌刻，散漫雜亂，軟弱畏怯」之輩，若革命紛紛並起，「那各省人的感情，總是不能一致的，少不免自己爭競起來，這越發鷸蚌相爭，漁人獲利，外國人乘勢脅誘，那瓜分政策更是行所無事，英國滅印度，不是就用著這個法兒嗎？」相形之下，李去病卻想得比較簡單，以為只要革命者「能夠件件依著文明國的規矩，外人看著，也應該敬愛的」；「至於你講到各省紛立，同志相攻的話，若是這樣的人，也不算愛國志士！我想但是肯捨著身拼著命來做事的，何至如此，這倒不必過慮罷」，

「中國往後沒有革命便罷，若有革命，這些民賊的孽苗是要入無餘涅槃而滅度之的了」，不免表現為近乎天真的盲目樂觀。歷史證明，梁啟超的擔心並非杞憂，許多方面都被他不幸而言中了。

《新中國未來記》不僅是時代精神的反映和表現，而且以其對於現實變革的深邃思考，有力地影響了現實變革的進程，參與了時代精神的醞釀和形成。就較近的一個層次而言，它對晚清改革新動向作了迅速有力的反應，指明修修補補的「改革」是無濟於事的，關鍵在改變專制政體，實現民主政治。清廷1905年派五大臣出國考察政治，就是走的小說中黃克強、李去病走過的道路；1907年「立憲詔書」的頒布，更不能低估梁啟超的鼓吹推動之力。就更深遠的層次而言，它頭一個以小說的形式，提出了對全民族進行啟蒙的崇高任務，喚醒他們的民權意識，並通過不折不撓的鬥爭去爭取民權。小說說得好：「這『民權』兩字，不是從紙上口頭上可以得來的，一定要一國人民都有可以享受民權、保持民權的資格，這才能安穩到手」，「這民權固不是君主官吏可以讓給他，亦不是三兩個英雄豪傑可以搶來給他的，總要他自己去想，自己去求，也終於沒有不到手的」。尤其值得稱道的是，《新中國未來記》在努力消除廣大人民的蒙昧無知、麻木不仁的狀態的同時，還高瞻遠矚地提出了改革志士加強自身改造的問題。黃克強誠懇地說：「中國現在的民德民智，那裡夠得上做一個新黨？看來非在民間大做一番預備工夫，這前途是站不穩的；但是我們要替一國人做預備工夫，必須先把自己的預備工夫做到圓滿。」這種教育者必先受教育的自覺意識，是極為難得的。小說還批評了那班「血氣未定，忽然聽了些非常異議，高興起來，目上於天，往後聽到什麼普通實際的學問，都覺得味同嚼蠟，嫌他繁難遲久，個個鬧到連學堂也不想上，連學問也不想

做，只有大言炎炎，睥睨一世的樣子」的淺薄分子，也都是極為中肯的，不能視為對革命者的鄙薄與汙蔑。

總之，《新中國未來記》之「新」，不在於它寫了洋人，寫了洋務，而在於它寫了新的意識，寫了為實現人的現代化而進行啟蒙教育的崇高意識。

二

從結構上看，《新中國未來記》原有宏大的創作計劃。小說從西元2062年（按當為1962年），中國人民舉行「維新五十年大祝典」開篇，倒敘自1902年以來「中國存亡絕續大關頭」的歷史。梁啟超將這一段歷史劃分為六個時代：

第一、預備時代：從聯軍破北京時起，至廣東自治時止。

第二、分治時代：從南方各省自治時起，至全國國會開設時止。

第三、統一時代：從第一次大統領羅在田君就任時起，至第二次大統領黃克強君滿任時止。

第四、殖產時代：從第三次黃克強君復任統領時起，至第五次大統領陳法堯君滿任時止。

第五、外競時代：從中俄戰爭時起，至亞洲各國同盟會成立時止。

第六、雄飛時代：從匈加利會議後以迄今日。

按作者的構想，「到廣東自治時代，這憲政黨黨員已有了一千四百餘萬人，廣東一省四百多萬，其餘各省合九百多萬，所以同聲一呼，天子動容，權奸褫魄，便把廣東自治的憲法得到手

了，隨後各省紛紛繼起，到底做成今日的局面」。作者還構想由分治到統一，發展殖產，國力強盛，必然會導致中俄衝突。第四回寫黃克強、李去病二人至旅順大連調查俄國統治下人民的苦難，陳仲滂以為，同是專制政體的俄羅斯並不可怕，「中國將來永遠沒有維新的日子便罷，若還有這日子，少不免要和俄羅斯決裂一回，到那時候，俄國虛無黨也應得志，地球上專制政體也應絕跡了」。眉批道：「此論為數十回以後中俄開戰伏脈。」

又，第五回開列了一份「同志名單」共二十六人，計湖南二人，廣東六人，浙江四人，福建二人，江蘇一人，河南一人，山東一人，四川二人，直隸二人，江西一人，湖北一人；官吏、富豪、遊勇、學生、革命家各種身分的人都有，且有女士三人。名單中的孔弘道，「山東人，現在日本東京法科大學留學，深究法理，人極血誠」，就是開卷講述的全國教育會會長文學大博士七十六歲的孔老先生，「從小自備斧資，遊學日本、美、英、法、德諸國，當維新時代，曾與民間各志士奔走國事，下獄兩次，新政府立，任國憲局起草委員，轉學部次官，後以病辭職，專盡力於民間教育事業」；女士中的王瑞雲，「廣東人，膽氣、血性、學識皆過人，現往歐洲，擬留學瑞士」，即第四回榆關題壁、相失交臂的遠遊美人：種種草蛇灰線的伏筆，都預示著《新中國未來記》將被寫成一部「龍拿虎擲的大活劇」，雖作者未能終篇，仍不難窺其恢宏的氣勢。

《新中國未來記》塑造了一批頗具時代特徵的新型人物，包括新型的正面人物和新型的反面人物。主張用革命手段實現變革的人物，既有「活像黑旋風李逵」的率真鐵漢李去病，又有由「守舊鬼」轉變為「真替革命盡忠」的鄭伯才，還有那拿著革命當口頭禪、只會劈盡喉嚨喊「今日的支那，只有革命，必要革

命,不能不革命,我們四萬萬同胞啊,快去革命罷,趕緊革命罷,大家都起來革命罷」的宗明,性格的差異是何等的分明,然又皆是舊小說中從來不曾寫過的新人物,是梁啟超將這些形象第一次引進小說的畫廊。

在環境和細節的描寫上,《新中國未來記》也有許多新意。如第五回黃克強、李去病兩赴張園盛會,第一次是上海的志士會議對俄政策,通過與會者衣著的細節:「有把辮子剪去,卻穿著長衫馬褂的;有渾身西裝,卻把辮子垂下來的,……還有好些年輕女人,身上都是上海家常的淡素妝束,腳下卻個個都登著一對洋式皮鞋,眼上還個個掛著一副金絲眼鏡,額前的短髮,約有兩寸來長,幾乎蓋到眉毛」,及「地球上差不多走了一大半的」黃、李二人「見了這光怪陸離氣象,倒變了一個初進大觀園的劉老老了」的主觀感受,突出會議氣氛與會議議題極不相稱的矛盾。第二次則是「品花會」,「昨日拒俄會議到場的人,今日差不多也都到了。昨日個個都是沖冠怒髮,戰士軍前話死生,今日個個都是酒落歡腸,美人帳下評歌舞:真是提得起,放得下,安閑儒雅,沒有絲毫臨事倉皇、大驚小怪的氣象」。通過兩日情緒的強烈反差,辛辣地調侃諷刺了麻木不仁與醉生夢死,又莫不與「新民」之宗旨緊密契合。

三

梁啟超稱《新中國未來記》「似說部非說部,似稗史非稗史,似論著非論著,不知成何種文體,自顧良自失笑。雖然,既欲發表政見,商榷國計,則其體自不能不與尋常說部稍殊」;撇開其自謙成分不論,恰是這部具有空前創意的「新小說」,為小說創作提供了改造表現形式,以便與所要表達的新穎主題相適應

的範例，以致影響了整整一代小說的發展進程。

《新中國未來記》自創的、「與尋常說部稍殊」的新體，剖分開來，約有以下數種：

一、展望體。《新中國未來記》第一回楔子，以正筆寫六十年後「新中國」美妙誘人的「未來」：為慶祝維新五十周年，諸友邦皆遣使前來慶賀，英國皇帝皇后、日本皇帝皇后、俄國大統領及夫人（此三國為向來侵凌中國之列強）、菲律賓大統領及夫人、匈牙利大統領及夫人（此二國與中國皆為弱小之國），親臨致祝，標志著中國國際地位的空前提高；上海開設大博覽會，陳設商務工藝諸物品，連江北、吳淞口、崇明縣都變作博覽會場，標志著中國經濟的空前繁榮；各種學問、宗教聯合大會在此時召開，各國專門名家、大博士來集者不下數千人，大學生來集者不下數萬人，標志著中國學術的空前昌明。梁啟超確信，「新舊相爭，舊的必先勝而後敗，新的必先敗而後勝」，在「黯黯沉沉的景象」下，他看到了「未來」，對「未來」無限憧憬，充滿信心，表現出前所未有的博大胸襟和遠見卓識。中國的古代小說雖不能說沒有「未來」的因數，但總的說來是傷感的、悲涼的：《水滸傳》、《三國演義》、《紅樓夢》，寫的都是真的、善的、美的事物的毀滅，《西遊記》固然表現了不屈不撓的鬥戰精神，但歸根到底只不過是功德圓滿而已，「無可奈何花落去，似曾相識燕歸來」，它們所擁有的只是痛悼已逝與迎接回環往復。唯有二十世紀初的「新小說」，唯有「新小說」的開山之作《新中國未來記》，才第一次大膽地鼓舞人心地展現了未來，「少年中國」的朝氣與沉鬱練達的思考凝聚在一起，產生了新的氣勢和力量。其後出現的《未來教育史》、《未來世界》、《新紀元》、《新中國》，都是這種展望體的積極繼承者。

　　二、**講演體**。《新中國未來記》以「孔覺民演說近世史」的形式展開，便於追述往事，發表評論，抒發情感。孔覺民說：「我這部講義，雖是堂堂正正的國史，卻不能照足那著述家的體例，並不能像在學校講堂上所講的規矩，因有許多零零碎碎瑣聞逸事，可喜可悲可驚可笑的，都要將他寫在裡頭。還有那緊要的章程、壯快的演說，亦每每全篇錄出。明知不是史家正格，但一則因志士所經歷的，最能感動人心，將他寫來，令人知道維新事業有這樣許多的波折，志氣自然奮發；二則因橫濱《新小說》報主人要將我這篇講義充他的篇幅，再三諄囑演成小說體裁，我若將這書做成龍門《史記》、涑水《通鑒》一般，豈不令看小說的人懨懨欲睡、不能終卷嗎？」《新中國未來記》寫的是「未來」，然而是站在假定的「未來」，再回過頭來寫這六十年的「歷史」，故又當歸於「講史」的範疇。寫史而不遵史家正格，運用揮灑自如的講演體，實在是最好的創造。後來的《閨中劍》等明顯受了此書的影響。

　　三、**論辯體**。為「發表政見，商榷國計」，論辯是最好的方式。憲政黨治事條例子目五，就是「練習政務」，主張黨內議事，可一依議院的議事之法，「不妨假設為兩政黨，互持一主義以相辯爭，則真理自出」，可知作者深諳論辯之道。第三回「論時局兩名士舌戰」，寫黃克強、李去病二人，「拿著一個問題，引著一條直線，駁來駁去，彼此往復到四十四次，合成一萬六千餘言」，「無一句陳言，無一字強詞，壁壘精嚴，筆墨酣舞」，令人歎為觀止。總批謂：「非才大如海，安能有此筆力；然僅恃文才，亦不能得此也，蓋由字字根於學理，據於時局，胸中萬千海嶽，磅礴鬱積，奔赴筆下故也」，實為的評。如李去病基於排滿的民族主義，詰問：「我們中國現在的主權，是在自己的民

族，還是在別二個民族呢？」（駁論九）黃克強答以「現在朝廷，雖然三百年前和我們不同國，到了今日，也差不多變成了雙生的桃兒，分擘不開了」。他立足於民族的融洽和團結，更以歷史觀點說明專制政治是「中國數千年來的積痼，卻不能把這些怨毒盡歸在一姓一人」（駁論十）。李去病又據政治學的公理，駁以「政權總是歸在多數人手裡，那國家才能安寧」，然後推開一步，提出了政治上的責任問題，說：「橫豎我認定這責任的所在，只要是居著這地位不盡這責任的人，莫說是東夷北狄，西戎南蠻，就使按著族譜，算他是老祖黃帝軒轅氏正傳嫡派的塚孫，我李去病還是要和他過不去的哩。」（駁論十一）黃克強贊同這一議論，卻指出這「總是理想上頭的，不是實際上頭的」，比如「多數政治」，「在將來或有做得到的日子，但現在卻是有名無實的」，如現在各立憲國的議院政治，「認真算來，那裡真是多數？還不是聽著這政黨首領幾個人的意思嗎？」關於政治責任，黃克強說：「中國現在的人民，那裡自己夠得上盡這個責任？就是叫現在號稱民間志士的來組織一個新政府，恐怕他不盡責任，還是和現在的政府一樣，這國勢就能夠有多少進步嗎？」因而歸結到「政治進化，是有個一定的階級，萬不能躐等而行」，且一針見血地批評道：「兄弟，你是在歐洲多年，看慣了別人文明的樣子，把自己本國身分都忘記了，巴不得一天就要把人家的好處拿輪船拿火車搬轉進來，你想想這是做得到的嗎？」（駁論十二）小說的最大長處，在於對非議的一方並不加以醜化、弱化，從而讓贊同的一方輕易取勝；而是「每讀一段，輒覺其議論已圓滿精確，顛撲不破，萬無可以再駁之理；及再看下一段，忽又覺別有天地，看至段末，又是顛撲不破，萬難再駁了。段段皆是如此，便似遊奇山水一般」（總批）。從這場精彩的論辯，我們不

是同樣感受到兩位主人公「異形同魂」的友誼和堅持真理的豪爽性格嗎？《新中國未來記》所開創的論辯體，為後來的《孽海花》、《癡人說夢記》等所效法。

四、遊歷體。《新中國未來記》尤為看重「國情調查」，主張有志改革者應遍遊各地，上至都會，下至村落，無不周歷。黃、李二人到被俄國占據的旅順口和大連灣遊歷，以便「懂得俄羅斯的內情」，傾聽「廣裕盛」店中老頭兒「到了今日，卻是在自己的地方，自己的屋裡頭，做了個孤魂無主的客人」的泣訴。眉批道：「將瑣碎事情敘來，乃覺咄咄逼人。他日中國若被瓜分，到處便皆如此。此猶不自懼不自謀，其無人心矣。」借主人公之遊歷，以貫串對洋人橫行、官場腐敗、人民痛苦的揭露，這種藝術手法，更為後來之《老殘遊記》、《醒遊地獄記》、《小學生旅行》所承繼。

五、現形體。《新中國未來記》對於官場的腐敗，無情地給予抨擊。李去病之駁論十九道：「至講到中國官場，豈是拿至誠可以感動得他來的嗎？只要是升官發財門路，你便叫他做烏龜王八蛋、幾十代婊子養的，他都可以連聲喝十來個肥喏。他們把他那瓣香祖傳來的奴顏媚膝的面孔，吮癰噬痔的長技，向來在本國有權力的人裡頭用熟的，近來都用在外國人身上了。今日請公使吃酒，明日請公使夫人看戲，就算是外交上第一妙策，上行下效，捷於影響。現在不單不以做外人奴隸為恥辱，又以為分所當然了；不但以為分所當然，兼且以為榮以為闊了，但得外國人一顧一盼，便好像登了龍門，聲價十倍，那些送條子、坐門房、使黑錢、拍馬屁種種把戲，都挪到各國欽差領事衙門去了。你不聽見德國總帥瓦德西的話嗎？他說在京城裡頭沒什麼開心的事情，就是到滿州某侍郎家裡，會他幾位小姐，算是最爽快的。」眉

批曰：「這段惡罵雖覺有傷忠厚，但看著那為鬼為蜮的情形，由不得人三千丈無名業火湧將起來，一棒一喝，正是普渡眾生法門哩。」如果說這還是從人物口中罵出，華俄道勝銀行買辦楊子蘆，就是具體形象的刻畫了。楊子蘆講巴結上進的「洋園榮」路子道：「最低的本事，也要巴結得上榮中堂；高一等的呢，巴結上園子裡的李大叔；若是再高等的呢，結識得幾位有體面的洋大人，那就憑老佛爺見著你，也只好菩薩低眉了：這便叫做『洋』、『園』、『榮』。」這豈不是《官場現形記》的濫觴嗎？此外，《新黨現形記》、《商界現形記》、《女界現形記》等，也都可以從中找到自己的雛形。

　　六、近事體。以新聞近事入書，是晚清小說極普遍的現象，《新中國未來記》早有成功的嘗試。黃、李二人在旅順大連調查，鋪中老頭告之以民眾之苦痛，夾注曰：「著者案：以上所記各近事，皆從日本各報紙搜來，無一字杜撰，讀者鑒之。」寫俄國在東北駐兵情況，甚為詳盡，夾注曰：「著者案：此乃最近事實，據本月十四日路透電報所報。」又引美國《益三文拿報》載〈滿州歸客談〉文，披露哥薩克兵糟蹋中國人實情，夾注曰：「著者案：此段據明治三十六年一月十九日東京《日本》新聞所譯，原本並無一字增減。」眉批曰：「此種近事，隨處補敘，故讀一書便勝如讀數十種書，處處拿些常識教給我們，小說報之擅長，正在此點。」以時事入小說，自明末即有端倪，然唯有到梁啟超的時代，才能如此迅速而又出處分明地將近事採入小說之中。

　　總之，《新中國未來記》是一部開一代風氣的劃時代傑作，它幾乎成了各種資訊的源頭，影響了整整一代小說創作傳播進程，為晚清小說的蓬勃發展奠定了良好基礎。

（二）以外國歷史為題材的改革小說

一

　　《新中國未來記》揭開了晚清新小說的序幕，於晦盲否塞達於極點的中國文壇，無異於振聾發聵的春雷。但理想主義的《新中國未來記》，只能從學理上推斷改革的前途，卻不能為改革提供歷史的借鑒。除了戊戌變法，中國尚無任何「現代性」政治改革的實踐，對於這場剛被扼殺了的改革，占統治地位的正統輿論則是嚴峻地予以否定的。不要說「丁未上諭」中，依舊在痛斥「康梁之講新法，乃亂法也，非變法也」，終整個晚清時代，封建的保守派與激進的革命派，對康梁變法都是全盤予以否定的。在小說創作上，1889年古潤野道人的《捉拿康梁二逆演義》和1908年黃小配的《大馬扁》，正好代表了詆毀戊戌變法的兩極。在這種情勢下，改革的經驗唯有到外國去尋覓。丁未上諭曰：「懿訓以為，取外國之長，乃可去中國之短，懲前事之失，乃可作後事之師」，已經提示了這一方向；康有為1902年以「民」的身分上〈請歸政皇上立定憲法以救危亡摺〉，也針對「近者舉國紛紛，皆言變法，庚辛累詔，皆以採用西法為言，蓋危弱既形，上下恐懼，雖昔者守舊之人，力翻新政者，今亦不得不變計矣」的改革大氣候，列舉各國史事以證明改革的「根本」與「精神」，乃在「與民權，立憲法」。康有為說：「二百年來，英王查理士、法國王路易，則以不允民權、不肯立憲而殺矣；英王席米斯二世、法王罈禮布爾奔、奧王飛蝶南、奧相沒透泥，則以壓制民權、不從憲法而逐矣。法總統拿破倫，能與民權，則為全歐

之霸；德王威廉，能與民權，則合日爾曼帝……」（《康有為與保皇會》第19-21頁，上海人民出版社1982年版），充分反映了朝野上下對外國改革經驗的重視，第一批改革小說之以外國歷史事件為題材，恰是順理成章之事。

　　以外國題材作改革小說，與翻譯外國小說也有一定連繫。梁啟超1898年12月說：「在昔歐洲各國變革之始，其魁儒碩學，仁人志士，往往以其身之所經歷，及胸中所懷政治之議論，一寄之於小說。……今特採外國名儒所撰述，而有關切於今日中國時局者，次第譯之，附於報末，愛國之士，或庶覽焉。」（〈譯印政治小說序〉）《佳人奇遇》、《經國美談》等小說的翻譯引進，意在開民智而鼓民氣，故能風行於時。但翻譯小說因受原著的限制，終究難奏直接召喚之功，於是便有了以外國故事為題材的創作。成書於壬寅（1902）的《瑞士建國志》例言云：「是書故事，初由西文譯為日本文，復從日文譯其意，著為小說，轉接之多，增刪遺略，在所難免。然小說不比正史，事不必盡有，而理不可無。總求描情寫景、明白了利為近怡。」《洪水禍》第二回附記道：「國王、貴族、教徒、平民四族情形，參據各家《法國革命史》」，「列格耳生年籍貫履歷，據羽化生《列格耳小傳》」，──這是小說的據史敷陳；第五回附記云：「佛來克林來法國時，密拉破猶居普國」，──這是小說的虛構捏合。與翻譯小說的「意譯」、「譯述」不同，此類小說無論是題材的選擇、結構的安排、人物的刻畫，都是針對中國國情而發的，是有所為而為的重新創作。

　　以外國歷史題材作為小說，濫觴於1901年6月創刊的《杭州白話報》。獨頭山人（孫翼中）的《波蘭國的故事》、宣樊子（林獬）的《菲律賓民黨起義記》、《美利堅自立記》、《俄土

戰記》等，篇幅都比較短小。《波蘭國的故事》敘波蘭亡國，俄國皇帝派人捉拿波蘭小孩解往西伯利亞，途中竟把病孩拋擲車外，為的是「滅他的國度，便要先滅他的人種」，宣傳氣味甚濃。《美利堅自立記》文筆酣暢，如寫英將安邱蘭臨陣受傷，被美兵拿去，其妻心念丈夫，不避凶險，親自來到美營照料，小說議道：「看官，你看那有教化之國，便是一個女人家，也是比眾不同的。我看我們中國的男人，平時做朋友、講相好，到了患難時候，再也不肯上前。男人如此，那膽子小小、腳兒尖尖的女人，更不必說了。」此類小說，雖不曾敘及改革主題，其命意乃在呼籲改革與自強。

第一批以外國歷史為題材的改革小說，正式出現於1902至1903年間，應歸功於梁啟超的倡導之力。《新小說》第一號推出了雨塵子的《洪水禍》和嶺南羽衣女士的《東歐女豪傑》；次年六月，第四號又刊出了玉瑟齋主人的《回天綺談》。在此期間，鄭哲的《瑞士建國志》（1902年華洋書局藏版）和不題撰人的《殖民偉績》（1902年《新民叢報彙編》），也是以外國歷史為題材的創作。《瑞士建國志》寫瑞士人民在維霖惕露（威廉・退爾）領導下，驅逐日爾曼侵略者的故事；《殖民偉績》寫英國維廉濱不滿英王查理斯的腐敗專制，欲到美洲殖民另造一個新國的故事，二者雖然都有抨擊專制、嚮往民主的內容，但一則主爭取民族獨立，一則主避往他處殖民，與嚴格意義的改革尚有區別，唯有《洪水禍》、《東歐女豪傑》、《回天綺談》，方稱得上是典型的改革小說。

題材的選擇，體現了作家的創作意圖，同時又受時代風氣與社會心理的制約。借外國史事來宣傳改革，戊戌年間已有康有為進呈《日本明治變政考》與《俄羅斯大彼得變政記》之舉，企圖

通過外國主動實行改革的英主明君，勸說光緒皇帝厲行變法。
到了1902至1903年間，情況就有了大的變化。小說家們選取的題
材，已不是明治天皇與彼得大帝卓有成效的改革，而是英國十三
世紀的大憲章運動、法國十八世紀的資產階級革命與俄國十九世
紀的民粹派運動。小說中出現的帝王都不是英主明君，而是暴虐
專制荒淫無道的昏君，改革的動力已完全在民眾這一邊：這種變
化是意味深長的。從戊戌政變中逃脫的康有為、梁啟超等，固然
尚未忘記自己政治參與的角色，尚未拋棄對鎮壓過自己的當權者
的幻想，康有為在〈請歸政皇上立定憲法以救危亡摺〉中，還懇
求慈禧下詔「立定憲法，以垂後世，立與民權，以保國祚」，並
提醒說，只要這樣做了，「一渙汗之間，而人心大悅，中國可以
立自強之基，而皇太后補過垂休，將追英女后維多利亞之美烈
矣」（《康有為與保皇會》第23頁），梁啟超亦苦口婆心地向當
道者宣傳「專制政體有百害於君主而無一利」、「君主官吏而
欲附於國民以自存，必自勿畏大變革且贊成大變革始」（〈釋
革〉，《新民叢報》第二十二期，1902年12月14日）；但康梁畢
竟從慘痛失敗的反思中，尤其是在走向世界，直接研究和接觸西
方社會文化、政治、經濟，進一步接受西方哲學觀念和價值觀念
以後，對慈禧的改革又抱著本能的戒心。康有為斷言：「而今變
之法，國必不救，以無其根本而從事於枝葉，無其精神從事於形
式，終亦必亡已。」梁啟超亦強調：「改革者以實不以文，以全
不以偏，以決斷不以優柔；苟文而不實，偏而不全，優柔焉而不
斷，則未有不為大亂之階者也」（〈敬告當道者〉，《新民叢
報》第十八期，1902年10月16日）。晚清的政治改革經歷了一番
否定之否定、而終於付諸實施的時候，他們實際上採取了一種
較為自覺的社會批判態度，「新民」說的提出就是這種自覺性

的標誌。所以，這個時期的改革小說固然不乏勸說君主接受改革，並為之出謀獻策的詞句，但主導方面卻貫穿了一條抨擊專制政體、宣傳民主改革的主線，並以此來取捨材料，組織情節和刻畫人物。

二

《洪水禍》刊於《新小說》第一號，位在《東歐女豪傑》與梁啟超《新中國未來記》之前，可見編者的推崇。作者雨塵子為日本大同學校學生周逵，曾在《清議報》發表過政治小說《經國美談》的漢譯本（孫繼林：〈《經國美談》的翻譯者周逵〉，《清末小說から》第25號）。第一回有四句俚言總括全文：「巴黎市中妖霧橫，斷頭臺上血痕腥。英雄驅策民權熱，世界胚胎革命魂。」可知小說的原本構思，當以法國十八世紀資產階級革命為中心情節；由於小說只完成了五回，重點便落在十七世紀後半期至十八世紀的封建專制統治和革命來臨前統治集團內部改革兩個方面。小說開頭，以一種自覺的態度對中國讀者說道：

今日我們讀過西洋史的，便覺讀史時，有幾種新異感情出來：第一，我們中國的歷史，全是黃帝子孫一種人演出來的，雖上古有夷、蠻、戎、狄等異種，近世有契丹、女真、蒙古、韃靼諸外族，在歷史上稍留痕跡，究竟我們視之若有若無，不甚著眼；西洋史則上古至於今日，盡是無數種族互處相爭，政治上的事跡，無不有人種的關係在內，我們看去，才知世上種族的界限，竟如此之嚴，種族的波瀾，竟如此之大：這叫做人種的感情。第二，我們中國自古至今，全是一王統治天下，歷朝易姓，亦不過是舊

君滅、新君興，沒有別的關係；西洋則國內有君主一種，有貴族一種，又有平民一種，並且貴族常與君主爭權，平民又常與君主爭權，不比中國單有君主擅作威福，平民雖多，不能在歷史上占些地位，這叫做政治的感情。

　　小說著眼於中西歷史文化的異同，既避免了機械的類比，且深刻地反思了中國的歷史，立足點是相當高的。「楔子」虛構了路易十四「逆知大禍」的一場惡夢，具有很強的象徵意蘊。小說以宣稱「朕即國家」的英明梟傑路易十四外揚武力、內振權威全盛時期的危識開頭，已經預示了「民氣愈壓愈強」、「君統掃蕩無存」的歷史發展趨勢，又巧妙地將荒淫奢靡的路易十五「死了後管他洪水滔天」的無恥名言化為藝術境界，可謂匠心獨運。

　　小說緊接著就路易十四窮兵黷武、路易十五驕奢淫逸造成的財政紊亂，相繼敘寫了仇耳俄與列格耳的改革。具有盧梭一派理想的仇耳俄，「想要把法國大改革一番，凡習慣故例，有與自己理想不合的，都要改換面目」。他的政策包括：廢各州的界限，免內地的關稅；廢除貴族教徒的特權，與平民同課租稅；確認思想言論之自由，與人民以參政權等。不料法國連年收獲不豐，米價騰貴，民不聊生，人皆以為是新政騷擾，盡集怨於仇耳俄一身。仇耳俄復整頓陸軍，貴族恨獨占權被奪，越發悉心攻擊，於是朝野上下，皆是仇敵，仇耳俄只好自行辭職。小說評論仇耳俄的失敗道：「他這幾樣改革，據理論起來，那一件不是好的？只是法國人情，不與名士理想相合，這番改革，不但不能整頓法國，還要生出許多擾亂來。所以英雄做事，是要順著時勢、順著人情做去；專憑一個人的理想是不行的。古人說得好，道是：『雖有智慧，不如乘勢。』」瑞士銀行家出身的改革家列格耳，

其財政政策為「明權限，示至公」六字，一面「嚴分各州的權限，叫各州管理各州的會計，各自量入為出」，一面「把國家的財政公示天下，叫人人曉得歲入多少，歲出多少」。列格耳固已有「人民不出無著落之資財，不納無代議士之租稅」的重視納稅者權利的思想，但在實行之時，卻偏重於調查歲計，報告天下，誰知法國的民氣年復一年增長起來，道：「我們所求的是要立國會出代議士，並不是要看歲計的報告。」列格耳亦陷入了他自己指責過的「整日言整頓、而無從整頓之」的窘境，只得辭職了事。

在敘寫仇耳俄與列格耳失敗的改革中，小說插入了巴黎市紳對美國獨立的無限敬仰，重申了「不出代議士不納租稅」是天下的公理，且借歡迎美國公使佛蘭克林的盛會，一致喊出了「歡迎自由」的心聲。佛蘭克林演說道：「人生在世，自然有天賦的自由。這自由只要自己不丟，無論什麼暴君汙吏，是搶不去的，是傷損不來一毫的。」「天賦人權」的觀念，頭一次在中國小說中出現，具有嶄新的意義。尤其是寫巴黎人民反躬自責：「他們不是天天叫的是『若不給我自由就給我死』嗎？但是美洲人要得自由，便爭之以死；我和你法國人，自由也沒有，死也沒有，但今還不是活著嗎？你道我們慚愧也不慚愧？」實際上就是直接喚醒國人，寓意十分深刻。

小說還寫熱心腸的法國人，紛紛要以「鳴願」手段迫使政府出兵援助美國，貴族出身的密拉破發議道：「他們美洲人，處處有紀律，處處思前想後，再不輕舉妄動，所以作出事來，動輒得宜，令人佩服不盡；我們法國人，心內比別人還熱，舉事卻過於浮躁，及到頭看起來，總沒有什麼結果，這是我國人天生成的缺點，總要矯正才好。」小說又通過佛蘭克林「法國到底有這樣的人物，原來不可輕視」的強烈反應，予以無保留地贊同。以1789

年資產階級革命為主腦的《洪水禍》，卻於大革命前夕輟筆，恐與作者不贊成「浮躁」與「輕舉妄動」的根本意見有關。作者並不堅決反對採用革命手段，但一般來說，更傾向於「再三審慮出個妙全的法子感動我們政府」，這與梁啟超的「平和的自由」、「無血的破壞」是一脈相通的。

三

以俄國十九世紀七〇年代革命民粹派運動為題材的《東歐女豪傑》，出於羅普之手。羅普，字孝高，號披髮生，是康有為長興學會和萬木堂的嫡傳子弟，也是梁啟超鼓吹小說界革命的同志。小說寫中國女子華明卿，與瑞士的俄國留學生朝夕相處，深為結交，從而借華明卿的眼睛和心靈，真切而充滿激情地敘寫了虛無黨的革命活動，塑造了女英雄蘇菲亞光彩照人的形象，且時時處處與中國的現實相互關照。

《東歐女豪傑》以中國小說的傳統手法，敘寫了蘇菲亞的高貴身世：出生時「白鶴舞庭，幽香滿室」，長來秀慧無倫，兩歲便能識字，五歲便會吟詩，八歲的時候上學念書，真是過目不忘，聞一知十。十六歲時，「長得不豐不瘦，不短不長。紅顏奪花，素手欺玉。腰纖纖而若折，眼炯炯而多情。舉止則鳳舞鸞翔，談笑則蘭芬蕙馥」，有某小說報主筆要描寫她的風采，構思了三天，「總覺得落了語言文字，反把他的天然之美寫不出來，因作了『任教三絕，難繪其神；嫁與子都，猶嫌非偶』那四句虛話，就停了筆了」。這種筆法，純然是中國式的。總批道：「蘇菲亞是虛無黨全黨眉目，是本書主人，乃其出身，卻是俄羅斯天潢貴冑，閥閱名門。以彼之家世，安分守常，更何缺憾；顧乃卒投身於艱難困苦中而不悔者，可見其非有一毫私見存，不過認得

公理所在，以身殉之而已。此種人格，真足令百世之下，聞者莫不興起。」批語賦予蘇菲亞身世經歷的交代以啟迪人心的深意。蘇菲亞慨然以救世自任，潛心研究耶爾貞（赫爾岑）、遮尼舍威忌（車爾尼雪夫斯基）的著作，到處物色人才，建立革命團，精心議定章程，苦心經營，志士景附。她服膺民粹主義關於「革命者應當澈底放下自己的貴族架子，永遠變成一個農民、一個工場工人或工廠工人，去從事宣傳活動」的綱領，參加了「到民間去」的運動。主張「現在總要到處遊說，提倡風氣，別要激切從事」，一個妙齡女子竟然盡把簪飾除去，換了一套不新不舊的衣服，打扮成貧家女子，單身到烏拉爾山去向礦工進行宣傳鼓動，啟發工人的覺悟，因而深受廣大工人的愛戴。總批道：「蘇菲亞以千金之軀，雜伍庸作，所至演說，唇焦舌敝，百折不磨，虛無黨之精神，全在於是；今日中國所謂志士，乃日日在租界中坐馬車吃花酒，讀此能無愧煞。」

蘇菲亞以「夾帶禁書，鼓吹邪說」罪名被捕，卻毫不畏懼，心思：「我是拿定了宗旨，才出來辦事的，早拼著拿也任他們拿，殺也任他們殺，我只管盡我的職分，今天的事情，正是意中事咧。」入獄之後，備受折磨，小說又寫她的心境道：

> ……坐在一塊廢木上頭，心中感觸了好些時事，只覺得惡俗世界，無一是處，忍不住那一腔悲天憫人的熱情，沸將上來，恨不得把這一百九十萬丈的大監牢登時破壞了，倒覺乾淨；忽又轉念：上下千古，總有一個進化的道理藏在裡頭，那太平極樂世界，將來盡有到步的日子，我們立意要替人群造福，也應該替他想個法子弄去，怎能夠激激烈烈，把幾句厭世的話頭，倒想卸了自己的大責任呢？

處此苦逆悲境，絕不怨天尤人，反由此萌發了改良監獄制度的宏願，確有「不普渡眾生，誓不成佛」的義肝烈膽。她聞知赫子連等人要集眾劫獄，便斷然加以拒絕，為的是不忍因自己一個人而延燒民房，亦不忍害了赫子連眾人的性命，說：「數年以來，東奔西跑，沒有半刻工夫做自己的學問，一點長進也沒有。如今困在這裡，雖然把人身的自由丟了，卻喜半點事情都沒有，正可趁個空兒，多念幾句書，才能夠把那精深奧妙的大道理，著實體認出來，這不是這場官司反有益了妹妹似的。」打算在獄中作些文字以鼓舞人心，華明卿評說：「這回諒來不過是一場劫運，越發玉成菲亞娣娣的大器」，堪稱她的知音。作者成功塑造的蘇菲亞女英雄的崇高形象，不是理念的化身，口號的載體，而是活生生的血肉之軀，是晚清新小說在其起跑線上的第一塊豐碑。

值得注意的是，作者超越正統民粹派推崇與眾不同的、勇猛戰鬥的人物，認為人類的進步「都依靠那些能夠批判地思維的個人」的英雄史觀，提出：「憑他恁麼樣一個英雄，哪有多大本事造得出時勢來？近人說得好，一定要先有那造出『造時勢之英雄』的時勢，這些英雄才能夠跟著造去。……古來所有驚天動地的大事業，那樁是靠著一個英雄便做出來的？一定有許多大的小的、有名的無名的種種英雄，你幫我襯，這才成得一件事。」這種群眾史觀，是很了不起的。同《洪水禍》之以歷史事件為主的格局不同，《東歐女豪傑》以蘇菲亞這一外形極嬌小極文弱的女英雄為中心，描寫了有膽有識、奮勇做事的晏得烈，天真爛漫、豪俠性成的赫子連，深謀遠慮、幹練機警的蘇魯業等英雄人物的群像，形成了自己的獨特風格。

小說將虛無黨的活動，放在改革大背景下加以敘寫，從而使

二者有了內在的聯繫:「原來俄國自從彼得大帝變法以來,那政治上頭,才有了一點意思。只恨他那時不懂得歷史上平民的大勢,沒有半點兒主張民權的心事。再者,誤把歐洲的食邑制度拿了回來,叫那平民代代要做那世家的農奴,正是合九州的鐵鑄的一個大錯。」小說對彼得大帝改革的批評,無疑是對《俄羅斯大彼得變政記》的巨大超越;但彼得大帝之改革實功不可沒,因了興辦學校,民智漸開,平民主義滔滔汩汩,流將入來,浸入國民腦袋裡頭,與專制主義產生尖銳的衝突。小說痛快淋漓地抨擊了「君權神授」、「朕即國家」的謬說,道是:「野蠻專制國上頭擁著一個沐猴而冠的,任他稱皇稱帝,說什麼『天下一人』,又說什麼『神聖不可侵犯』。照公理而論,單有這個,世界上已是大不平等,喜這種人不多,若使無人助紂為虐,他們勢孤力薄,不過是個裝飾的木偶,我們平民也忍得把他陳設;最可恨他的前後左右,更有好些毒蛇猛獸托生的貴族,往往賤視我們尋常百姓,嗤為蟻民,任意糟塌,塗我耳目,縛我手足,絞我脂膏,毒我心腹,偏害了我們無數平民,生不得生,死不得死!」真是一篇聲情激越的聲討專制的檄文。談虎客眉批道:「怨毒之於人甚矣哉!凡專制國民,愛國心與破壞思想,兩者不得不相緣並起,亦如自由國民愛國心與平和思想相緣也,可不鑒諸。」是深中肯綮的。小說充滿信心地宣稱:「平民復權的舉動,原是跟著歷史進化的大勢,全由天時人事兩樣結合起造出來。……如今人人的腦袋裡頭,既都有了一個社會平等、政治自由是個天公地道的思想,這便任憑他有幾十百個路易十四做皇帝,梅涅特、俾斯麥做宰相,也不能夠挽回這氣運過來的。」堪稱中國二十世紀發端的時代最強音。

歷史上的俄國民粹主義,後來分裂成兩派,一派堅持「土地

和自由」社的綱領，反對個人恐怖策略，一派則組成了恐怖集團民意黨，蘇菲亞就是民意黨的主要成員。未完成的《東歐女豪傑》未及寫到民意黨人刺殺沙皇的活動（第一回有「那地球上第一個大權力大威勢的人，豈不是被幾個極嬌小極文弱的女孩兒弄倒嗎」之語，已預示了後文的結局），而對於如何改變專制政體，小說中的人物是主張以破壞手段來實行的：「我們同志憤世嫉俗，只見當今凡百現象，都與天然大法相反，若不用破壞手段，把從來舊制，一切打破，斷難造出世界真正的文明。因此，我們欲鼓舞天下的最多數的，與那最少數的相爭，專望求得平等自由之樂，最先則求之以淚，淚盡而仍不能得，則當求之以血，至於實行法子，或剛或柔，或明或暗，或和平或急激，總是臨機應變，因勢而施，前者仆，後者繼，天地悠悠，務必達其目的而後已。」

同《洪水禍》不主張以鳴願手段脅迫政府相類，蘇菲亞也不贊成罷工的手段，她認為罷工的結果總是做工的吃虧，必須從根本上改變專制政體，消滅貧富懸殊的「不公平的規矩」才行。談虎客眉批道：「俄國虛無思想，是由德國黑智爾（黑格爾）、麥喀士（馬克思）、法國仙士門（聖西門）諸大智孕育而來，日人所謂社會主義也，其條理與禮運大同之義頗近，將來普及世界必矣。」又曰：「虛無黨是主張共產主義，全從柏拉圖的共和理想生出來。」小說將這種對於社會主義、共產主義的幼稚理解，同君主立憲的主張捏合在一起，以為「大抵民黨的意思，總是不想太過激烈，反為釀成大變，因此都讓了一步，只求和那政府立了幾條各各自治的憲法，就可以上下相安無事，把那國家的生機發達起來」。小說還指出：「立憲的制度，雖是有益平民，若在利益上算計起來，那政府已經占了便宜不知多少。」談虎客所批

「做君主的不肯立憲，予民以權，正是第一等不受抬舉的賤骨頭」，正是梁啟超「專制政體有百害於君主而無一利」思想的體現。小說所寫的主體，是主張以恐怖手段實行激烈破壞的民意黨人，而作者卻不一味贊成破壞，這大概是《東歐女豪傑》沒能終篇的原因。

小說在讚美蘇菲亞決心以監獄為學校，「索性枯坐一年，參透那八風不動的道理」時，頌揚了一種崇高的精神境界：「我們只求自己心安理得，那外界的苦樂，原是不足計較。若是心裡有了一點對不住那道理的地方，就使住的是深居九重，吃的是大烹五鼎，看來似是快樂無比，卻是心窩兒裡頭，常做個天人的戰場，利害的算盤，那暗地裡說不出來的苦處，比較他那外面的快樂，正不知多著幾千萬億倍呢。只有自己從那公理上認定了一個安心的境界，橫豎要向著他走，不求到了，不肯干休，這就是求仁得仁的道理。」相形之下，小說對所謂時髦新黨提出尖銳批評，說一班號稱志士的人，「從前當著念書的時候，正是天天說著頂天立地的大議論」，誰知「一旦出來，事還沒辦，心早變了」，成了「巴結官場的、崇拜黃金的、在溫柔鄉裡醉生夢死的人」了，其關鍵乃在「沒有一點從根柢上生出來的見識」之故，這就初步接觸到「新黨」的自我改造的問題，是十分難能可貴的。

對於廣大民眾，小說的主旨在啟迪他們不要拋棄天公交付的人權，要乘著天下大勢，澈底埋葬專制政體。小說將對異國女子的讚許，反歸到對國人的愧恨：「可恨我國二百兆同胞姊妹，無一人有此學識，有此心事，有此魄力；又不但女子為然，那號稱男子的，也是卑濕重遲、文弱不振，甘做外國人的奴隸，忍受異族的憑陵，視國恥如鴻毛，棄人權若敝屣，屈首民賊，搖尾勢

家，重受壓抑而不辭，不知自由為何物。倘使若輩得聞俄國女子任俠之風，能不愧死麼？」小說號召既要「把身上的束縛自求解脫」，又要「從頭自己認得那個自由的樂趣」，從而提出了打破蒙昧、解放思想的核心問題，具有極大的啟蒙意義。

四

《回天綺談》始載於《新小說》第四號（1903年6月），但刊載完畢卻在《洪水禍》之前。第十四回後雖有「未完」字樣，但從回目「憲章宣佈改革黨成功」及回末之議論看，實際上已經完篇。

小說開篇寫道：「看官，你翻世界地圖一看，他的屬地，在五大洲中，星羅棋布，太陽一出一沒，都常照著他的國旗，可不是英國嗎？」在贊美英國的文明富強同時，意味深長地道出了一個事實：英國原來也是人民愚頑、君主暴虐的專制國，直到英王約翰「做出了一番從前沒見過的大改革，把官民的權限分得清清楚楚，又將人民自由的基礎立得如山似的，一年一年擴張起來，是以能夠有今日的」。應該指出，小說將1512年約翰被迫簽署的大憲章說成是「人民自由的基礎」，是誇大了的。正如F.E.F霍利迪《簡明英國史》所說的那樣：「大憲章完全是為自己階級謀私利的措施，其目的在於確定上層貴族和教會的特權，而絲毫不顧大多數英格蘭平民和廣大農奴的利益。」大憲章的積極意義在於它抑制了國王的專制權力，將王權置於封建法律的約束之下。同時，「大憲章第三十九條以後卻得到了意想不到的廣泛引用。該條文規定：『除了根據貴族集體的合法審判和根據國家的法律外，國王不得對任何自由人加以逮捕或監禁，或者奪取財產和驅逐出境，或者以任何方式加以殺害，我們也不得對他們加以侵犯

或拘捕。』」儘管在當時，除了少數貴族和騎士之外，自由人是寥寥無幾的；但隨著自由人的逐漸增多，這種關於自由人的法律保證，就愈加獲得了廣泛的意義。作者正是在這層意義上，對大憲章給予了充分的肯定。小說除宣揚「天生斯民，大家都有同等均一的權利」的民權思想外，還進一步鼓吹「政府的政權，是由人民委託於他的，政府辦得不妥當，我等人民自己拿回來自己辦去，本是天公地道」，都是對於大憲章精神的發揮。須知在二十世紀開端的中國，連大憲章那樣的法律保障，尚是一種不可企及的奢望呢。

「約翰是英國國王中最令人憎惡的人」。在暴虐無道、賦性兇狠的約翰統治下，「人民行一步，講一句說話，都不能自由的，很像在荊棘裡頭一樣」。小說寫他之實行改革，完全是被人民所逼，不得已而為之的。改革的動力，來自貴族和平民兩個方面。貴族黨和平民黨，本來聲氣不甚相通，後來認識到都是「替國家出力，同向一條路上走，何必分開貴族平民」，便聯合起來，聲勢越發厲害。小說在天賦人權的層面上，曾經嚴厲譴責貧富懸殊是「反正理、違天意、非人道的事情」；但在改革的層面上，卻不僅抹平了貴族平民的畛域，還泯合了革命與改良的差異，說：「這些急切的，則要倡革命，專主破壞；那些稍稍老成持重的，則主張平和主義，慢慢改革起來：他們的議論舉動，雖是各有不同，至若想改革的心事，則彼此一樣的。」建立了統一戰線的改革派藉以號召民心的，是在古剎中發現的先王軒利一世（即亨利一世）之「敕許狀」，「其中條款，專在保護人民之權利」，並以之為根據，要求恢復已得復失之權利，以謀改革。這種策略，使得「改革政治，實輿論所公認的了，所以上書的，草奏的，上條陳的，與及慫恿政府、恐嚇政府的，到處都有。這奸

黨倉皇無措，又憤又氣，實在除了從改革黨的希望，把這專制政體改作自由政體，以買國民歡心，再沒有別樣法兒，可以保持國運，回護王室的了」。托古的方式減少了運動的阻力，因而是作者所贊成的。

小說注意到年少氣盛的人只見「各國革命革得這樣爽快，忘了本國數千年的歷史，又不暇計及國民知識程度，各國窺伺的危險」的躁進性，批駁了「非說『今日自當革命』，就說『今日不可不革命』，更有橫暴議論說『寧送外國也一定要革命』」的偏頗性。在實現同一目標的兩種手段孰優孰劣的爭論中，小說傾向於緩進的手段，但這並不意味著不要啟發民智，不要去主動地打破現狀，謀求改革。這同梁啟超批評將理想與現實、感情與理智混為一談的過激思想是一致的。客觀的創作素材與主觀的創作意圖最終趨於和諧統一，這大約是《回天綺談》是《新小說》雜志改革小說中唯一能終篇的主要原因。

小說最後回應改革黨的歷程道：「回想他們提議這件事的時候，豈料及身而見，又豈敢云一定有成嗎？不過拿定宗旨，見事做事，百折不撓，那件大事業就成於他們的手，所以天下事不怕難做，不怕失敗，最怕是不肯去做；若肯去做，煉石都可以補天，銜石也可以填海，志氣一立，天下那裡有不成的事呢？就令目下失敗，然有了因，自然有果，十年二十年之後，總有成功之一日的。看官讀這一篇，不要崇拜他們，欣羨他們，你想學他，就有第二個賓勃魯侯、第二個魯伯益出來。孟夫子有云：『人皆可以為堯舜。』至於去做與不去做，豈不又在自己麼？」含義是極為深長的。

《回天綺談》的寫法，介於《洪水禍》與《東歐女豪傑》之間，即在歷史事件的敘述中，有機地穿插有關人物的刻畫。為了

突出約翰的荒淫，小說描寫了美貌的伊西卑拉及其婚姻糾葛；為了烘托亞卑涅的高義，小說描寫了其夫人安氏的堅貞不屈。壯士卡爾巴厘、律克卑，也都寫得錚錚不凡，這些，都增添了小說的可讀性。

五

《東歐女豪傑》有眉批道：「此書特色在隨處將學術政法原理橫敘插入，令人讀過一遍，得了許多常識，非學有根底者不能道其隻字。」實可概括以外國歷史為題材的改革小說的共同點。它們向讀者展現世界歷史的宏偉圖景，描繪動人心魄的改革場面，而又和對外國社會歷史的初步剖析有機地結合起來。小說的學理性特色，不僅頭一次向世俗的小說讀者介紹了天賦人權的資產階級民主思想，還涉及聖西門的空想社會主義乃至馬克思的社會主義學說，這些全新的觀念，全新的思想，是中國小說史上亙古未有的嶄新現象，也是中國小說作家學者化的階段性成就。

同時，這些小說又是為中國讀者而寫的，它們是具有中國作風與中國氣派的中國式的小說。它們都是典型的章回體小說，運用的是地地道道中國式的文學語言，韓非子「在床在旁」、孔明「借東風」、「西施臨金闕，貴妃上玉樓」的中國典故的大量運用，中國古體詩歌從外國人口中自然唱出，《水滸傳》武松刺配孟州道的手法也搬到俄國的牢獄中來了。總之，此類小說在繼承和發揚中國文學傳統方面的嘗試，也是值得在小說史是書上一筆的。

（三）從最貼近距離寫庚子國變的《鏡中影》

一

「靉時新月下長川，江湖變桑田古路。」歷史悠久的中華民族，對變幻莫測的歷史向來懷有最獨特的感慨。悠久歷史的伴生物，是那無止無休的禍患與災難。歷經無數浩劫的中國人，漸漸悟出天下大勢總是按著「合久必分，分久必合」的模式，周而復始，循環往復。在這歷史哲學的深處，潛藏著一種超然物外的心緒：「是非成敗轉頭空。青山依舊在，幾度夕陽紅。」中國人雖然不斷地發出黍離之歎，但在古代的中國不曾有過真正的危機意識，也不曾有過與「忠君」完全不是一碼子事的愛國主義。「古今多少事，都付笑談中」，天反正塌不下來；何況那幾乎等於一姓一族的更迭的歷史變遷，同平民百姓又有多少關係呢？

鴉片戰爭敲開了老大帝國的大門，以「天朝」自居的中國頭一次感到了西方列強咄咄逼人的存在。甲午戰爭超乎「一治一亂」的循環怪圈，使中國人民感受到前所未有的亡國滅種的威脅；而在以改革維新為宗旨的戊戌變法被扼殺之後，不旋踵便降臨庚子國變亙古未有的慘禍，更使包括最高統治者在內的整個中華民族，都產生了痛切的危機感。黃小配的《鏡中影》，便是從最貼近距離反映庚子國變的長篇小說。

黃小配（1872-1912），名世仲，字小配，號棣蓀，別署黃帝嫡裔、禺山世次郎、配工、老棣。廣東番禺人。少年時聰穎而好學，後與兄黃伯耀赴南洋吉隆坡、新加坡等地。1898年，邱煒萱在新加坡創辦《天南新報》，黃小配任該報記者。1901年，

興中會老會員尤列到南洋進行宣傳，黃小配在其啟發下加入了興中會外圍組織中和堂，一起從事革命宣傳。1903年，黃小配回香港任《中國日報》記者，又助鄭貫公創辦《世界公益報》、《廣東日報》及《有所謂報》。1905年10月，孫中山途經香港，黃小配由馮自由引見，由孫中山主盟加入同盟會，擔任同盟會香港分會的交際、庶務（顏廷亮：《黃世仲小傳》，《中國近代文學研究》第三期）。《鏡中影》第一回「冷觀時旅況談世事」是全書的楔子，曰：「且說當日樾城地面，有個士人喚做黃家裔，也念過幾年書。他卻有一種奇性，常道人生倒不必求富貴，得閱遍環球，采些奇聞軼事，大的著成書本，小的留作佳話，這便人生的樂處了。故他半生來東西南北，也留多少足跡兒。」頗可看作「黃帝嫡裔」黃小配的夫子自道。可見以文學為崇高事業，堪稱他畢生追求的目標。楔子還交代了此書的材料來源與構思過程。冷觀時道：「老漢向有厭世的性兒，因見祖國衰弱得很，沒有立足的所在，沒奈何，只得浮海往外國去了，算來也有五十年來。及年前才回祖國一遭，怎想隔了五十年，越發加一倍的荒涼了。這樣，難道不令人感歎麼？」身處海外的黃家裔，是聽了「年前」回祖國的冷觀時的介紹，才寫下這部小說的。小說結束於慈禧光緒之還京，時當光緒二十七年十一月二十八日（1902年1月7日），故《鏡中影》之動筆，當在次年即光緒二十八年（按公曆仍為1902年）。因為時間隔得太近，加上又身處海外，才使作者懷有「事蹟沒處稽查，看來也像說謊」的心態，並一再表白道：「倘著者自言真有這等事，料看官也不能盡信；看官若說真沒有這等事，著者又怎得心安？便真是鏡中照面，也有個影兒，故就將這書起個《鏡中影》的名號，看官莫作沒影樓臺的一樣看也罷了。」所以題名《鏡中影》，就是因為身在海外，許多事蹟

沒處稽查的緣故。

在《鏡中影》中，慈禧太后（何太后）是作為邪教保護傘的宣王的對立面出現的，寄予她一定程度的同情。如第三十九回敘車駕西行道：「不一日，已到了燕門關。這地方是古來有名的雄鎮，英雄名將留下足跡的不少了。太后到了此時，暗忖：這是古來邊皮地方，今日自己因什麼事情來到此地？回頭東望，不覺眼中流下淚來。天子見了，自然同一般的感動。還虧金安撫解得意思，就在路旁折一枝黃花，遞過太后的手上，太后就拿來玩了一回，然後和天子再復起程。」細節描寫，頗為感人，完全看不到排滿思想的痕跡。表明作者的種族革命立場，此時尚未確立。

二

時事小說《鏡中影》，堪稱是從最近距離反映庚子國變的長篇作品。正由於「貼近」，遂馴致兩個互為依存的特點：一是時代氛圍的真切，一是理性思考的不足。開頭第一句便是：「罷了，罷了，世界變得很了，不知怎的原故，變到這樣？著者血淚有限，怎哭得許多？便要把一枝枯筆敷衍出來，把那些變幻情形留個影子，給後人看著。」晚清時代的最大特徵，就是一個「變」字；但不是變得好起來，而是變得壞下去。自然，這種「好」與「壞」，既是從往昔的縱的對比，更是從以外國為坐標的橫的對比中顯現出來的：黃家裔「那日正到了南洋，但見海上的帆檣蔽日，岸上的車馬如雲，十好繁盛，不覺歎道：『怪道外國富強得很，原來海外的荒蕪地方，也闢得這般壯麗來，回想俺的祖國，那商場衰落到這樣，真不免相形見絀了！』」一邊是繁盛，一邊是衰落，原因何在？和黃家裔一般情性的冷觀時道：「論起敝國，本來土地是很廣，人民是很眾的，都是世界中數一

數二的大國了，不想越弄越壞，反被外人輕視起來。奈國民沒點性兒，胡胡混混就過了，豈不可恨。」最最可恨的是：多數中國人仍處於渾渾噩噩的狀態，既不懂得這個「變幻世界」的嚴峻性，也不想去弄清楚個中的原因，尋找解決的辦法。這對於有思想、有抱負的憂世豪傑來說，是何等的痛苦：「血淚有限，怎哭得許多！」作者因此得出結論：這一切，都是人民缺乏國民性、君臣沒有存亡的感念造成的。

所謂「存亡的感念」，一切正視世界大勢產生的憂患意識。《鏡中影》著重敘寫1860年英法聯軍攻佔北京、咸豐皇帝逃奔熱河和1900年八國聯軍攻陷北京、慈禧太后光緒皇帝倉皇逃往西安兩大劫難，並試圖挖掘其深層次的原因：「當時海禁初開，外國的商人往來貿易，漸漸多得很。自古道言語不通，嗜欲不同，自然性情難以相合，便往往要鬧出事來了。往時也看外人不在眼內，自從那朝天子和外國構兵，南廣失陷，方知外人打仗端的屬害。可奈樞簾院執政大臣，在夢裡睡著，當南廣失陷之後，既不備戰，又不修盟，整整等了幾年。外人忍耐不得，便有西方兩國，會同興動大兵，要來攻打京城去了。論起這兩國，都是世界上有名強大的。他還有一種屬害：在水上制定船艦，好似銅牆鐵壁一般，藏著無數巨炮，要東擊東，要西擊西，等閒的抵他不住。」作者長期身處海外，親身感知西方列強的「屬害」，意識到中國只有拋棄閉關自守的觀念，在防禦西方侵略的同時，認真學習西方的文明制度和科學技術，才能使自己強大起來。對於當道者之不能適應世界大勢的變化，「忘了居安思危的心，武備不修，人才不講」，「既不備戰，又不修盟」，作者是深表憂慮的。

但作者的思考，更集中於「邪教」問題。作者分析邪教產生

的社會背景，首先是「統計十年前後，被東西兩國分次交攻，割取藩屬，賠盡金錢，外人聲氣，益自強盛」，遂導致了「教案」的屢屢發生。由於地方官偏袒教民，因而激起了民變，從這一角度看，白蓮教自有其反抗外來勢力的正義性；但他們鬥爭的手段，卻純是反科學的邪術：「自稱能潛形化身，能在空中取人性命，刀劍不能刺，水火不能傷。以故無知的愚民，一般迷信，紛紛求師練習」。加上民眾的排外情緒，又被統治集團的頑固分子利用作為竊取權力的工具，問題就變得益加複雜起來。宣王要謀取「大位」，顧慮「天子和老后和外人很好」，其心腹陸賢獻策道：現在遍地都是義民，皆忠心愛國，而且拳術精通，水火不能傷，刀槍不能犯，可乘著民教衝突一事，勉以大義，給以糧械，拒盡外人，實如反掌。宣王聽信了陸賢說話，便力稱那邪教的「皆是忠心愛國的人」，加以利用。

那麼，到底是邪教還是義民？黃小配的答案無疑是前者。第二十八回「奉祖師老人托夢」，寫一老人自稱夢見鴻鈞老祖說稱：「近日外國很強盛，攻伐我們的國，屬害到了不得。現在世運將轉，可望太平。特授老拙八門遁甲天書及靈符一道，世人服了，可以不死，便是刀槍水火，可以不懼。……方今我國弱得很，若不是有了法術，怎能夠抵敵外人；若不能抵敵外人，便不能安身立命了。」又道：「大凡引誘人心，必要假神權，且要題目正大，才易入手。」無論出發點如何正大，假神權以控制民眾，總歸是邪教的基本特徵。問題的嚴重性更在於，依恃盲目排外的邪教，是不可能真正抵敵外人的。第三十二回寫提督葉有成與外人開仗，兵敗後致函制使，中曰：「以此大變，釁端自妖民謠言惑聽，愚弄官民，致有今日。觀平日坐談，則神仙呵護；臨時決戰，則身首分張。」葉有成職司專閫，熟審情形，說的話是

有根據有分寸的。他對三軍沉痛地說：「若然盡力攻擊外人，將來大局定了，朝廷不免見罪；若要攻擊亂民，看眼前遍地干戈，沒行七頭八臂，怎地抵禦得來？」終於壯烈殉國。

理性思考的不足，還表現在對外國侵略軍的回護。這種「回護」，源於在中國人面前，西方列強既是先生、又是侵略者這種一而二任焉的角色。西方是文明與進步的體現，只有向西方學習，才有前途和希望；在這種心理支配下，讓守舊的官僚去經受西方人的「教訓」，似乎也是必要的、有好處的，這就不免導致對西方列強的某種「回護」甚至幻想。有的則涉及國際公法，如第三十二回「守炮臺何總鎮捐軀」，敘黎大將（指聯軍統帥瓦德西）來見總鎮何榮康光，說道：「方今京城紛亂，各國欽差衙門被困，貴國置諸不理。我們便當帶兵進京，自行保護。」「保護外交使館」，固是發動戰爭的外交藉口，但畢竟有國際成法在；而提督統毓良主張「圍住欽差衙門，拏住各國欽差，要他退兵，如若不然，便把各公使殺了」，卻是有背國際公法的，是應該予以譴責的。

出於民族的感情，小說對守將的忠義英勇進行了彰揚。如第三十二回敘黎大將向總鎮何榮康光「借」炮臺權住水兵，何榮康拒絕道：「本帥奉皇命把守這幾座炮臺，是個緊要去處，如不得皇命，怎敢擅離職守，輕讓他人？」黎大將威嚇道：「若不允從，恐怕各船分道攻擊，怕這一個孤懸海上的去處，守的不容易。這時不特沒了將軍的體面，又失了各國交情，也不是頑的。」何榮康道：「本帥在一天，守一天。若然是守的不牢，寧死是不敢輕去的了。」大義凜然，固不可以勝敗論也。

人民缺乏國民性、君臣沒有存亡感念這兩個症結點，作者更關注的是後者。如寫兩個老公公向兵官跪下碰頭，說：「這場大

禍，不是朝廷幹下的，不過宣王懷者歹心，結黨罔上，挾制天
子，庇縱亂民，故至於此。望各國將軍，把這個情節回報貴國，
重敦和好，實為萬幸。」那兵官歎道：「看你一個內監，還有這
般思想，不料執政大臣，反相助為惡，實在可歎！」實可代表作
者的見解。相比之下，最高統治當局就麻木得多了。開議和局
後，為被害西方欽差立碑，派大臣謝罪弔問，懲辦從亂大臣，各
國留兵保護欽差衙門，訂定年限禁買軍火，賠款幾百兆等等，都
議妥的了。天子道：「這般賠款，如何籌法？恐我國是辦不來
的。」太后則道：「李相說得來，料然做得去。但使我們宗緒無
恙，也就罷了。」這種沒有存亡感念的君臣，怎麼能不自取滅
亡？小說結末寫呂思瀛得了一夢，見京城裡旌旗紛起，忽然一陣
大風，把宮殿摧塌了。詩曰：

> 光陰荏苒莫虛閒，滄海桑田轉瞬間。
> 荊棘昔憐生帝座，煙塵今已遍人寰。
> 百年雨露天將末，萬頃波瀾地欲翻。
> 向有春雷起群夢，努眸爭看舊江山。

「百年雨露天將末，萬頃波瀾地欲翻」，就是《鏡中影》的
思想意蘊。

三

和充當時代號筒的作家不同，黃小配是懂得故事的魅力的，
《鏡中影》的藝術特點就是善講故事。為了將社會變幻情形「留
個影子，給後人看看」，《鏡中影》在處理實事與虛構的關係
上，更偏重於虛構。1897年幾道（嚴復）、別士（夏曾佑）的

〈本館附印說部緣起〉，曾提出「公性情」的理論，說：「何謂公性情？一曰英雄，一曰男女。」又說：「若夫男女之感，若絕無與乎英雄；然而其事實與英雄相倚以俱生，而動浪萬殊，深根亡極，則更較英雄而過之。」黃小配頗明乎此理，寫呂思瀛以影射李蓮英，說其父留下許多家當，但呂思瀛從小放浪，家財蕩盡，只好流落戲班學戲。後投京中名班雙福喜，藝名「豔朵兒」，聲名大噪。陀城制置大臣何銳倫為慶壽誕，從京中請來雙福喜班，見呂思瀛演唱得出神入化，愛慕之至，遂留在制置衙裡當了清客。作者便在呂思瀛身邊安排了三位女性，編織出纏綿悱惻而又可駭可愕的故事。

第一位是何銳倫的愛妾胡氏。胡氏專權怙寵，對呂思瀛青眼有加；何銳倫任意糊塗，諸事都由胡氏、呂思瀛把持發落。第二位是胡氏的美婢何珠兒，以影射慈禧太后。按，慈禧太后（1835-1908）原籍山西長治，13歲被父賣與縣太爺，轉送知府惠徵為婢，以為義女，名玉蘭。咸豐二年（1852）入宮，封蘭貴人。歷史上的慈禧，比李蓮英大13歲。故《鏡中影》之所寫，純屬杜撰。胡氏與何珠兒母女都和呂思瀛有情，不免產生微妙之糾葛，呂思瀛之感情，自然更傾注在何珠兒身上。不想這種卿卿我我的日子，卻因欽差的參本而告結束。何銳倫聽眾樞密院大臣蘇焜之計，選何珠兒佳人入宮，以解皇帝之怒。呂思瀛自告奮勇，願擔送行重任，途經大庾嶺，被綠林豪客李大雄騙上小梁山，於是，第三位女性──李大雄之女李翠花出場了。「小夜叉」李翠花頭腦清醒，自念寄身綠林，終非長策，便要其父放走何珠兒而留下呂思瀛。何珠兒言與呂思瀛雖有成約，若到宮闈，便是今生永訣，故願將姻緣讓與李翠花。

何珠兒入宮後受天子寵幸，又有身孕，封為西宮貴妃。後幼

主登位，尊安皇后、何貴妃為太后。想起前時呂思瀛千里跋涉，護送自己進京，便把呂思瀛薦到鑾儀院當差。通過純然虛構的故事，既寫出了呂、何由至微至賤到變泰發跡的曲折經歷，又展現了社會各側面的世情色相，表明他們日後之禍國殃民，除了個人品質的惡劣之外，還應從社會存在去尋找根源。劉知幾說：「愛而知其惡，憎而知其善。」正因為具有這種膽識，發跡前的呂思瀛一點也不臉譜化、概念化，是富有實體感的活生生的壞人，做到了典型性與豐富性的統一。呂、李的因緣遇合，純粹是小說家的藝術虛構，目的是為了顯現呂思瀛心靈的斑駁色調，使之更加豐滿、真實。但《鏡中影》畢竟是黃小配的早期作品，藝術技法在某些方面還顯得稚嫩，加上題材自身的限制，全書結構不夠勻稱，主線不能貫串始終，隨著翠花之死，以三人為核心的故事主體便宣告結束，剩下的就是瑣碎的宮闈之爭，何太后不論如何垂簾聽政、獨攬朝政，呂思瀛也不論如何專權攬柄、侵涉政事，都遊離在思想核心之外了。從第二十六回起，筆鋒轉向邪教和聯軍，何太后和呂思瀛都退居次要地位，直到第四十回和約簽訂，各國要求大殺奸臣，名單裡有宣王、統毓良、英賢、陸賢等，領袖欽差又道：「宮內留下一個呂思瀛，他和宣王是互相作惡的，實在不可不除。」李相反駁道：「這是沒憑證的。」方得以保全。呂思瀛戰戰兢兢，那夜竟得了一夢，見一陣大風把宮殿摧塌了，隱隱有人對他罵道：「你罪惡貫盈了，還逃那裡去？」說猶未了，見空中把利劍飛下來，正中額頭，嚇得渾身冷汗而醒，倒是頗有象徵意味的。

（四）新小說的愛國主義主題

一

　　《新中國未來記》以改革將創造美好未來的信心，奠定了新小說明朗而樂觀的基調，一批以亡國滅種警報為主題的小說，則表達出深沉的危機意識和真正意義的愛國主義精神。

　　亡國滅種警報小說出現在1903年，乃是時勢之所然。《遊學譯編》第六期（1903年4月出版）載文云：「今日吾國滅亡之風潮，誠達於極頂：歐美之白人曰奴滅我，地跨歐亞二洲黃白兩界之俄人曰奴滅我，並同洲同文種源大陸之區區日本人亦敢隱計曰奴滅我，……日夜咆哮攘臂於亡我之一大問題，對我曰：亡而種，亡而種。」這一年最突出的事件是拒俄運動。四月，俄國拒絕依《交換東三省條約》從滿洲撤兵，並向外務部提出七項新要求，妄圖永遠控制中國東北三省，建立所謂「黃色俄羅斯」。二十七日，上海各界人民在張園召開拒俄大會，通電反對沙俄改約；二十九日，中國留日學生在東京開會，組成拒俄義勇軍；三十日，京師大學堂學生「鳴鐘上堂」，集會申討沙俄侵略罪行。亡國滅種的危機感，沉重地壓向每一個有血性的中國人心頭：「中國前此之亡國，為君主一家之私事私產；今日之亡種，夫固為中國四萬萬人之公禍，所謂人人當盡其義務者也。」（《遊學譯編》第六期，1903年4月出版）這種全新的歷史觀，在民族的危亡關頭破土而出，造就了中國小說演進史上第一批沖破恬淡超脫的循環論模式的以救亡愛國為主題的新小說。

二

　　1903年問世的此類小說，計有《血淚痕》（《湖北學生界》第五期，1903年5月）、《血痕花》（載《浙江潮》第四期，1903年5月）、《英雄國》（《遊學譯編》第七期，1903年5月）、《痛定痛》（《江蘇》第三、六期，1903年6月、9月）、《亡國恨》（《杭州白話報》第十九、二十、二十一、二十三期）、《燕子窩》（載《漢聲》第七、八月合冊）、《自由結婚》（自由社癸卯七月、十一月發行）、《瓜分慘禍預言記》（獨社癸卯十一月付印）、《洗恥記》（湖南苦學社癸卯十二月出版）等。大約是為了躲避文網，給具有刺激性的內容披上一層保護色，這批小說或借外國故事以說法，或假託係外國作品之譯述。前者如《血淚痕》敘紅、黑人絕種之慘劇，《英雄國》敘地球東經160度20分、南緯39度53分太平洋中珊瑚島國脫浪王朝為墨西哥人所亡故事；後者如《自由結婚》，題「猶太遺民萬古恨著，震旦女士自由花譯」，「譯者」自謂於瑞西（瑞士）識猶太老人Vancouver，老人有此書之作，「稿未脫，即以相示，余且讀且譯，半閱月，第一編成」；而據馮自由《革命逸史》，知作者實為張肇桐，「震旦女士」云云，故施煙霧而已。又如《瓜分慘禍預言記》，題「日本女士中江篤濟藏本，中國男兒軒轅正裔譯注」，據說此書原為中國一高隱之士所著，入於日本中江篤濟之手，譯為東文，軒轅正裔復譯為東文，且照原意編為章回體小說，亦是故弄玄虛。唯一敢於直書中國之名，且痛斥滿人的，是《痛定痛》，但發表小說的《江蘇》是在日本出版的，故無需太多的顧忌。

　　這批警報亡國滅種的小說，就其內涵容量和思想深度而言，

大體可以分為兩個層次：其較淺的層次，意在渲染亡國滅種之慘痛，用以警醒國人。如《燕子窩》，堪稱一篇寓言，說的是湖北省城西邊有一座燕子山，下有燕子村，燕子極多。山北之麻雀王見燕子性兒又純，嘴尖又不鋒利，且窩兒做得光滑，糧草備得齊整，就起了不良之心，把燕子逼得上天無路，入地無門。幸喜燕子中出了一個有志氣的，領大家起來報仇雪恨，把麻雀趕走。從此，燕子村以為沒人敢來干涉了，一天樂似一天，不到幾年，窩兒仍被別人搶去，幾乎絕種了。《英雄國》、《血淚痕》講的是外國故事，只是一般地渲染亡國之痛，尚不與中國有所關涉。《亡國恨》敘法國農學家養特在一古國（此國地理人口、君昏民弱，一切皆似中國）的經歷。養特在客店偶失一錶，限跑堂半小時內交出。此國官府有令：凡失了外國人物件，輕則挨打受罰，重則封店，店主懼禍，只得買新錶賠償了事。其友郁吞林，因被人力車略擦一下，竟將車夫打折了腿，周圍觀者，無人敢言。《血痕花》寫一留法學生，回首祖國被人瓜剖豆分，心緒繚亂：「你看東割一地，西讓一城，朝送一路，暮奉一礦，竟是把我們的生命財產當作邀請外人殘虐我們的聘金、酬勞外人殺害我們的禮物。」已開始觸及中國的時政，但這些作品大多為急就章，一般只有一、二回，不能完篇，其主旨無非在喚醒獅夢，號召「換去奴骨、剗去奴性」而已，對於何以釀成亡國滅種的危險以及如何實施救亡圖存等等，都不曾進行深入的思索。

三

　　亡國滅種的危險，可以說全體中國人都感覺到了。但是，在探究中國何以瀕臨這種絕境，以及何以拯之的問題上，顯然存在分歧的意見。改革派認為，自上而下地實行改革，以「平和的秩

序」、「無血的破壞」來推進中國近代化，是由專制政體改造為民主政體並使之漸臻富強的最佳方案；革命派認為，異族的清政權已完全不可救藥，他們甘為外國人之鷹犬和奴僕，是亡國滅種的根源，只有自下而上地進行民族革命，推翻滿洲人的政府統治，才能挽救中國。在改革與光復、溫和與破壞的分歧中，激進意見因提出問題的尖銳性，感奮人心的鼓動性，在小說創作中明顯占著上風，亡國滅種危急警報的主題，幾乎為具有民族主義傾向的作家所獨占。

在充溢民族主義的作品中，思想深度也不是一致的。《洗恥記》題「漢國厭世者著，冷情女士述」，敘牙洲有個大國叫做漢國，二百年前被一種野蠻民族賤牧人所亡，漢國人成了賤牧人的奴隸。這個「漢國」，講的明明是中國，卻偏說「若拿中國比起來，漢國還算好的：揚州十日，嘉定萬家，這個慘狀比把皇宮作兵營還慘似千萬倍呢」。《洗恥記》要洗的「恥」，只是賤牧人亡漢之恥；它宣揚的只是「小丑亡，大漢昌」，「殺盡胡兒復祖邦」。既沒有從西方虎視熊眈瓜分中國的大背景下來處理滿洲人統治的問題，也沒有站在變封建專制為民主政體的高度來解決救亡圖存的問題，顯得極為膚淺。《痛定痛》則竭力宣揚「二次亡國論」，將「清國」與「中國」對立起來，道是「清國雖在，中國已亡」，號召「把這一班賤種剿滅淨盡，還我舊日山河，重新造出一個新中國來」。《痛定痛》揭露了清王朝「把持朝政，作威作福，敲剝我們百姓的脂膏供他們的淫樂」的本性，也注意到外國人辟土地滅人種的危險，但正如《江蘇》第三期效魯〈中國民族之過去及未來〉更直截說出的：「吾中國之亡，不亡於今日之歐西文明人，早亡於二百年前之北方蠻族矣。今之所謂亡，不過自他族之手，轉亡於他族耳。不知民族主義，日日言變法，日

日言自強，國果強矣，非吾之國也，為彼蠻族增榮譽固權勢，保其子孫帝王萬世之業。我之奴隸於彼，自若也；我為亡國之民，自若也。」這種民族主義觀，既已認定清國非中國，對於自上而下的變法自強持抵制和反對的態度，遂成為改革潮流中的牽制和抵消力量。

相比之下，《自由結婚》對中國的歷史有較深刻的剖析。小說說，地球上有一個大國，名叫愛國，國家政權都被盜賊霸持，可算是一種「盜主國體」、「賊民國體」。《新中國未來記》猛烈抨擊皇帝是「殺人不眨眼的強盜」、「不知五倫不識文字的夷狄賤族」。《自由結婚》則將一國中人分為強盜與奴隸：「亂初起來的時候，國裡許多奴隸都幫著在上的強盜來打在下的強盜；等到在下的強盜得勝，變了在上的強盜，奴隸又來幫著他去打別個在下的強盜。上下古今二三千年中間，忽而此盜得勝，忽而彼盜得勝，忽而強盜遇著賊爺爺，循環往復，好像環無端、川不息，沒有一刻的安寧。然而許多奴隸卻不來管你那個是真皇帝，是假皇帝，只要看見你身披龍袍高高的坐在金鑾殿上，他就跪下連磕幾個頭，口稱『太祖高皇帝萬歲萬萬歲』，任憑你阿狗阿貓、王八狗蛋來，都是如此。」概括了歷史的循環往復的本質，是對傳統小說創作思想的重大突破。《自由結婚》借一個小洋人之口說：「我們現在有要你死就死、要你活就活這樣大權」，表明作者強烈意識到洋人已成了比異族政府更大的強盜；但當進一步追索洋人何以勢焰如此屬害時，又歸結為異族政府「看見洋人十分屬害，恐怕觸他的怒」，「樂得拿人家的東西做些人情」。小說也認為「立憲本是好事」，「要是政府是同種，立憲也就罷了；現在政府是異族，同他立什麼憲呢？」「他不立憲，我們還可以報仇；他立了憲，……我們的國家永遠淪於夷狄，報仇也報

不起來，恢復也恢復不起來了。」小說堅決反對通過「運動」進行改革，說「這『運動』兩個字，包含了希望的意思；就是說政府不好，我們總要想個法子叫他好」，「現在的政府既然是異族，還要有什麼希望？他好是他的好處，他不好是他的害處，同我們的國一點沒有什麼干涉」，「他愈好我愈有害，他愈不好我愈有利，人苟有些良心，總是自己人幫自己人的，只有設法放些反間，把他愈弄愈壞，使我們可以把我們的國恢復過來，豈有去運動他，希望他好的道理呢？」還是不脫「清國」非「中國」的「二次亡國論」的樊籬。

　　然而就小說創作論，此類充滿民族情緒的革命派作品，同以改革為核心的小說在精神上仍然是相通的。《自由結婚》弁言自謂「譯者髫齡去國，疏於國學，又習聞故老之言，卑視華文小說，《新小說》報未出以前，中國說部之書，概未寓目」，可知《新小說》的感召之力。《自由結婚》假「猶太遺民萬古恨」自言：「老夫從前苦心經營，做了一部小說，名叫《自由結婚》，描寫兒女的狀態，提倡愛國的精神，材料豐富，滋味濃厚，煌煌大文，驚天地、泣鬼神」，堪為作者的夫子自道。小說將中國名之曰「愛國」，並且以飽滿的激情描寫了一對絕世英雄黃禍與絕代佳人關關，「靠著自由的精神，倒轉乾坤，轉移時局，竟能生死人而肉白骨，把已亡之國，變成自由獨立之雄邦」。以男女主人公的愛情為線索，貫串以愛國主義的主題，可以說是開後世流行的小說程式的先河。不僅如此，小說還將「結婚自由」同「政治自由」、「言論自由」相比較，說「只有結婚自由，沒有一個人不歡喜，沒有一個人不情願替他死的」，「願我自由的男男女女，愛一切自由如結婚一般，我祖國就不怕無自由之日了」。這就將抽象的政治概念，化為可感可觸的日常體驗。主張「用尋常

兒女的情，做那英雄的事」，也是《自由結婚》的首創。小說又描寫了發誓「一生不願嫁人，只願把此身嫁與愛國」的關關和光復黨首領一飛公主，寧願舍棄個人的幸福，更是愛國精誠的生動體現。

弁言在提示此書內容時說：「全書以男女兩少年為主，約分三期：首期以兒女之天性，觀察社會之腐敗；次期以學生之資格，振刷學界之精神；末期以英雄之本領，建立中國之大業」。然而由於第三編未曾面世，兩位主人公的英雄業績（按文中伏筆，黃禍日後應為大愛共和國的大統領）並未形諸筆墨，小說的重點，倒落在喚醒民眾的愛國精神及主人翁的責任感上了。第十四回寫趙氏針對妙音太太「以為國家自有皇帝宰相管著，同我們毫不相干」的糊塗思想道：「就算那皇帝宰相確確實實是我們同種同族的人，難道我們的國是他們所私有的，我們反而不能有分不成？」她還指出：「我們國裡的人，向來不曉得自己有了這件最貴重的國家，各人都以為國家與他無干，自己棄了主人翁的權利，把大權都交托給這十二人之手，這十二人就作起威福來，作踐百姓，無所不至，弄得後來，狗果然進來了，賊果然進來了。你想，國裡有了狗同賊，我們百姓那能一日安寧？我且不說別的，只看現在龍庭上高高坐著的薰天皇后，逍遙行樂，只吃飯不做事，只殺百姓不殺敵人，拿我們這些無主之物作禮物送給他人，這都是我們放棄責任讓他狗賊進來的緣故。」這種認識，已初步突破仇視「異族」的局限，觸及了與「忠君」截然不同的、人民作為國家主人翁的權利和責任，而這正是近代意義愛國主義的精髓所在。

《瓜分慘禍預言記》的愛國主義激情，與《自由結婚》在伯仲之間，敘事方法卻不同於《自由結婚》、《血淚痕》之立足未

來以「回敘」歷史，而是站在現在以「預言」未來。此書付印於
光緒癸卯（1903）十一月，卻假託明遺民之〈甲辰年瓜分慘禍預
言〉，「詳敘中國光緒甲辰年（1904）以後，萬民遭劫，全國為
墟，積骸成山，流血成河的慘禍」，預言各國已經瓜分中國，地
圖上「這北方一帶，便換了俄國的顏色了，這揚子江流域，便換
了英國的顏色了，這山東便變德國的，兩廣雲南便變法國的，福
建浙江便變日本的顏色了，此後，地圖上再也不能看見我中國的
影子了，可憐我們四千年的國家，一旦滅了，連圖上也不能占一
顏色」。洋兵殺來，「只聽啾啾鬼泣之聲，那滿地屍骸，都隱隱
有坐立哀啼之狀」，把戰禍之慘狀形容得淋漓盡致。洋人瓜分中
國之後，實行殘酷的滅種政策，人民受此殘虐，不及一年，恐當
被滅淨盡了。小說結尾處云：如人人讀了此書，「能知吾人身上
一點血一根毛，連那吾人宗祖父母的一點血一根毛，都是這國培
養的，不可不愛；又知那無國之民，必被人斥逐，不可不懼，並
知國家本人民之公產，人民乃國土之主人，便能發出寧舍此身以
存吾國的思想，那中國非但不至於瓜分，直可雄視地球。」作者
稱此書為《醒魂散》，又名《賠淚錄》，並自覺將小說付印稱為
「一宗的報國之事」，愛國熱情是極為可貴的。

作者所說的「可醜可懼可怕之事」又是些什麼呢？那就是：
當外洋各國欲要吞滅中國之際，「不趁早預備抵擋，卻只滿心私
欲，專打一身一家之計，及到那禍已臨頭，父母被殺，妻女被
淫，財產遭劫，身軀受戮」。同《自由結婚》一樣，《瓜分慘禍
預言記》在對「愛財不愛國，愛身不愛群」的同族醜類進行抨擊
的同時，還提出了全民族覺醒的問題：「他們口口聲聲說國家是
皇帝的，地方上的事有官呢，甚至說一時亂了，富的變窮，窮的
變富，或者我發一番財，得一個好婆子呢」，這等「刀子過頸，

也是無熱血出來的」麻木心態，才是中國寂然無聲的亡了的根本原因。要使中國死中復生，關鍵的一著在「人人醒悟」，這可以說是這類小說的最傑出的貢獻。

至於小說所說的「可喜可慰可望之事」，是確有一批志士仁人滿懷愛國激情，為挽救國家危亡盡力奔走，且他們之「布置」，確有轉禍為福之功效。發州公立學校教習華永年聽說東三省瓜分已經實行，養成自己寸膚滴血的中國即將滅亡，激勵學生說：「這國一日未亡，我們須是竭我心血，盡我心力的圖謀挽救；就是到了那無可奈何的時候死了，也算略曾代這所愛的國用了心力一場。若是便胡亂死了，這中國生我，豈不是和生雞狗蟲蟻一般嗎？」充分道出了「竭我心血，盡我心力」以圖挽救危亡的心聲。這裡既有登高一呼應者雲集的領袖人物夏震歐、華永年、曾子興，也有奮勇殺敵以身殉國的烈士史有名、方是仁、章知秋、萬國聞等。女英雄夏震歐於舉國皆亡之際，倡興華府獨立，新立興華邦共和國，被推舉為大統領，自謂：「這中國就是我夫，如今中國亡了，便是我夫死了，這興華邦是中國的分子，豈不是我夫的兒子嗎？」誓為中國「撫孤」，不及嫁人。華永年領導漩潭鄉實行自治，卒得保全，也說「中國乃其愛妻，而今所存之興華邦漩潭，乃遺留之簪珥也」，故曰：「吾有一強壯美麗之妻，已經亡失了，剩這遺留簪珥，吾望著，每暗自神傷，不忍復娶也。」思想境界都與關關、黃禍相仿而真情過之。尚水與洋人一戰，史有名引發炸藥炸死洋人，不防身上火藥著了，燒斷兩腿，半身焦爛，臨死猶說：「諸君須是用心勉力，為我中國留個紀念。我們今日不死，到了沒有國的時候，到東被人逐，西被人殺，……那時也是死，倒不如今日戰死了，尚留些英氣在世間。」忠義之氣，直逼雲霄。唐人輝、史有光與俄兵鏖戰，全軍

覆沒，連西洋赤字會也大為歎服，盡將這班志士的屍體擺在一處照了像，帶回西國，置在博物館世界英雄遺像之旁。曾子興向美軍求援不遂，撞牆而死，臨終時口內猶喃喃呼道：「我們的愛國，我等同胞，我如今不能愛你了。」在旁的美官十分欽敬，命人厚殮，並錄下遺言，送交其友人。

《瓜分慘禍預言記》是同類小說中唯一終篇的，也是唯一具體構想了《自由結婚》所要寫而未能寫的如何在亡國滅種威脅日益迫近的情勢下，「以英雄之本領，建立國家之大業」的。小說重點敘寫了商州、發州、興華府等處的「佈置」及其結局。商州民眾推舉曾子興為領袖，成立義勇隊，誓與洋人決戰。知縣石守古誣以「倡亂」罪名，將曾子興拿辦。群乃知用「和平辦法」已無效果，便殺了知縣，推曾子興當之，將一縣的內政急急整理起來，「行仿那世界通行的政治，分著立法、行法、司法三部，立法權歸人民，由全鄉人民公舉的議士操之；行法權須經學過專門者掌之；司法部是監察行法的，只舉公正之人當之」。惟因地小力薄，終為撫臺率兵圍捕，歸於失敗。英王郡主喇弗青奈見商州人誓不乞降，大為歎服道：「中國有如此人傑，而至於滅亡，真不幸也。」歸奏英王，許商州一縣人民與英民平等，同享自由之福。發州華永年，幫助璿潭鄉練鄉兵、設員警，以抵禦九國洋人，且實行地方自治：「鄉人定每月或兩月聚會一次，每年大會一次，會議一切有益大眾之事，每議事皆以舉手為決」；又將地方管理得清清潔潔，「不給外人看是野蠻地方」。洋人清鄉至此，聞此鄉早已自治，派洋官驗看，「果然自治規模，粲然可觀：有議事廳，有鄉官辦事公所，有兵軍械所，有農牧試驗場，有員警署，有圖書樓，有衛生局，道路清潔，屋舍整齊，人民武健，婦孺雍容；又見列有通鄉辦理公事出入清單，及所有鄉事公

議布告之文，都是有益全鄉人智慧身體財利之事」，洋官吃了一驚，以為遇文明之人，妄以野蠻之法加之，犯了公理，必為萬國所唾罵，璿潭鄉以彈丸之地，竟得保全。興華府則將官府趕了，自為一國，制了獨立的國旗，定國號為興華邦共和國，公定了官制憲法，宣佈「不能承認滿清政府與外人私訂之約」，「所有內治外交之權，實惟我新立興華邦共和國人民之所自操」，老幼男婦，無不有一死報國之志。外國見其民氣如此，只得承認獨立，自此興華邦遂克屹立海畔，為漢種僅有之一片土，以延黃帝之裔，不至盡數為奴，以底滅亡。歐美各國新聞，皆言興華邦必能漸次克復全國故址。可見作者所構想的救國方案，除了動員民眾英勇抗爭之外，還得與民以權，實行民主政體，將民主革命同救亡圖存繫於一體，確為卓見。

與其他同類作品一樣，《瓜分慘禍預言記》在兩個問題處理上顯得尤為突出。一是仇滿問題。小說痛斥滿人阻撓變法，說「彼等恐變了法，我們漢人乖起來，彼等便不得奴役我們，寧可將我土地割與外人，不許我們漢人得志」。革命派之仇滿並非不贊成改革，而是在他們看來，滿人是決不肯改革的，只有鏟除滿洲，方得救國。作為一種救國方略，本也無可非議；然小說所宣揚的「殺盡滿人」的極端主張，卻是不足取的。一是對洋人的態度。小說一方面淋漓盡致地揭露洋人對「野蠻人」燒殺姦淫的罪行，另一方面又對洋人的文明與公正給予好評，一再申明「洋官定不輕殺愛國的義士」。第九回敘華永年至洋官衙署索還被擒義士甄得福、劉知秋，洋官答道：「敝國所到之處，從不難為有智慧的愛國之人。若是有智慧而不愛國，如留學歐美回來，仍只求祿之輩，有愛國心而無智慧，如義和拳之不知國家為民眾之公產，而妄行仇外者，皆必殺卻無赦。至如劉、甄二君，毀家為

國，此敝國文明人所禮敬者也。」小說對洋人的矛盾心態，反映了西方列強既是侵略者又是先生這種一身而二任焉的矛盾，其中固不乏對侵略者的幻想，但確實具有其歷史的規定性，一般不必決然否定。

　　總起來說，以亡國滅種警報為主題的作品，是國家民族處於危亡關頭，一批自覺以文學為武器的作家，滿懷熾烈的愛國激情創作出來的。從美學意蘊上講，這類小說的情調是低沉而悲壯的，因而同所表達的主題是合拍的；現狀形勢的嚴峻性和緊迫性，使他們無暇賦予作品以更多的審美性，有的甚至來不及尋到合適的藝術形式，所以未能產生輝煌的巨構。

三、新小說的第一個高峰
（1903-1905）

（一）《文明小史》：西方文明的引進與反彈

—

「新小說」的旗幟順應了歷史潮流，立刻獲得廣泛熱烈的響應，繼之而起的有《繡像小說》。主持者李伯元從身分講，不是梁啟超型的時代鉅子，而是處於政治漩渦之外的普通人；他的人生價值，在於作為職業報人和職業小說家的成功事業，與開創一代風氣的廣泛影響。

李伯元（1867-1906），名寶嘉，又名寶凱，字伯元，號南亭亭長，又號遊戲主人、謳歌變俗人，江蘇武進人。「夙抱大志，俯仰不凡，懷匡救之才，而恥於趨附」（吳研人：《李伯元傳》）。光緒二十二年（1896），李伯元來到上海，入《指南報》館，次年，創辦上海第一張小報《遊戲報》，其時冠裳之輩、貨殖者流，莫不以披閱一紙《遊戲報》為無上時髦。光緒二十七年（1901）三月，李伯元另創《世界繁華報》，先後連載他撰寫的《庚子國變彈詞》與《官場現形記》。光緒二十九年（1903）五月，商務印書館創辦《繡像小說》，聘李伯元為主編。

梁啟超的〈論小說與群治之關係〉雖然標舉「理想派小說」

與「寫實派小說」，《新小說》卻幾乎是「理想派」的天下，所寫的都是「導人遊於他境界而變換其常觸常受之空氣者」；至於「人之恒情，於其所懷抱之想像、所經歷之境界，往往有行之而不知，習矣不察者，無論為哀、為樂、為怨、為怒、為戀、為駭、為憂、為慚，常若知其然而不知其所以然，欲摹寫其情狀而心不能自喻，口不能自宣，草不能自傳，有人焉和盤托出，澈底而發露之，則拍案叫絕曰：『善哉善哉，如是如是。』所謂『夫子言之，於我心有戚戚焉』，感人之深，莫此為甚」的現實境界，卻要輪到李伯元和《繡像小說》來實現了。《繡像小說》除發表李伯元的《文明小史》、《活地獄》，還刊出憂患餘生（連夢青）的《鄰女語》，蓬園（歐陽鉅元）的《負曝閑談》、洪都百煉生（劉鶚）的《老殘遊記》、旅生的《癡人說夢記》、姬文的《市聲》，及鼓吹移風易俗的《醒世緣彈詞》、《瞎騙奇聞》、《掃迷帚》、《玉佛緣》等，遂開創一宏偉的局面。《繡像小說》創刊號開始刊載的《文明小史》，全面描述了面對西方文明的衝擊，中國大地呈現的既主動引進、又強烈反彈的複雜圖景，是晚清新小說最傑出的作品之一。

「文明」一詞，不是晚近的舶來品。《易‧乾‧文言》曰：「見龍在田，天下文明。」孔穎達疏謂：「天下文明者，陽氣在田，始生萬物，故天下有文章而光明也。」其意指文采光明。「文明」又有有文化、進步之義，李漁《閑情偶寄‧沖場》曰：「辟草萊而致文明。」與「野蠻」為正相反對之詞。中國號為文明古國，向以「天朝上國」自居，外族外國則被蔑視為「丕榛蠻夷」。但隨著西方列強轟開古老帝國的大門，朝野上下於備受欺凌和屈辱的同時，不能不皺著眉頭承認：「文明」和「野蠻」的位子，實際上已被完全置換了。《共產黨宣言》說：「資產階

級，由於一切生產工具的迅速改進，由於交通的極其便利，把一切民族甚至最野蠻的民族都捲到文明中來了。它的商品的低廉價格，是它用來摧毀一切萬里長城、征服野蠻人最頑強的仇外心理的重炮。它迫使一切民族——如果他們不想滅亡的話——採用資產階級的生產方式；它迫使它們在自己那裡推行所謂文明制度，即變成資產者。」與世隔絕的狀態被西方暴力打破以後，舊中國的解體與新文明的萌生，正是同一過程的兩極。在西方文明衝擊下，中國先後經歷了洋務、維新兩大階段的被動反應，終於走到了改革階段的自上而下的主引動進。曾經是洋務運動的牽制者和維新運動的扼殺者的慈禧太后，吸取庚子事變的慘痛教訓，面對極其嚴峻的形勢，不得不作出「取外國之長，去中國之短」的決策，鄭重宣佈要順應世界潮流，主動引進西方文明，以「馴致富強」，標志著對西方文明的接受引進，已由非正統思想轉變為居於統治地位的正統思想；從此以後，它已不只是官方許可的一種思潮，而且成了官方的輿論導向和施政方針。

嚴復1902年5月發表〈與外交報主人論教育書〉，稱當時的改革為「新機方倪」，為「吾國長進之機」，真切地透露了其中的消息。針對彌漫充斥中國大地的排外思潮，嚴復一針見血地指出：「當此之時，徒倡排外之言，求免物競之烈，無益也。與其言排外，誠莫若相勗於文明。」在小說界最早與之相呼應的，就是李伯元。《文明小史》的楔子，針對「老大帝國，未必轉老還童」與「幼稚時代，不難由少而壯」兩種截然相反的形勢評估，借「太陽要出，大雨要下」為喻，說出了自己的判斷：「據在下看起來，現在的光景，卻非幼稚，大約離著那太陽要出，大雨要下的時代，也就不遠了。」從晚清新小說發展史看，李伯元是頭一個把「文明」作為鮮明主題的作家。《文明小史》的偉大價

值，不僅在於及時形象地傳達出在改革形勢下，「人心鼓舞，上下奮興」、對未來充滿憧憬的歷史勢態，而且在於以寫實手法，揭示出引進西方文明的曲折繁復，引進與反彈相互交錯的複雜矛盾，從而顯示了高於時人的深邃的洞察力和卓越的預見性。

二

小說既以文明之「小史」為名，勾勒閉塞不通的中國如何「卷到文明中來」的歷史過程，自然是作品為自己提出的第一個使命。毛澤東說：「自從1840年鴉片戰爭失敗那時候起，先進的中國人，經過千辛萬苦，向西方國家尋找真理。」在《文明小史》中，到東洋尋覓文明自由的聶慕政（第三十五回）、自費至西洋考察工藝的饒鴻生（第五十一回），都堪稱「向西方國家尋找真理」的代表人物，但小說並沒有從他們開始落筆；在中國遼闊的土地上，地處東海之濱、長江之口、申江之畔的上海，是引進西方文明、開始現代化進程的第一站，小說中勞航芥說：「中國地方，只有上海經過外國人一番陶育，還有點文明氣象，過此以往，一入內地，便是野蠻所居，這種好世界是沒了。」（第四十七回）但是，小說也沒有從上海的變化入手。《文明小史》的故事，是從湖南永順府開始的，並且順著湖南→湖北→江南→上海，亦即從閉塞到漸次開放、野蠻到漸次文明的地域的次序開展情節的。第一回自在山民評語說：「書曰『文明』，卻從極頑固地方下手，以見變野蠻為文明，甚非易事。」從引進文明的次第看，這種安排是倒置的；而在結構上作這樣的處理，恰是為了重現中國「捲到文明中來」的歷史輪廓：因為閉塞地方的今天，就是文明地方的昨天。

小說寫湖南永順府僻處邊陲，民俗渾噩，「所有百姓都分

布在各處山凹之中，倚樹為村，臨流結舍。耕田鑿井，不識不知」。這個「除睡覺吃飯之外，其餘一無事事」、與外部世界完全隔絕的地方，忽然闖進來幾個外國人，千百年來固有的安謐寧靜，一下子被衝破了，一成不變的舊有秩序，也被澈底攪亂了。來到永順府的外國人，原來是義大利的礦師，「只因朝廷近年以來，府庫空虛，度支日絀，京裡內外，很有幾個識時務的大員，曉得國家所以貧弱的緣故，由於有利而不興。……更有兩件天地自然之利，不可以不考求的，一件是農功，一件是礦利，倘把這二事辦成，百姓即不患貧窮，國家亦自然強盛。所以那些實心為國的督撫，懂得這個道理，一個個都派了委員到東洋考察農務，又從外洋聘到幾位有名礦師，分赴各府州縣察看礦苗，以便招人開採」。這本是「取外國之長，去中國之短」的純屬技術引進的盛舉，不想卻因了一些區區小事，竟惹出了在現代人看來不可思議的種種紛擾。

永順府的居民中，知府柳繼賢大約是唯一稍稍通達外務的人物，可是當他聽說來了三個外國人，客店又打碎了外國人的洋磁碗時，他的頭一個強烈反應是：「弄壞了外國人的東西，是要賠款的！」為了應付這突發的「交涉大事」，他下令停止武考，且立即上門拜會，以收「柔遠的效驗」。就柳知府來說，與其說是「媚外」，不如說是為了脫卸干係──這有他向首縣說的話為證：「等到出了界，卸了我們干係，哪怕他半路被強盜宰了呢！」可見提倡西學、講究外交這些識時務的政策，實際上不曾為舊官僚體制中的多數成員認同和接受；他們看到的，只是「外國人正在旺頭上，不能不讓三分」的現象，因而只注重表面的敷衍和周旋，為的是保全自己的職位。以柳知府之精明練達，義大利礦師在他眼中不是單個而具體的外國人，而是易惹麻煩難以應

付的「洋人」整體的一分子，而察看礦苗招人開採這樣一椿「為國興利」的新政，在他頭腦中竟然沒有獲得任何積極響應，就毫不足怪了。

對於廣大文化素質較低、扞挌不通的鄉民來說，探礦則被理解為一場完完全全的騙局。出於對洋人侵侮的仇恨，鬱積在他們心底的排外情緒是極其盲目而頑強的。開礦同千百年來有關「風水」的迷信，一時成為絕不相容的事情：祖墳在山上的，害怕「刨墳見棺，翻屍掏骨」；住在山下大門緊對著山的，又恐於「風水」有所關礙。因暫停武考而心生怨望的一班武童，又借機散謠言，說官府要把一府的山水通統賣給外國人，憤激的民眾喊出：「先到西門外打死了外國人，除了後患，看他還開得成開不成礦？」「先去拆掉本府衙門，打死瘟官，看他還能把我們的地方賣給外國人不能？」以致激起民變，打洋人，衝官府，鬧得難以收拾。一場以興利為要旨的探礦活動，終於在多種因素的衝突中歸於夭折。

真正促使永順府的士人接觸西方文明的，卻是新任知府傅祝登的濫肆株連。「聚眾會盟，謀為不規」的罪名，逼得秀才劉伯驥避難教堂，與傳教士建立了個人的友誼。小說第八回，寫了一座高崗上相互對峙的古廟和教堂，兩座建築物毋寧是中西文化相互對立的象徵。廟中的老和尚，儘管受到過劉伯驥父母的佈施，但對這位連行李也沒有的人，仍不免懷有疑心，他貪圖的只是洋錢。當劉伯驥因寒氣所感，生起病來，老和尚方後悔不迭，詞色之間顯出討厭他的意思來。而教堂中的洋教士，不但能說中國話，讀中國書，與劉伯驥十分投契，一旦知悉劉伯驥朋友被拿、自身落難的真情，便以「上帝以好生為心，我受了上帝的囑咐，怎麼可以見死不救」的基督教式的人道主義感情，挺身而出。洋

教士所憑恃的，自然是不平等條約授予的插手中國教徒訴訟的特權，但此時矛頭所向是盤剝百姓的貪官，且解救清白無辜的好人於虎口，又不憚跋涉送至萬國通商的文明之地，以為增長學識和他日建立功業的基礎，這種對於中國文明的關切是應予肯定的。

外國礦師是湖北總督聘請來的，隨著劉伯驥在洋教士保護下出走，小說把場景推移到南北各省通道的漢口。這裡的景象，與永順府是大大不同了：「總督大人很講求新法，頗思為民興利，從他到任七八年，紗紡局也有了，槍炮廠也有了，講洋務的講洋務，講農功的講農功，文有文學堂，武有武學堂，水師有水師學堂，陸軍有陸軍學堂，以至編書的、做報的」，大小事情，應有盡有。引進西方文明以振興中國，總督大人是一個有心人；可惜從湖北的大勢看，似乎只有他一個人在忙忙碌碌，手下人並不能領悟其中的深意，他們所遵奉的，只是「把外國人一個個都抬到天上」的禮讓主義，至於下層百姓，也只是「看洋人看熟了」，不以為怪罷了。

唯有當作者將筆鋒轉到江南，才開始觸及西方文明的引進在底層民眾心中激起的重重波瀾。吳江縣賈家「世代一直是關著大門過日子的」，賈子猷兄弟三個，「除非親友慶吊往來，什麼街上，鎮上，從未到過」。第一個敲開賈家緊閉大門的，竟是學臺改革考試章程的告示。這張告示，使賈氏兄弟心裡頭一次有了「時務掌故天算輿地」之類的新概念；歲考的失敗，則使他們明白：形勢已經起了大的變化，「小題聖手」的吊渡鉤挽之法，已經不合時宜了；推而廣之，「現在的事，大而一國，小而一家，只要有好法子，都可以改的」。對於平民百姓來說，這一觀念的變化，是非同小可的。啟蒙老師姚文通又開導他們：開發民智，全在看報。兄弟三個於是一天到夜，足足有三個時辰用在品讀

上海出的時報、旬報、月報上，「自從看報之後，曉得了外面事故，又瀏覽些上海新出的書籍，見識從此開通，思想格外發達」。江南的情形畢竟與湖南不同，在開放的格局中占風氣之先，所以西方文明能較快獲得平民百姓心悅誠服的接納。

當賈氏兄弟隨同姚文通踏上上海的土地，《文明小史》方結束了序幕，進入了場面開闊的正劇。中國第一大城市上海的發展繁榮，與近代中國的命運緊密相聯。因了優越的地理位置，上海成了中國經濟的中心；隨著租界的開闢，司法行政制度、工務設施、教育政策乃至舶來的生活方式的設立和推行，上海更成了中國文明的中心。小說藉著對西方文明充滿嚮往之情的鄉下青年的眼光，展現了上海文明的奇妙世界：可以看到當天出的新聞紙，可以看到新編的文武新戲，有可以買到新書的書坊，有可以學到新鮮知識的大小學堂，還可以會到許多維新朋友，參加以往聞所未聞的演說會……。但是，在種種文明景象的背後，賈氏兄弟很快覺察到了它的種種光怪陸離的伴生物──醜陋、鄙劣與罪惡，它們似乎都與文明糾纏到了一塊，難以拆開。「熱鬧場且賦歸來」，在經歷一番體驗之後，賈氏兄弟懷著不無迷惘的心情，離開了上海。

不管怎麼說，小說確實以形象的力量證明了：「與外界完全隔絕狀態是保存舊中國的首要條件，而當這種隔絕狀態在英國的努力之下被暴力所打破的時候，接踵而來的必然是解體的過程，正如小心保存在密閉棺裡的木乃伊一接觸新鮮空氣必然要解體一樣。」（《中國革命和歐洲革命》，《馬克思恩格斯選集》第二卷第3頁）對西方文明的引進和接納，是一種不可抵禦的歷史潮流，文明正在變成一種席捲中國大地的新的時尚，一種新的價值觀念，和一種新的人生道路。

三

小說既以「小史」為名，不僅寫出了西方文明由沿海到內地逐漸推開的過程，還寫出了西方文明從淺層到深層接受的縱向深入的過程。

賈氏兄弟根據報上的資訊，託人上省買回一盞洋燈，「那光頭比油燈要亮數倍，兄弟三個點了看書，覺得與白晝無異」。事實是最有說服力的教師，賈子猷因此拍手拍腳地說：「我一向看見書上總說外國人如何文明，總想不出所以然的道理。如今看來，就這洋燈而論，晶光爍亮，已是外國人文明的證據。然而我還看見報上說，上海地方還有什麼自來火、電氣燈，他的光頭要抵得上幾十支洋燭，又不知比這洋燈還要如何光亮？」由此一點直觀判斷，賈氏兄弟推出「凡是『外洋新到的器具』都是『文明』的」這一帶有普遍性的結論，不惜重價買來一大堆不知用處的外洋貨，還自稱自贊是「極開通、極文明」的。這種對於外國商品的盲目崇拜，反映了初次接觸西方文明的人們的一般心態。

引進外國的機器和技術以發展社會生產力，以達到富國強兵之目的，層次自然要高得多了。湖北總督聘請外國礦師察看礦苗，以及開設紡紗局、槍炮廠，都屬於這個範疇。南京開了個工藝局，不想「製造出來的貨物，總還是土樣，不能改良，因此制臺想派一個人到外國去調查調查有什麼新法子，回來教給這些工匠等，他們好棄短用長，順便定幾副機器，以代人力」。年輕的富家子饒鴻生被派往東洋考察，他卻主動表示：「東洋的工藝，全是效法英美，職道這趟，打算先到東洋，到了東洋，渡太平洋到美國，到了美國，再到英國一轉，然後回國。一來可以擴擴眼界，長長見識，二來也可以把這工藝一項，探本窮源。」（第五

十一回）由請進來到派出去，終是大的進步。

先進的社會生產力，是以先進科學為基礎的。引進外國機器和技術，導致科學知識的學習和普及。饒鴻生遊日本，發現那裡下午四點就天黑了，半夜二點就大亮，大覺詫異，問人，方知是「日輪旋轉」所致。南京制臺府諸人閑談，說起「庚子那年日食，天津制臺還給沒有撤退的聯軍一個照會，說是赤日行天，光照萬古，今查得有一物，形如蛤蚧，欲將赤日吞下，使世界變為黑暗，是以本督不忍坐視，飭令各營鳴炮放槍救護，誠恐貴總統不知底細，因此致訝，合亟照會，伏乞查照。」（第五十九回）此一千古奇文，已為在座讀過天文教科書的人所笑，再以此科學道理曉諭其餘各人，亦俱各點頭。可見科學在與蒙昧迷信的較量中，已經開始占據上風。

緊閉的大門既已打開，隨之而來的，就不只是現成的洋貨和純粹的技術，西方的生活方式乃至意識形態，也必然如潮水般湧來。在和洋人打交道的時候，「出洋相」乃是體察西方生活方式的最好學校。永順府首縣去拜會洋礦師，錯伸了左手，那礦師便不肯同他拉手，他這才明白：外國的「禮信」是應該拉右手的；饒鴻生在輪船大餐間喝了咖啡，把羹匙仍舊放在杯內，許多外國人都對他笑，僕歐方告訴他：羹匙是應該放在杯子外裡的碟子裡的。諸如此類的規矩，不過是不同民族的生活習慣，並無高低優劣之分。但西方的生活方式，確有其文明的地方，如僕歐叮囑饒鴻生，船上不准吸鴉片煙，大餐間吃飯不要搔頭、剔指甲之類。姚文通在萬年春吃大菜，見到一樣「拿刀子割開來紅利利」的東西，竟不認得，一問，方知是牛排，便說：「兄弟高高祖一直傳到如今，已經好幾代不吃牛肉了。」同席的人忙解釋說這是菜牛，「吃了不作孽的」，況且這牛排「我們讀書人吃了頂補心

的」；還有人笑他：「你還是個講新學的！連個牛排都不吃，豈不惹維新朋友笑話你嗎？」吃牛排居然也同「維新」聯在一起，可見生活方式的文明與否，已經不是小問題了。

最帶根本性質的巨變是，禁錮了中國人幾千年的封建綱常倫理，已經被沖開一個缺口，「平等」、「自由」的話頭，不只時時掛在維新人物的口上，而且還確實在指導著他們的行動。進過外國學堂的王濟川，聽先生講如何叫做「自由」，如何叫做「平等」，「猶如幾年住在空山裡面，不見人的蹤跡，忽然來了一位舊友密切談心，那一種歡喜的心，直從肚底裡發出來」。王濟川見家童對他「竟同百姓怕官府的樣子一樣」，正言說道：

> 論理你也是個人，我也是個人，不過你生在小戶人家，比我窮些，所以才做我的家童。我不過比你多兩個錢。你同為一樣的人，又不是父母生下來應該做奴才的；既做了奴才，那卻說不得幹些伺候主人家的勾當，永遠知識不得開，要想超升從那裡超升得起？我新近讀了《漢書‧衛青傳》，衛青說：「人奴之生，得免笞辱足矣！」中國古來的大將軍，也有奴隸出身；當他做奴隸的時候，所有的想頭，不過求免笞辱，簡直沒有做大事業的志向，豈不可歎？我如今看你一般是個七尺之軀，未必就做一世的奴才。如來說：諸佛眾生，一切平等，我要與你講那平等的道理，怕你不懂，只不要見了我拘定「主人」「奴才」的分兒就是了。（第二十五回）

以主人的身分，向奴才發布平等的宣言，在晚清小說史上，王濟川是第一位典型。又有一位余小琴，鉸了辮子從日本遊學回

來，父親勸他等養長了再去拜客，余小琴斥其「頑固」，說：
「論起名分來，我和你是父子；論起權限來，我和你是平等。你
知道英國的風俗嗎？人家兒子，只要過了二十一歲，父母就得聽
他自己作主了。我現在已經二十四歲了，你還能夠把強硬手段壓
制我嗎？」（第五十六回）在余小琴「家庭革命主義」的攻勢
下，其父只好敗下陣來。還有一位鈕逢之，與母親爭論婚姻問
題，說：「外國人的法子，總要自由結婚，因為這夫妻是天天要
在一塊兒的，總要性情合式、才德一般，方才可以婚娶。」他一
定要娶學堂裡的女學生，理由是：「他既然讀書，曉得了道理，
自己可以自立，哪個敢欺負他？再者，世故熟悉，做得成事業，
講得來平權，再沒有悍妒等類的性情。」鈕逢之還從世界大勢來
開導母親：「如今外國人在那裡要中國的地方，想出各種的法子
來欺負中國，怕的是百姓不服，一時不敢動手，不好不從種族上
自強起來。他們說的好：我們中國雖然有四萬萬人，倒有二萬萬
人不中用，就是指那裹腳的女人說了。」在這般勸說下，其母也
終於讓了步（第三十九－四十回）。凡此種種嶄新的有關主奴、
父子、夫妻的倫理觀念，顯然是外國文明薰陶的產物，是對傳統
綱常禮教的挑戰和背叛。

最高層次的文明，就晚清的時代而言，是引進西方的政治
制度，實現民主和法治，《文明小史》對此也有相當深刻的概
括。志氣極高的熱血青年聶慕政、彭仲翔等，仰慕東洋「文明得
極」，「人人都有自由的權利」，便往日本遊學。在輪船上，大
家議論官府不許結會演說，乃是「專制國的不二法門」，「只要
弄得百姓四分五裂，各不相顧，便好發出苛刻的號令來，沒一
個敢反對他；殊不知人心散了，國家有點兒兵事也沒人替他出
力」，因此，專制實際上是害民害國的東西。不過，小說並沒有

讓這班青年走得太遠，所以在寫他們在反對專制的同時，又承認「野蠻的自由」是不足取的，「法律自治是要的」。（第三十五回）小說還指出：「官府以法治人，自家也要守定法律，人家自然不議論他，這才是維新的要訣，文明國度也不過如此。」（第三十六回）最後一回寫道：「話說北京政府，近日百度維新，差不多的事都舉辦了。有些心地明白的督撫，一個個都上條陳，目下有樁至要至緊之事，是什麼呢？就是立憲。『立憲』這兩個字，要在十年前把他說出來，人家還當他是外國人的名字呢。於今卻好了，士大夫也肯瀏覽新書，新書裡面講政治的，開宗明義必說是某國是專制政體，某國是共和政體，某國是立憲政體。自從這『立憲』二字發見了，就有人從西書上譯出一部《憲法新論》，講的源源本本，有條有理，有些士大夫看了，尚還明白『立憲』二字的解說。這時兩湖總督蔣鐸上了個籲請立憲的摺子，上頭看了很為動容，就發下來叫軍機處各大臣議奏。」由「百度維新」到立憲，亦即將改革的要旨歸結為變專制政體為民主政體，確乎是一個本質的飛躍。

有關法律的新認識，還被用到維護國家主權方面。小說中的顏軼回，向被看作梁啟超的化身，且被視為否定的形象，理由是書中以揶揄的筆墨寫出了他的熱衷功名，以及「貓四足者也，狗四足者也，故貓即狗也」的文風。其實顏軼回是個頗有政治遠見的人物，他看到列強各國在經濟上著力對中國實行「無形瓜分」，指出：「現在中國，和外國的交涉日多一日，辦理異常棘手。何以？他們是橫著良心跟他們鬧的，這裡並沒有什麼『公理』，也沒有什麼『公法』，叫做得寸即寸，得尺即尺。你不信，到了中國，把條約找出來看，從道光二十二年起，到現在為止，一年一年去比較，起先是他來俯就我，後來是我們去俯就

他，只怕再過兩年，連我們去俯就他，他都不要了。」（第四十六回）顏軼回憑國際公法替國家辦交涉、爭主權的主張，在小說中並非絕無僅有。第三十八回寫外國兵擅自駐紥諸城縣北門，又放縱兵丁醉酒鬧事，翻譯鈕逢之對首縣說：「倘然依著公法駁起他來，不但不該擾害我們的地方，就是駐兵也應該商量在先，沒有全不管我們主權，隨他到處亂駐的道理，這不成了他們的領土了麼？只要東翁口氣不放鬆，我可以合他爭得來的。」

總之，有關西方文明的引進從淺到深的各個層面，《文明小史》可以說都寫到了，作者是出色地完成了自己的使命的。

四

西方文明的引進和接納，在古老中國不是徑情直遂、一帆風順的。來自各個方面的意志力量，都對引進的過程施加了影響，其中有抵制，有扭曲，也有質變。這種種抵制、扭曲、質變，或可統稱為「反彈」。引進與反彈的交錯，呈現為極其複雜的形態。《文明小史》作者在這一方面，尤其顯示出了駕馭繁雜事態的大手筆大才幹。

中國的貧弱是西方列強入侵掠奪所致，而欲轉貧弱為富強，又唯有向西方取法學習：在中國人面前，「洋人」扮演了「強盜」與「先生」的雙重角色，這種局面是令人難堪的。在一般情況下，民族情緒會壓倒理性，連開始只想討好洋人的柳知府，一旦見事情鬧大，存下了一個丟官的念頭，忽然強硬起來，道：「我現在別的都不氣，所氣的是我們中國稍些不如從前強盛，無論是貓是狗，一個個都爬上來要欺負我們，真正豈有此理！」官員尚且如此，非怪廣大民眾更要義憤填膺了。但是，因了歷史的緣故，正當的民族情緒又往往同愚昧落後的文化素質交織在一

起，使得排除成見、虛心學習外國先進東西的嘗試，總是遭到頑強的抵制。這還只是問題的一方面。另一方面，在中國特殊國情之下，改革的種種努力，不但要受外來政治理論與實踐方略的誘發，而且還不得不借助外國勢力的保護和庇蔭。自在山民評論劉伯驥事跡說：「劉伯驥為官所逼，逃往鄉間，忽然想借外國人勢力，搭救幾個同志，是迫於無可如何，才想到這個急主意。為淵驅魚，為叢驅雀，是誰之過歟！」就道出了個中的複雜性。第二十六回寫官府捉拿在上海外國花園演說的青年，卻被外國人要了去，王濟川聽了大喜，方立夫卻沉痛地說：「老同學，且慢高興！你說官府捉不得人，是我們中國人的造化嗎？他們那些演說的人，依賴了外國人，就敢那般舉動，似此性質，將來能不做外國人的奴隸嗎？做中國人的奴隸固是可恥，做外國人的奴隸可恥更甚。不但可恥，要是大家如此，竟沒得這個國度了，豈不可傷！」王濟川聽了這番驚動的話，由不得淚下交頤。基於喚起民族的覺醒，以保衛國家主權、爭取社會進步的深謀遠慮，使《文明小史》關於西方文明的引進與反彈的描寫，具有深摯的愛國主義精神。

李伯元又以十分沉重的心緒，寫出對西方文明扭曲的接受所造成的道德水準的下降和社會風氣的劣化。「上海不是好地方」，「少年子弟一到上海，沒有不學壞的」，賈老太太的擔心撇開陳腐的本意，還是相當真實的。廣東阿二專門軋姘頭吊膀子，居然被認為「頗合外國婚姻自由的道理」；鬥蟋蟀的無賴魏榜賢改了洋裝到處招搖撞騙，閱歷不深的姚文通卻將他當作「天人」。西方的物質文明，固可滿足更高檔次的物欲享受；西方的道德觀念，尤可曲解為縱情聲色犬馬的理論依據。第十八回「一燈呼吸競說維新」，寫著外國裝的郭之問一邊大抽鴉片煙，一邊

振振有辭地說：「論理呢，我們這新學家就抽不得這種煙，因為這煙原是害人的。起先兄弟也想戒掉，後來想到為人在世，總得有點自由之樂，我的吃煙，就是我的自由權，雖父母亦不能干預的。」第二十三回「阻翻臺正言勸友」，寫黎定輝經上海這繁華世界，看到一班同學擺酒叫局混鬧，正言相勸，居然有人反駁道：「英雄兒女，本是化分不開的情腸，文明國何嘗沒有這樣的事？不然，那《茶花女》小說為什麼做呢？」「自由」「權利」一類神聖的字眼，統統成了吃鴉片、嫖妓女的最野蠻行徑的護法。一班奴隸根性不變的人物，徒然拾了文明的皮毛，靈魂就更其醜惡了。勞航芥因為自己久住香港，「香港乃是英國屬地，諸事文明，斷非中國腐敗可比」，視中國的同胞為土芥，而見了白種人，「你看他那副脅肩諂笑的樣子，真是描也描他不出」。他被安徽巡撫聘為顧問官，則嫌住的地方湫隘不堪，吃的東西不能下箸，又誣賴店主人偷了他的錶，拳打腳踢，徒然披了文明的外衣，骨子裡比野蠻還要野蠻。

更多的情況是，新興的各種文明事業，不過為求利之徒添一新財源。文萃書坊當八股盛行的時候，一部《文料觸機》一年總要賣到五萬本，後聞八股一定要廢，翻譯之學一定要昌明，就廉價請了從東洋回來的人，胡亂編譯《男女交合大改良》、《傳種新問題》之類以牟利（第十七回）；培賢學堂住膳費高達四十八塊，官利之外，每年總可餘二、三千塊錢，還自稱是「格外克己」，又埋怨學堂辦得太多，「弄得自己沒有飯吃了」（第十八回）：「不管他文明不文明，只問他賺錢不賺錢」，寥寥數語，足以概括文明被大大扭曲的現實。

以引進西方文明為目標的改革新政，雖然遭到頑固分子的反對，如黃詹事堅決反對廢八股、改法律之類（第三十四回），但

改革既已成為自上而下的施政方針，從事新政又可獲肥差美缺、保舉升遷，於是更多的官僚為之鑽營奔走，視為終南捷徑。第二十四回「太史維新喜膺總教」，寫了一個「因時制宜，揣摩迎合」的機會主義分子王宋卿，就有相當的典型性。此人當戊戌變法之時，「覷便上了一個改服色的條陳，被禮部壓下來，未見施行；他鬱鬱不樂，正想別的法子，偏偏各樣復舊的上諭下來，只索罷手。」過了兩年，義和團事起，王宋卿逢人便說這是「亂黨」，該早些發兵剿滅；一日，偶從一位同年口中得知，現在「上頭」的意思正想招接他們抵擋外國，則「嚇了一大跳，心上著實懷著鬼胎。到家盤算了半夜，心上想著，現在要得意，除非如此如此。主意打定，半夜裡起身，磨好了墨，立刻做了一個招撫義和團的摺子，把義和團說得有聲有色」。條陳上去，果然立刻召見；不想形勢突變，王宋卿只好攜眷出都以避風頭。王宋卿兩次揣摩風氣、「仰體上意」而不售，閒居鄉裡，甚不甘心。其時又聞改革新政開始施行，便求至親萬藩臺為之說項，「找個維新的事業辦辦」。憑著以往上條陳所博虛名，終於謀得山東學堂總教習的職位。這位「維新領袖」，讓他擬幾個時務題目，雖十分吃力，而洩露考題以收受重賄，卻辦得極為了當。更為傳神的是，課吏的結果，除了交白卷的停委三年，餘下的俱沒有出進。王宋卿歎氣道：「我們中國的事總是這般，你看上頭出來的條款雷厲風行，說得何等厲害，及至辦到要緊地方，原來也是稀鬆的。」自在山民評曰：「數語深切中國弊病。」真正可歎的是，指摘弊病的人自身就在參與弊病的製造，並且分潤弊病所帶來的種種利益。

　　相比之下，因了官僚之顢頇與專橫依然如故，許多新政事業徒具文明形式，則是更嚴重的質變。江寧知府康志廬受制臺信

用，任全省學務總辦，擬章程、蓋房子、聘教習，儼然新式學堂的「權威」，卻宣揚他的兒子是「武曲星下凡」，不想上體操課碰破了頭，便命全校停課，讓監督、提調、教習、學生拿了手本「輪班」進府探病。康太尊滿嘴妄言，他唯一的「新知識」大約只有「一個人腦子是頂要緊的，一切思想都從腦筋中出來」，因而要買補腦汁給傷了頭的兒子吃。少爺一死，又要教習率領學生一齊穿體操衣服，手執花圈前來送殯，各監督一律素裼摘纓，以示哀悼。他最怕維新黨天天講平等、講自由，擔心學生看了上海來的新書，「一個個都講起平等來，不聽我的節制，這差使還能當嗎？」於是大倡禁書，搜抄書店，監禁學生，弄得江南學堂為他一人勢力圈所有，沒人敢違他半毫分。（第四十一、第四十二回）

另一方面，李伯元可以說是站在一個歷史制高點上，對於文明引進中種種反彈現象，充滿了寬厚的宅心仁恕。他在楔子中說：「你看這幾年，新政新學，早已鬧得沸反盈天，也有辦得好的，也有辦不好的；也有學得成的，也有學不成的。現在無論他好不好，到底先有人肯辦；無論他成不成，到底先有人肯學。加以人心鼓舞，上下奮興，這個風潮，不同那太陽要出，大雨要下的風潮一樣嗎？所以這一干人，且不管他是成是敗，是廢是興，是公是私，是真是假，將來總要算是文明世界上一個功臣，所以在下特做這一部書，將他們表揚一番，庶不負他們這一片苦心孤詣也。」「腐朽神奇隨變化，聊將此語祝前途」，對於文明進化趨勢之不可逆轉，富有辯證精神的李伯元是滿懷信心的。

（二）《官場現形記》：改革背景下對官僚體制的諦察

一

在《文明小史》發表前一個月，《官場現形記》開始在《世界繁華報》連載；1905年6月，《官場現形記》全部發表三個月後，《文明小史》在《繡像小說》第五十六號連載完畢。

中國古代小說，有反貪官的傳統，也有頌清官的傳統；但從根本上講，讀書→做官，「衣紫腰金，加官轉職，門戶生輝」（《清平山堂話本・花燈轎蓮女成佛記》），還是被當作士人實現自身價值的主要的——有時甚至是唯一的——途徑而充分肯定的。直到1903年，《官場現形記》「以小說之體裁，寫官場之鬼蜮」（則狷：〈新笑史〉，《新小說》第二年第八號，1905年8月），中國小說史上才第一次出現了對於做官，對於官場，亦即對於官僚體制的全面批判的作品。孫玉聲回憶道：「《官場現形記》說部，刊諸報端，購閱者踵相接，是為小說報界極盛時代。」（《退醒廬筆記》）可見其傳播之廣。魯迅說：「特緣時勢要求，得此為快，故《官場現形記》乃驟享大名。」（《中國小說史略》）《官場現形記》的出現及其獲得的歡迎都不是偶然的，它是開放改革時勢大背景下的產物。

早在1888年12月，康有為第一次上書清帝，就對官場腐敗表現出極大的憂慮。他痛陳「竊觀內外人情，皆酣嬉偷惰，苟安旦夕，上下拱手，遊宴從容，事無大小，無一能舉，人心者歎息而無所為計，無恥者嗜利而藉以營私」（〈上清帝第一書〉，《康有為政論集》上冊55頁），並大聲疾呼：「以此官制治國，而當

各國奔競之世，安得不失敗！」1897年3月，孫中山在倫敦《雙周論壇》發表英文撰寫的〈中國的現在和未來〉，指出：「中國所有一切的災難，只有一個原因，那就是普遍的又是有系統的貪汙」，「這種貪污又是根深蒂固遍及於全國的，所以除非在行政的體系中造成一個根本的改變，局部的和逐步的改革都是無望的。」康有為和孫中山分別從改革與革命的立場，幾乎是一致地提出：官僚體制是造成中國貧弱的根本原因，前者側重於體制弊端的揭露，後者側重於官僚貪汙的抨擊。這種認識，可以說達到了當時批判官僚體制的最高水準。可是，在十九世紀末葉，《官場現形記》型的小說並沒有產生。此無他，無適宜的氣候和土壤耳：康梁變法的失敗，使他們的一切作為化為泡影；遠避他國的孫中山的英文著作，在國內也不可能產生大的影響。

直到庚子十二月丁未（1901年1月29日），「西狩」於西安的光緒發布改革上諭，情況才有了大的變化。上諭說：「中國之弱在習氣太深，文法太密；庸俗之吏多，豪傑之士少。文法者，庸人藉為藏身之固，而胥吏恃為牟利之符。公私以文牘相往來，而毫無實際；人才以資格相限制，而日見消磨。誤國家者在一『私』字，禍天下者在一『例』字。」（《光緒朝東華錄》總4601頁）這道由最高統治者發出的「改弦更張，以袪積弊」的上諭，形成了一種自上而下倡導、又自下而上呼應的，瀰漫充盈於全國範圍的批判官僚體制的社會大氣候。

在各大臣「各舉所知，各抒所見」、「條議以聞」的奏摺中，更對官僚體制的情弊作了集中的剖析和揭露。光緒二十七年（1901）四月戊戌，御史陳璧在奏書中痛斥舊法之「百弊叢生」，並將其歸咎於「官不親其事，而吏乃攘臂縱橫而出於其間」。他說：「夫所謂大政者，銓選也，處分也，財賦也，典禮

也,人命也,訟獄也,工程也;以吏為之,銓選可疾可滯,處分可輕可重,財賦可侵可蝕,典禮可舉可廢,人命可出可入,訟獄可上可下,工程可增可減。使費既贏,則援案以准之;求貨不遂,則援案以駁之。人人惴恐而不能指其非,天下之亂,恒必由之。」陳璧所奏,尚僅指官倚吏為左右手,而吏隱持例案以弄法舞文之一端,而在二十七年八月著名的〈楚江會奏變法三摺〉中,劉坤一、張之洞提出的十二條「中法之必應整頓變通者」,包括崇節儉、破常格、停捐納、課官重祿、去書吏、去差役、恤刑獄、改選法、籌八旗生計、裁屯衛、裁綠營、簡文法等,就都觸及到改革官制的問題。奏摺批評「捐納有害吏治,有妨正途」;書吏「把持州縣,盤剝鄉民」;「差役之為民害,各省皆同,必鄉里無賴始充此業,結案之株連,過堂之勒索,看管之凌虐,相驗之科派,緝捕之淫擄,白役之助虐,其害不可殫述」;「州縣有司,政事過繁,文法過密,經費過絀,而實心愛民者不多,於是濫刑株累之酷,囹圄凌虐之弊,往往而有」;「部選之官,皆係按班依次選用,查冊之外,輔以掣籤,並無考核賢否之法,候選人員,多係倩人投供,必托部吏查探」;「文法過繁,則日力精力,皆有不給,必致疲勞於虛文,而疏略於實事;吏治過密,則賢者苦於束縛,不能設施,不肖者工為趨避,仍難指責,以致居官者但有奉法救過之心,並無憂國愛民之誠意。」(《光緒朝東華錄》總4737-4752頁)這些,都是對官僚體制種種弊端深思熟慮的批判,反映了清廷興利除弊改革圖成的決心。正如慈禧在關於劉坤一、張之洞會奏的懿旨所說:「國勢至此,斷非苟且補苴,所能挽回厄運,惟有變法自強,為國家安危之命脈,即中國民生之轉機。予與皇帝為宗廟計,為臣民計,舍此更無他策。」(《光緒朝東華錄》總4771頁)

在「補救時艱」、「銳意圖成」的總目標下，最高統治集團對於官僚體制弊端的反省，便與歷史潮流取得了某種程度的一致，《官場現形記》就在這樣的氣候和土壤中，應運而生了。

二

然而，《官場現形記》並不是清廷改革官制政策的圖解和注腳，它對於官僚體制的冷峻諦察，完全是通過大量社會現象的充分把握而獨立進行的。小說的傑出價值，首先在對官僚來源和構成的全面剖析，指出不論是來自「正途」的科舉和軍功、保薦，還是來自「雜途」的捐納，人們之求官，都是出於為錢的動機；而取得官職的手段，也通通不出金錢的賄賂和收買，這就必然導致「官僚的政治生活一般地體現為貪汙生活」（王亞南：《中國官僚政治研究》第118頁）的後果。最有趣的是，小說中有關官僚來源的全部描寫，莫不與孫中山數年前的揭露一一相合——儘管還沒有什麼材料證明，李伯元讀過孫中山那篇英文著作。

做官，為的是賺錢，這種意識在每一個求官者都是異常明晰的。從第一回寫坐館的王仁開導他的學生「做了官就有錢賺」起，到最後一回黃二麻子「苦辣甜酸遍嘗滋味」之後，悟到「統天下的買賣，只有做官利錢頂好」止，「做官賺錢」的主線，貫串全書。既然做官也算是一宗買賣，那麼自然可以同做生意比。做了十幾年字號裡「擋手」的田小辮子，忽然官興大發，拿錢捐官，是因為「任他缺分如何壞，做官的利息總比做生意的好」（第三十一回）；做官甚至可以同出賣色相的妓女比，浙江撫院公然說：「譬如當窯姐的，張三出了銀子也好去嫖，李四有錢也好去嫖；以官而論，自從朝廷開了捐，張三有錢也好捐，李四有錢也好捐，誰有錢，誰就是個官，這個官還不同窯姐兒

一樣嗎？」（第十九回）「官」字之齷齪下賤，可以說是窮形極致了。

做官既然如同做生意，要做官，首先就必須投資，這就是各種「正當」的或不正當的、「合法」的或不合法的銀錢的付出。孫中山指出：「在中國有四種進入官場和獲得提升的途徑：科場出身，兵弁出身，保薦賢才，捐班出身。」這四種求官途徑的變異百端的行賄收賄醜行，《官場現形記》都逐一寫到了：

科場出身，本來是「最純正和最好的」作官道路。但到了封建社會的季世，「老老實實」的科場考試，已經完全被銅臭所汙染。舉人趙溫上京會試，主考吳贊善早就打聽到這個土財主門生的家私，打算收上二三百兩的贄見，不料「有現成的老師尚不會巴結」的趙溫不知頭路，只封了二兩銀子，結局只能是「春風報罷」。

「由軍功的提升也許是最快的」，但「受命官員，對於這個任命，必須支出一筆價值和任命相當的款項」。《官場現形記》提到，一批從前打「粵匪」，打「捻匪」，「立過汗馬功勞，什麼黃馬褂、巴圖魯、提督軍門頭品頂戴，一個個保至無可再保」的功臣，事平之後，沒有什麼差缺應付他們，「無論什麼人，只要有大帽子八行書，就可當得；真正打過仗，立過功的人，反都擱起來沒有飯吃」（第十二回）。但「大帽子八行書」，只有錢才能弄到。一個從前打「長毛」，身當前敵，克復城池，敘功歷保至花翎副將銜、盡先候補的湖南人毛長勝，因內無奧援、外無幫助，無家可歸，流落街頭，只好將飭知、獎札沿街兜賣；善於鑽營的冒得官，以三十塊錢買得這幾張形同廢紙的飭知獎札，卻當上了江陰炮船的管帶（第三十回），此無他，門路之功效耳。

「進入官場的第三個方法『保薦賢才』是更糟的了，……因

為『保薦賢才』必需要有官員的記錄，這些官員是毫無例外地貪汗，靠行賄收賄為生的。所以除了他們自己的家屬和族人外，他們只能從那些用黃金打開了他們的眼睛的人當中來挑選『賢才』。」時筱仁並沒有到過廣西，然而仗著錢多，上代又有些交情，提督軍門便在廣西邊防案內保舉上來，以試用知府進京引見。小說說：「其實這種事情，各省皆有，並不稀奇。」（第二十六回）尤為可駭的是，嚴州本來沒有土匪，隨員周果甫卻為胡統領出謀劃策，故意張大其詞，以致縱兵劫掠，焚戮淫暴，居然以「異常勞績」隨折奏保，還連帶上江山船妓龍珠之父，也保舉為副爺（第十三至第十五回）。

「第四個作官的道路，就是純粹的購賣，這是完全受到法律認可的，並且一年比一年更普及。」《官場現形記》對捐納的弊端，進行了最為猛烈的抨擊。浙江署院朱諭謂：「浙江吏治之壞，甲於天下。推原其故，實由於仕途之雜；仕途之雜，實由於捐納之繁。無論市井之夫，紈袴之子，朝輸白鏹，夕綰青綾；口未誦夫詩書，目不辨乎菽麥。其尤甚者，方倚官為孤注，儼有道以生財，民脂民膏，任情剝削，如此而欲澄清吏治，整飭官方，其可得乎！」（第十九回）這種抨擊，與官方的輿論導向是一致的。捐納既是將官職作為商品進行合法的拍賣，才德、學識、資歷都可以棄之不顧，足夠數量的金錢成了唯一的權衡因素，就中演出種種無恥之尤的醜劇，就毫不足怪了。江西何藩臺與兄弟三荷包失和，三荷包吵著要算分家帳，報出帳來道：當初捐知縣，捐了一萬多；老太太去世，又從家裡搬出二萬多來彌補虧空；等到服滿，又該人家一萬多；後來捐知府，連引見走門子，又是二萬多；八千兩銀子買一密保，送部引見；三萬兩買到一個鹽道，終於署上藩臺：先後一共花了近十萬兩銀子（第五回）。賈潤孫

捐得一個候補道，又被河臺另片奏保，送部引見。到京之後，走錢店掌櫃黃胖姑的路子，意圖挤出「大價錢」，買得一個肥缺，先後報效修蓋園子工程二萬兩，孝敬太監總管黑大叔七萬兩，孝敬四位軍機二萬兩，再以二萬兩作為一切門包使費、經手謝儀，五千兩作為在京用度，滿心以為一定可以得缺，不料因華中堂與徐大軍機意見衝突，反而擱了下來（第二十六回）。胡適稱《官場現形記》是一部社會史料，小說所開何藩臺、賈潤孫為捐官所付出的一筆筆開銷，確實比史書來得具體詳盡。

　　為求官花費了巨額投資，當然就要有能盡快獲得的回報。江西鹽法道署理藩臺（就是那位花了近十萬兩銀子才署上藩臺的綽號「荷包」——而且是無底的、有多少裝多少、不會漏掉的「荷包」的何藩臺），聞知不久就要回任，就抓緊時機公開出賣差缺：「其中以一千元起碼，只能委個中等差使；頂好的缺，總得二萬銀子——誰有銀子誰做，卻是公平交易，絲毫沒有偏枯。」他兄弟三荷包，還索性開列了他經手的看貨討價、出賣缺分的清單：「玉山王夢梅，是個一萬二，萍鄉的周小辮子八千，新昌鬍子根六千，上饒莫桂英五千五，吉水陸子齡五千，廬陵黃霑甫六千四，新餘趙苓州四千五，新建王爾梅三千五，南昌蔣大化三千，鉛山孔慶輅、武陵盧子庭，都是二千，還有些一千八百的，一時也記不清，至少亦有二三十注。」（第四至第五回）蘄州吏目隨風占，臘月二十九就急急趕到任上，純因做捕廳的好處全在「三節」，生怕「節禮」被前任預支了。不想前任署事的也不含糊，早搶先預支了兩家當鋪年下份禮，他當然也有自己的邏輯：「從中秋到年下，一共是一百三十五天，我做了一百二十來天，這筆錢應該我得。」無奈隨風占一著不讓，二人竟拉著辮子扭打起來。到了來年四月，隨風占被派解犯進省，公事不完，眼看端

節就在目前，一份節禮就要被代理的奪去，心甚不甘，便悄悄趕回蘄州，將所有禮物統統收齊，被代理的覺察，又扭打起來（第四十四回）。不到半年，同一個隨風占，先後扮演了兩個互相衝突的角色，其行為皆出於貪財之心的驅使。

　　如果說三荷包、隨風占之流還顯得過於露骨、粗鄙，那些大官更為高級的索錢伎倆，就確實令人歎為觀止了。華中堂在朝中用事，「最恨人家孝敬他錢，你若是拿錢送他，一定要生氣，說：『我又不是鑽錢眼的人，你們也太瞧我不起了！』」他愛的是古董，尤其是喜歡收藏鼻煙壺，他有一本譜，專門考究這煙壺，一共收到了八千六十三個，而且個個都好。華中堂又出本錢開了爿古董鋪，走他的門路，最好到他鋪中去買古董，「無論什麼爛銅破瓦，他要一萬，你給一萬；他要八千，你給八千」，自然還你效驗。賈大少爺在他鋪上買了一對煙壺孝敬，華中堂又使人來說十分賞識，還想照樣再弄一對。賈大少爺再去古董鋪裡，發現有一對竟與前頭絲毫無二，很疑心就是前頭的一對，黃胖姑告訴他：「你既然認得就是前頭的一對，人家拿你當傻子，重新拿來賣給你，你就以傻子自居，買了下來再去孝敬，包你一定得法就是了。」（第二十五至第二十六回）

　　比華中堂還高明的是浙江署理巡撫傅理堂。署院上任之初，就傳諭巡捕官：凡遇年節生日，文武屬臣來送禮的，一概不收。他又大倡「節用」，說：「孔夫子有句話，叫做『節用而愛人』。什麼叫節用？就是說為人在世，不可浪費。又說道：『與其奢也寧儉。』可見這『儉樸』二字，最是人生之美德。沒有德行的人，是斷斷不肯省儉的，一天到晚，只講究穿的闊，吃的闊，於政事上毫不講究。試問他這些錢是從那裡來的呢？無非是敲剝百姓而來。所以這種人，他的存心竟同強盜一樣！」不

惟說的冠冕堂皇，且又克己躬行，舊衣破靴，「一頂帽子，卻足足戴了三十多年」；照壁舊了也不彩畫，轅門倒了也不收拾，暖閣破了也不裱糊，「一個堂堂撫臺衙門，竟弄得像破窯一樣，大堂底下，草長沒脛，無人剪除；馬糞堆了幾尺高，也無人打掃」；「誰知外面花費雖無，裡面孝敬卻不能少，不過折成現的罷了」。署院自己不出面，卻讓姨太太、少爺收人銀票，整幾十萬兩銀子存在錢莊上生利。（第十九至第二十二回）

總之，「千里為官只為財，做書的人實實在在沒有瞧見真不要錢的人」，一句話就將為官的本質概括無遺，其間的差異不過是手段的高下工拙罷了。第六十回寫甄閣學的胞兄在病中做了一個夢，夢見走到一座深山裡面：

> 原來這山上並不光是豺、狼、虎、豹，連著貓、狗、老鼠、猴子、黃鼠狼，統通都有，至於豬、羊、牛，更不計其數了。老鼠會鑽，滿山裡打洞，鑽得進的地方，他要鑽，倘若碰見石頭，鑽不進的地方，他也是亂鑽；狗是見了人就咬，然而又怕老虎吃他，見了老虎就搖頭擺尾的樣子，又實在可憐；最壞不過的是貓，跳上跳下，見了虎豹，他就跳在樹上，虎豹走遠了，他就下來了；猴子是見樣學樣；黃鼠狼是顧前不顧後的，後頭追得緊，他就一連放上幾個臭屁跑了；此外還有狐狸，裝做怪俊的女人，在山上走來走去，叫人看見了，真正愛死人；豬、羊是頂無用之物；牛雖來得大，也不過擺樣子看罷了。我在樹林子裡看了半天，我心裡想：「我如今同這一班畜生在一塊，終究不是個事。」又想跳出樹林子去，無奈遍山遍地，都是這般畜生的世界，又實在跳不出去……

　　明眼人不難看出，「畜生的世界」，就是指那充滿魑魅魍魎的醜惡的官場！小說的全部描寫，都印證了孫中山1897年的論斷：「貪汙行賄，任用私人，以及毫不知恥地對於權勢地位的買賣，在中國並不是偶然的個人貪欲、環境或誘惑所產生的結果，而是普遍的，是在目前政權下取得或保持文武公職的唯一的可能條件。在中國要作一個公務人員，無論官階高低如何，就意味著不可救藥的貪汙，而且意味著放棄實際貪汙就是放棄公務人員的生活。」花了錢求官，目的是為了賺取更多的錢，這裡的中介，就是官所掌握的權力。私欲與權力的結合，必然導致腐敗——中國小說史上第一次由《官場現形記》以形象與邏輯的力量歸結出來的規律，具有顛撲不破的真理性。

三

　　《官場現形記》對官場體制的冷峻諦察，並沒有停留在官僚個人醜行的道德譴責之上，而是嘗試著將封建官僚體制作為一個整體，進行了初步的卻是深刻的剖析和批判。

　　官僚體系是由許多單個官僚組成的，各級官僚自身素質如何，他們對自己所承擔的職守心理狀況怎樣，是李伯元首先關注的重點。通過對官僚來源和構成的全面揭露，小說已將大小官僚貪婪搜括的無恥一面暴顯無遺；撇開這一層不論，作為在官僚體系中的個體成員，至少應具備起碼的獨立工作精神和責任感，小說通過大量細致入微的事件和場面描寫，準確傳神地描畫出官僚個體在政事活動中的行政心理，充分暴露了官僚昏瞶顢頇，因循守舊，只講形式，不圖實效，辦事拖拉，不負責任的種種弊病。第三回「悲鐫級藍呢糊綠轎」，寫江西護院第一號紅人、支應局兼營務處的黃知府，新近保舉了「免補」，即日就要過班，便是

一位道臺了。新的更高職務的任命所引發的，不是更大的使命感和責任感，而是一個同新職位相稱的「轎子問題」。因為按照法定的禮儀規格，知府坐的是藍呢大轎，道臺坐的是綠呢大轎；黃知府一聽說部文將到，就三番兩次催促趕做新轎，否則，「轎子做不來，坐了什麼上院呢？」小說寫黃道臺坐上新轎的得意神氣道：「黃道臺坐在綠呢大轎裡，鼻子上架著一副又大又圓、測黑的墨晶眼鏡，嘴裡含著一枝旱煙袋，四個轎夫扛著他，東趕到西，西趕到東。」趕來趕去，為的就是要借轎子張揚他所獲取的新職位。不料正在興頭之上，忽然接著一個電報，說制臺查確，軍裝一案黃道臺也詿誤在裡頭，這樣一下子又變成了「被議人員」，再出門該坐什麼轎子呢？「知書識禮」的黃太太以為，是不能再坐綠呢大轎了；家人戴升卻以為，一個電報作不得准，不妨一切照舊，等奉到明文再換不遲。黃太太反駁道：「再坐綠大呢的轎子上院，被人家指指摘摘的不好，不如換掉了妥當。」可舊的轎子已被轎子店抬去，只好用藍呢把轎子蒙上，惹得戴升大發感慨：「我們老爺真真可憐，好容易創了一頂綠大呢的轎子，沒有坐滿五回，現在又坐不成了！」綠呢大轎，是官僚一定等級的標識，在大多數場合，這種外在的標識，甚至比內涵的職責更其緊要。因為對於官僚來講，踞於某一等級，就意味著獲得某種限度的特權，憑借這種特權，就可以攫取相當份額的利益；至於這種官職所應承擔的使命和責任，倒變成極次要的東西了。

甚至還有這樣的情況：為了保牢某一等級的職位，還必須故意疏忽、忘卻這一職位的使命和責任。身為「朝廷柱石」的華中堂，深知「就是拼性命去幹，現在的事也是弄不好的」，因此抱了「做一日和尚撞一日鐘」的宗旨。既然已經完全喪失了起碼的事業心和使命感，為什麼還要做和尚去撞鐘呢？無非是貪戀「和

尚」名份下的好處而已（第二十五回）。另一位朝廷重臣徐大軍機，在漫長的宦海生涯中，總結出了兩個訣竅：不動心，不操心：「那上頭見他不動心？無論朝廷有什麼急難的事請教到他，他絲毫不亂，跟著眾人隨隨便便把事情敷衍過去，回他家裡依舊吃他的酒，抱他的孩子；那上頭見他不操心？無論朝廷有什麼難辦的事，他到時只有退後，並不向前，……上頭說東他也東，上頭說西他也西。」（第二十六回）這種「不動心」、「不操心」的「琉璃蛋」作風，完全是官僚體制的必然產物：「中國的大臣，都是熬資格出來的。等到頂子紅了，官升足了，鬍子也白了，耳朵也聾了，火性也消滅了。還要起五更上朝，等到退朝下來，一天已過了半天，他的精神更磨的一點沒有了。所以人人只存著一個省事的心：能夠少一樁事，他就可以多休息一回，倘在他精神委頓之後，就是要他多說一句話，也是難的；而且人人又都存了一個心：事情弄好弄壞，都與我毫不相干，只求不在我手裡弄壞的，我就可以告無罪了。」（第五十八回）

身踞高位者尚且如此，大批沉抑下僚者就更不足道了。山東王道臺，「從縣丞過知縣，同知過知府，以至現在升到道臺，都是沾的吃大煙、頭一個上衙門的光」。原來這位老煙鬼，總是一夜頂天亮吃煙不睡覺，天一明就到老總號房掛號，回回總是頭一個；等掛了號回來，再美美睡上一覺，上司還說他當差當的勤（第十一回）。這種弄虛作假的作風竟然弄到治河這樣的大事上。因為黃河開口子，無論岔子多大，只要水勢一退，到後來沒有不合龍的。所以委了河工的差使，「任憑他如何賺錢，只要他肯拿土拿木頭把他該管的一段填滿」，保舉是斷乎不會漂的；「就是出了亂子，上頭也不肯為人受過，但把地名換上一個，譬如張家莊改作李家莊，將朝廷矇過去，也就沒有處分

了。」（第二十四回）

　　小說筆觸所至，幾乎掃到官場上下的每一個角落，其中呈露的，差不多盡是大小官員的昏庸與糊塗；如果說尚有一二精明官僚的話，這種精明又恰好不表現於為國為民之盡職盡心。建德知縣莊大老爺堪稱能員，他碰到一件非常棘手的案子：胡統領嚴州「剿匪」，縱兵劫掠姦淫，無所不至，無數鄉民湧至縣衙告狀，幾有激起民變之勢。莊大老爺先是慷慨激昂，允諾為民伸冤出氣，並貼出告示宣佈：倘有不法勇丁騷擾百姓，「證據確鑿，准其到縣指控，審明之後，即以軍法從事，決不寬貸」。待鄉民紛紛將狀子呈上，莊大老爺即吩咐左右發放恤錢。敷衍已畢，便開言道：「從來打官司頂要緊的是證見，有了證見，就可辦人」，要鄉民指明究係何人強姦，何人殺人，何人放火；女兒被人強姦，還要驗過。眾人此時皆面面相覷，因指不出人名，不能回復；女兒要驗的，尤其不肯。莊大老爺頓時換了一副嚴厲之色，反要辦鄉民「誣告」之罪，且要他們退出所領恤錢。鄉民無奈，一齊求饒。莊大老爺道：「這些事情本縣知道全是兵勇做的，但是沒有憑據怎麼可以辦人？現在要替你們開脫罪名，除非把這些事情一齊推在土匪身上。你們一家換一張呈子，只說如何受土匪糟塌，來求本縣替你們伸冤的話，再各人具一張領紙，寫明領到本縣撫恤銀子若干兩，本縣就拿著你們這個到統領跟前替你們求情。」一天大事，瓦解冰銷。莊大老爺在鄉民一方博得了「愛民如子」的稱頌，在胡統領一方更贏得了賞識：「老吏斷獄著著爭先」，這種精明，非同小可，可惜全不用在利國利民之上！（第十五回）莊大老爺的典型性，證明了王亞南四十年前揭示出來的官民對立，是官僚政治形態最基本矛盾的論斷，具有何等深刻的真理性。

　　天下之大，非一人得治，必須設官分職，共同掌理，這就構成了等級分明、上下懸隔的官僚體制。李伯元敏銳地抓住官僚體制內部的人際關係（主要是上下級之間的關係）進行了鞭辟入裡的追蹤描寫，揭示了官僚體制的極端衰朽與腐敗。第五十七回「慣逢迎片言矜奧祕」，單道臺對同僚說：「《中庸》上有兩句話我還記得，叫做『在下位，不獲乎上，民不可得而治矣。』什麼叫『獲上』？就說會巴結，會討好，不叫上司生氣，如果不是這個樣子，包你一輩子不會得缺；不能得缺那裡來的黎民管呢？這便是『民不可得而治矣』的注解。」官位因上司而得，也會因上司而失；一得一失，全在上司的一喜一怒之間，所以逢迎成了下級處理與上司關係最緊要的訣竅。為了巴結上司，什麼卑鄙齷齪手段都可以使出來。湖北湍制臺認了個大丫頭為乾女兒，就有無數的候補老爺來爭相奉承，就中數知縣班子的瞿耐庵最為得法，索性使白髮蒼顏的太太拜十八歲的丫小姐為「乾娘」，憑著「乾外公」這一層面子，果然署了興國州的好缺（第三十八回）。冒得官冒官之事敗露，想著法子把親生女兒送給羊統領做姨太太，羊統領便替他竭力洗刷，終得無事（第三十一回）。伺察上司好惡最為典型的莫過於安徽知府刁邁彭，此人歷任三大憲都歡喜，凡是省裡的紅差事闊差事，都有他一份。新任巡撫蔣愚齋聞其大名，心甚非之，有意加以排抑。刁邁彭知事不妙，日夜鑽謀寵絡撫憲的法子，心想：「凡是面子上的巴結，人人都做得到的，不必去做，總要曉得撫臺內裡的情形，或者有什麼隱事，人家不能知道的，我獨知道，或者他要辦一件事，未曾出口，我先辦到，那時候方顯得我的本領。」他買通撫臺衙門的王媽做一個「小耳朵」，一次是二姨太太過生日，別人都不曉得，只有他送了一份禮，撫憲大人雖未賞收，「然而從此以後，似乎覺得有

了他這個人在心上，便不像先前那樣的犯惡他了」。不久又得知撫臺大人短京裡錢莊七千銀子，人家派人來逼，大人甚覺為難，刁邁彭便與此人結交，故意慫恿此人緊逼，弄得撫臺難為情的了不得。「正在急的時候，忽然一連三天不見那人前來」，蔣中丞正狐疑間，刁邁彭獨來稟見，呈上條陳，中丞一頁一頁的翻看，「都是老生常談，看不出什麼好處」，忽然手摺裡漏出所夾的兩張字據，原來刁邁彭已經將欠款代還，且貼了一百銀子的川資，蔣中丞打心底感激：「這人真有能耐，真想得到，倒看他不出！從前這人我還要撤他的，如今看來，倒是一個真能辦事的人，以後倒要補補他的情才好。」懷著這種心緒重看手摺，覺得「雖然不多幾句話，然而簡潔老當，有條不紊，的確是個老公事，再看那兩條條陳，亦覺得語多中肯」（第四十八回）。

下級對上級也不盡然是逢迎，有時反倒有胥吏對官長的挾制。造成這種挾制之勢，主要是官長的文化素質太低，加上案例太繁，只好事事仰仗幕僚。江南制臺年紀大了，不能煩心，凡是要做摺子奏皇上，都得同幕府趙堯莊商量，由他代筆。憑著制臺衙門「闊幕」的把持招搖，人人都要巴結他。道臺余藎臣已得制臺應允，賞他一個明保，但摺子尚未上去。余藎臣便處心積慮來拉攏趙堯莊，趙堯莊卻大擺架子，讓他動手起稿，余藎臣便乘機將自己辦事「如何成效，說得天花亂墜」（第三十二回）。關於帳房「祕書」一節，是極為開人眼界的：「向來州縣衙門，凡遇過年過節以及督、撫、藩、臬、道、府六重上司或有喜慶等事，做屬員的孝敬都有一定數目，什麼缺應該多少，一任任相沿下來，都不敢增減毫分。」所謂「祕書」就是歷代相傳的帳簿，由於已是「一定而不可易的章程」，不照此辦理，「少則固惹人言，多則遂成定例」，後患是很大的。署興國州瞿耐庵的太太，

仗著「乾外公」制臺的勢力，不肯按通例買這「祕書」，前任帳房就故意在簿裡做了手腳，害得瞿耐庵孝敬上司的錢總是比常例少，「一處處弄得天怒人怨，在他自己始終亦莫明其所以然」（四十一回）。王夢梅以一萬二千兩買得玉山知縣的缺，因錢不夠，弄到一個「帶肚子」的師爺，一個「帶肚子」的二爺。不想到任之後，一個做管帳房，一個做稿案，凡百事情總挾制本官，「起初不過有點呼應不靈，到得後來漸漸的這個官竟像他二人做的一樣」。有一樁案子王夢梅已經批駁，稿案得了原告銀子，定要王夢梅出票捉拿被告，王夢梅大為惱怒，便寫了一紙諭單，公開宣佈：「倘有幕友官親，以及門稿書役，有不安本分，招搖撞騙，私自向人需索者，一經查實，立即按例從重懲辦，決不寬貸。」企圖以此斷絕稿案之路。稿案也不示弱，趁機大做文章，對書差假傳老爺吩咐不准多收一分一釐，「不日就有章程出來，豁除錢糧浮收」，害得王夢梅三天的錢糧分文未曾收著（第五回）。典史錢伯芳曾經誇口說，不要看輕了這小小典史，「等到做順了手，那時候給你狀元你也不要呢！」個中原因就在：「州縣雖是親民之官，究竟體制要尊貴些，有些事情自己插不得身，下不得手，自己不便，不免就要仰仗師爺同著二爺，多一個經手，就多一個扣頭，一層一層的剝削了去，到得本官就有限了。所以反不及他做典史的，倒可以事事躬親，實事求是。」（第二回）這就把胥吏之為虐，一語道破了。

為了阻止官僚體制痼疾的遷延惡化，歷代統治者都制定過若干自身調節的措施，諸如監督和彈劾的制度以及提倡廉政等等。《官場現形記》以大量驚心怵目的事實，揭露這種自我調節機制的完全失靈，從而證明官僚體制已經完全腐敗，再也不能在正常的軌道上運行了。

在多件參案中，來頭之大，聲勢之壯，莫過於查辦浙江一案。浙江巡撫劉中丞，被御史連參三折，上自撫院，下至佐雜以及幕友、紳士、書吏、家丁人等，一共有二十多款，牽連二百多人。欽差以迅雷不及掩耳之勢疾赴浙江，一到行轅，即宣稱「奉諭旨破除情面，澈底根查」，關防非常嚴密，各官來拜，一概不見，又禁阻隨員人等，不准出門，不准會客；第二天叫預備十付新刑具，添辦三十付手銬腳鐐，十付木鉤子，四個站籠；第三天又發出一角公文，開列名單一百五十多人，分別撤任、撤差、看管，撫院的幕府司道大員統通有份：種種舉動，深不可測，真嚇昏了全省的官，人人手中捏著一把汗。不想這位欽差南下，原是上頭有意照應他，說他在裡頭苦了這多少年，「也好叫他撈回兩個」，用事的公公還傳授他一個「只拉弓，不放箭」的法子。欽差心領神會，除了造造聲勢，「不但提來的人，他一個不審，一個不問，就是調來的案卷，他老人家始終沒瞧過一個字」，私下裡卻派親信隨員大賣關節。及至開出的二百萬盤子到了手，便根據出錢與否分別清理，哪個應該開脫，哪個應該參辦，早已成竹在胸，只苦了那些無錢無勢的人，「鬧來鬧去，終是位分越小的越晦氣」。而這一切都符合老佛爺的意思，佛爺早有話：「通天底下一十八省，那裡來的清官？但是御史不說，我也裝做糊塗罷了；就是御史參過，派了大臣查過，辦掉幾個人，還不是這麼一件事。前者已去，後者又來，真正能夠懲一儆百嗎？」（第十八至第十九回）由於查辦參案往往敷衍了帳，「不是上瞞下，就是下瞞上」，已產生不了震懾作用，「初次出來做官的人，沒有經過風浪，見了上司下來的札子，上面寫著什麼『違干』、『未便』、『定予嚴參』等字樣，一定要嚇的慌做一團，意思之間，賽如上司已經要拿他參處的一般。後來請教到老夫子，老夫子解

釋給他聽，說這是照例的話句，照例的公事，總是如此寫的；頭一次他聽了，還當是老夫子寬慰他的話，等到二次三次弄慣了，也就膽子放大，不以為奇了。」（第五十四回）真是對所謂「肅貪」的最大嘲弄。

關於「倡廉」，小說倒是著意寫了一位在查辦浙江參案大獲好處、又留下署理巡撫的傅理堂。傅署院接印的第二天，即傳諭各官道：「吏治之壞，在於操守不廉，操守不廉，由於奢侈無度。」署院崇尚節儉，身體力行，穿破戴舊，只提拔穿得破爛的人，「大家得了這個捷徑，索性於公事上全不過問，但一心一意穿破衣服，所有杭州裡的估衣鋪，破爛袍褂一概賣完，古董攤上的舊衣舊帽，亦一律搜買淨盡。大家都知道官場上的人專門搜羅舊貨，因此價錢飛漲，竟比新貨還要價昂一倍」（第十九至第二十回）。對於這種只注重外表的形式主義，對於這種「外面花費雖無，裡面的孝敬卻不能少」的偽善作風，小說進行了極為辛辣的諷刺。小說對「肅貪倡廉」入木三分的揭露，有很強的現實針對性。茂苑惜秋生說：「朝廷頒淘汰之法，定澄敘之方，天子寄其耳目於督撫，督撫寄其耳目於司道，上下蒙蔽，一如故舊；尤其甚者，假手宵小，授意私人，因苞苴而通融，緣賄賂而解釋，是欲除弊而轉滋之弊也，烏乎可？」可以說是道出了作者的心聲的。

四

康有為1895年5月在〈上清帝第四書〉中說：「中國自古一統，環列皆小蠻夷，故於外無爭雄競長之心，但於下有防亂弭患之意。至於明世，治法尤密，以八股取士，以年勞累官，務困智名，勇功之士，不能盡其學；一職而有數人，一人而兼數職，務

為分權掣肘之法，不能盡其才。道路極塞，而散則易治；上下極隔，而尊則易威。國朝因用明制，故數百年來，大臣重鎮，不聞他變，天下雖大，戢戢奉法，而文綱頗疏，取民極薄，小民不知不識，樂業嬉生，此其治效，中古所無也。若使地球未闢，泰西不來，雖後此千年率由不變可也。」也就是說，如果中國的形勢不發生根本變化，舊的官僚體制依然在舊的軌道中運行，即便會有種種滯塞、阻礙、衝突乃至危機，但一般來說，尚可在「一治一亂」的循環圈內繼續維持其世運，那一整套官僚體制仍可「率由不變」。康有為接下去說：「無如大地忽通，強敵環逼，士知詩文而不通中外，故錮聰塞明而才不足用；官求安謹而畏言興作，故苟且粉飾而事不能興。民多而利源不開，則窮而為盜；官多而事權不屬，則冗而無恥。至於上下隔絕而百弊叢生，一統相安故敵情不識，但內而防患，未嘗外而爭強，……若引舊法以治近世，是執舊方以醫變症，藥既不對，病必加危。」（《康有為政論集》第151頁）康有為之所言還是當戊戌變法之前，到了1903年前後，面對改革和開放的新形勢，腐朽的舊官僚體制之極端不適應性，就顯得尤其突出了。

　　中國的「閉關之俗」，是被來自泰西的列強用大炮打開的；作為民族的情緒，本能的反映是「仇洋」。《官場現形記》第四十六回，描寫了一個欽差大臣童子良，「生平卻有一個脾氣，最犯惡的是洋人，無論什麼東西，吃的用的，凡帶著一個『洋』字，他決計不肯親近。所以他渾身上下，穿的都是鄉下人自織的粗布，洋布洋呢之類，是找不出一點的」。童子良之仇洋，是以懵然無知為前提的。他不相信外國有許多國度，以為都是洋人想出法子來騙錢的，說：「我不相信外國人就窮到這步田地，自己家裡做不出生意，一定要趕到我們中國做生意。」狹隘的仇洋，

竟到了愚不可及的地步：奉旨出京，堅決不肯坐火車輪船，以為總不外乎「奇技淫巧」，坐了「有傷國體」；而由旱路出發，欽差及其隨員的轎子至少亦得二、三十頂，轎車大車一百多輛，馬亦要一百多匹，不唯速度極慢，且所費更多，他是毫不理會的。到了山東省城，辦差的在面盆裡沖了些外國香水，欽差大為著惱，道：「我就同女人一樣，守節已經到了六七十歲了，難道還要半路上失節不成！」為一切陳腐落後的事物「守節」，就是這班頑固派的堅定信條。

　　同「仇洋」形成鮮明對比的是「懼洋」、「媚洋」。海州海面上忽然來了三艘外國兵船，州官梅颺仁聞報大驚，派州判老爺到船問明來意。州判老爺恐外國人拿他宰了，嚇得索索的抖，連著片子也沒有投，手也忘記拉了（第五十五回）。官員的懼洋，固然多出於蒙昧，更重要的是政府屈膝列強的外交政策造成的。山東藩司胡鯉圖半生宦途坎懍，屢次翻斤斗，都是由於交涉事件，所以一聽說洋人的事，就不覺心上陡然一驚，說：「將來我兄弟這條命一定送在外國人手裡！」洋務局老總勸解說：「外國人的事情是沒有情理講的，你依著他也是如此，你不依他也是如此，職道自從十九歲上到省，就當的是洋務差使，一當當了三十幾年，手裡大大小小事情也辦過不少，從來沒有駁過一條。」（第十回）一語道破政府的一味屈辱退讓，是釀成「懼洋」心理的根本原因。由於懼洋，官員在一切交涉案件中，乾脆不問是非曲直，以偏護洋人為旨歸。洋教士打了前來迎接的都司，羊統領卻道：「外國人斷乎不會憑空打他的，總是他自己不好。」（第三十一回）洋人與壞人勾結，在地方上買了地基開玻璃公司，包討債的洋人到鄉下去恐嚇百姓，鬧出人命，江南制臺一口咬定「外國人頂講情理，決不會憑空詐人的」，「現在凡百事情，總

是我們自己的官同百姓都不好,所以才會被人欺負」。他的宗旨是:「無論這洋人如何強硬,他總以柔媚手段去迎合他,抱定了『釁不我開』四個字的主義,敷衍一日算一日,搪塞一朝算一朝」(第五十三至第五十四回)。這班官員絕不擔心把中國地方送與外國,紳士勞主政道:「無論這江南地方屬那一國,那一國的人做了皇帝,他百姓總要有的,咱們只要安分守己做咱們的百姓,還怕他不要咱們嗎?」六合縣令梅颺仁則說:「莫說你們做百姓的用不著愁,就是我們做官的也無須慮得。將來外國人果然得了咱們的地方,百姓固然要,難道官就不要麼?沒有官,誰幫他治百姓呢?」(第五十四回)作者因而憤懣地喊出:「中國的天下,都是被這班做官的一塊一塊送掉的!」(第五十五回)官僚體制是專制政治的產物,官僚無須對國家和人民負責,而只要把專制君主和上司的關係弄好,就可以一味圖其私利了。對這班人來說,「中國皇帝」和「外國皇帝」並無根本的區別:《官場現形記》就這樣以犀利的文筆,揭穿了官僚賣國的本質。

在另一個層面上,小說又寫出了官僚的愚昧無能,同開放形勢的驚人的不相適應。「洋務能員」毛維新自以為是在江寧做官,所以單揀了道光二十二年的《江寧條約》作為立身之本,背得滾瓜爛熟,誇口說念熟了這個,將來辦交涉是不怕的了;至於什麼《天津條約》、《煙臺條約》,因「與江寧無關」,就毫不留心。朋友雖加勸說,仍復拘墟不化,看來竟要糊塗一輩子了(第五十三回)。欽差大臣溫國看的是十年前的洋板書,拾了人家的餘唾,還當是「入時眉樣」;一些大老們耳朵裡從來沒有聽見這些話,還以為通達極了,保舉他為出使大臣,誰也沒有意識到「外洋文明進步,異常迅速」,他的這番議論,「照著如今的

時勢，是早已不合時宜了」。溫國是窮京官當慣的，太太不肯忘本，到了外國依然自己漿洗衣衫，晾在使館的繩子上，「褲子也有，短衫也有，襪子也有，裹腳條子也有，還有四四方方的包腳布」，外國人見了不懂，說：「中國使館今天是什麼大典？龍旗之外又掛了些長旗子、方旗子，藍的、白的，形狀不一，到底是個什麼講究？」（第五十六回）如果說這不過出了一點洋相，那位徐大軍機落入女婿尹子崇與洋人設置的圈套，就決非等閒小事了。徐大軍機應老和尚之邀，參加了一次齋宴，偶然結識了一位「外國王爺」，詩酒倡和，十分相得。「外國王爺」取出一張花花綠綠的洋紙要他簽名留念，並說要把老大人的名字刻在詩稿當中，「揚名海外」。徐大軍機受寵若驚，不加思索地簽了名。他根本沒有想到：這洋紙就是賣礦的合同，這一簽字，就把安徽全省礦產輕輕賣掉了！（第五十二回）

　　隨著外國資本的輸入，商品經濟日漸活躍，中國土地上出現了許多前所未有的新鮮事物，銀行就是其中之一。余藎臣總辦厘金，大飽私囊，所賺銀子存在上海一爿銀行裡，事為都老爺所參，藩臺自告奮勇前往上海查帳，不料卻碰了一鼻子灰。原來他只知道「上海外國銀行」的名頭，卻不知道上海的銀行，「單只英國就有麥加利、匯豐兩爿銀行，此外俄國有道勝銀行，日本有正金銀行，以及荷蘭國、法蘭西統通有銀行，共有幾十家呢」。藩臺的知識結構中，只聽說過匯豐洋票，於是就單到匯豐去查，又碰上禮拜天，銀行不開門，撲了個空。第二天再去，投帖的前門大呼「接帖」，也無人理睬。從後門進去以後，只說要找「外國人」，又無人答腔。小說寫藩臺置身其間的體驗道：

其時來支取銀子的人越來越多，看洋錢的叮呤當郎，都灌
到藩臺的耳朵裡去。洋錢都用大筐籮盛著，「豁琅」一
摜，不曉得幾千幾萬似的；整包的鈔票，一疊一疊的數給
人看，花花綠綠，都耀到藩臺眼睛裡去。此時藩臺心上著
實羨慕，想：「我官居藩司，綜理一省財政，也算得有錢
了，然而總不敵人家的多。」

「從來未同外國人打過交道」、於銀行業務一竅不通的藩
臺，到了現代的金融世界，竟不得其門而入，只好偃旗息鼓，深
悔自己多事，倒弄了一場沒趣。（第三十三回）

對從外國傳進來的新事物肯虛心學習的人不是沒有，可他們
注重的卻多是些皮毛。安徽官場以開大菜館、吃大菜為開通，中
丞的意思，「將來總要做到叫這安徽全省的百姓，無論大家小
戶，統通都為吃了大菜才好」（第五十三回）。山東巡撫到膠州
閱兵，要宴請外國總督，知州三荷包親自考較儀注，排定菜單，
調排桌椅，安放刀叉，手忙腳亂，多處出錯；而撫院到底是大人
大物，規矩一一不差。正當下人紛紛欽佩之時，伺候撫院的三小
子道出了真相：撫院大人演習了半夜，整整鬧到四更多天，才下
來打了個盹（第七回）。「宴洋官中丞嫻禮節」這一回目，道出
了作者對於中國官員但求形式上學習外國的揶揄調侃之心。

有些官員並非不知道應該學習外國，以圖富強之理，山東巡
撫聽了外國人的勸告，著實講求些商務，凡有上來的條陳，都是
自己過目；無如是個外行，但被一些人投了機。有個候選通判陶
子堯，拼揍了一篇〈整頓商務策〉，居然大得賞識，被派到上海
去購賣機器，白擲了幾萬銀子（第七回）。紈袴子弟傅二棒錘隨
欽差出國，「每日除掉抽大煙，陪著老師閑話之外，此外之事一

樣未曾考較」，回國之後，憑著欽差赴各國考察一切的札子，及路過上海時買來的《英軺日記》、《出使星軺日記》的一成半成，隨口編造，居然頗得大老爺的贊賞。因為「現在官場，只要這個人出過洋，無論他曉得不曉得，總當他是見過世面的人，派他好差使」。賞識他的江南制臺，亦正想振作有為，可惜「犯了不學無術的毛病」。他迷信從外洋回來的人，以為「他閱歷既多，總比我們見得到」，卻不懂得這幫人講洋務，總不免幫著外國，「所以這位制臺靠了這班人辦理外交，只有愈辦愈壞，主權慢慢削完，地方慢慢送掉。……一省如此，省省如此，國事焉得不壞呢！」（第五十六回）

小說多處提到：「朝廷銳意維新」，「上頭又有廷寄下來，叫他練兵、辦員警、開學堂，……這幾件都是新政事宜」（第五十八回），「上頭的意思是要實事求是」，「外國人辦的事情確有效驗，要我們照他的辦」（第七回），等等。這些原本都是改革的具體措施，陳腐的官僚體制同改革開放的形勢是如此不相容，問題是極其嚴重的。尤為可怕的是，改革在相當程度上已蛻變為官僚牟利的機會與手段。第五十四回「重民權集議保商局」，寫「上頭有文書下來，叫地方官提倡商務，……上頭的公事是叫地方官時時接見商人，與商人開誠布公，聯絡一氣。地方有事，商為輔助；商民有事，官為保護，總令商情得以上通，永免隔閡之弊」。六合知縣梅颺仁得了這個題目，便抓住「地方有事，商為輔助」一句話，做出一篇新鮮文章，說：「輔助什麼？不過要他們捐錢而已。」一項「立意原非不善」的改革措施，就這樣被官僚們歪曲成為聚斂張本的依據！

總之，《官場現形記》在改革的大背景下，以深邃的洞察力，對官僚體制的種種弊病，從整體上、本質上進行了細微入

骨的嚴峻諦察，它的嘗試，是前無古人的，它所作出的結論，是與歷史的發展潮流完全一致的。魯迅指《官場現形記》為「譴責小說」，以為它不如《儒林外史》之「以公心諷世」，其實，李伯元恰恰是站在一個新的時代高度，以任何前此的小說家所不曾有過的志向，去「秉持公心，指摘時弊」的。他所秉持的，是使中國擺脫貧弱走向民主富強的更大的公心；他所指摘的，是封建官僚體制的全部更大的時弊。它決不能算作帶貶義的「度量技術」與諷刺小說相去甚遠的「譴責小說」；當然，也不必歸到「將那無價值的撕給別人看」的帶喜劇色彩的諷刺小說。所謂「現形」，本質上就是暴露，而暴露的最終目的，正是為了療救。

　　《官場現形記》之所以風靡於世，在於開放與改革的形勢，迫使社會各階級階層，都一齊對腐朽的、不能適應變革形勢的官僚體制進行反思和諦察，揭露這一歷史的沉屙，已經成了占主導地位的社會思想和心理主潮。而這種思潮，又同長期鬱積在民眾心底的對於官僚的仇視憤懣情緒相共鳴，其轟動的社會效應的取得，是完全合乎情理的。從文學之與社會生活源泉的關係而言，《官場現形記》同晚清小說發軔期之以理想主義、象徵手法或遠借外國題材以言志不同，它是晚清新小說中頭一個直面了取之不盡、用之不竭的社會生活礦藏，並以生活的本來面目如實加以描寫的小說，它的內容之充盈，篇帙之富贍，就是十分自然的了。

（三）《二十年目睹之怪現狀》：改革眼光對社會現實的全方位掃描

一

吳趼人（1866-1910），名沃堯，子小允，號趼人，亦作繭人，別署我佛山人、野史氏、老上海等，出身於廣東佛山世家。光緒九年（1883），十八歲的吳趼人到上海謀生，後至江南製造局作抄寫工作。光緒二十三年（1897）十一月，開始辦報生涯，「初襄《消閑報》，繼辦《采風報》，又辦《奇新報》，辛丑（1901）九月，又辦《寓言報》，至壬寅（1902）二月辭《寓言》主人而歸」（《吳趼人哭》）。壬寅四月，應《漢口日報》之聘，赴鄂參加報紙籌組工作，主持各報筆政達六年之久。他曾說過：「報章者，輿論之喉舌，國民之耳目，國事之機關，為之主筆者，其任至重也。」（《新庵譯屑》評語）憑著自己廣博知識與多方才能，運用「慣作大刀闊斧之文」（《趼廛詩刪剩》自序）的犀利文鋒，抨擊時弊，贏得了強烈的共鳴，「猶幸文章知己，海內有人，一紙既出，則傳鈔傳誦者，雖經年累月，猶不以陳腐割愛」（《近十年之怪現狀》自序）。然而，吳趼人對辦報生涯卻深感追悔，說「實為我進步之大阻力，五六年光陰，遂虛擲於此」（《吳趼人哭》），根本原因在於他對當時的政治改革，萌生了更深的思考；這些思考遠非「另金碎玉」「斷簡殘編」的小報所能容納，亦非「以恢諧之筆，寫遊戲之文」的形式所能適應。而他歷任的主編，只是報館主人的高級職員，並無多大的主動權，不得不在形勢壓迫下做出讓步與妥協，這對「言自

由、言平等、詆罔不淑之人」（〈已亡《漢口日報》之主筆吳沃堯致武昌知府梁鼎芬書〉）的吳趼人是何等的痛苦。在與《漢口日報》決裂以後，他宣佈：「浩然歸志，不可復遏！」毅然投身於小說創作了。

　　與大多數志士仁人一樣，當光緒二十六年十二月改革上諭發布後，吳趼人是不能不怦然心動的。《吳趼人哭》說：「庚子拳匪作亂，外兵逼都，兩宮西幸，知守舊之不足以自存，乃詔廷臣議程新政，立政務處，改外交部，變科舉，開學堂，次第舉行，與戊戌新政相彷彿。而擬詔旨者多作眷氣語，承旨者多作瞻顧語。或問於吳趼人曰：『此次新政與戊戌何如？』吳趼人曰：『草茅下士，焉足以知朝廷！』又問曰：『得無與同治之設同文館相類乎？』吳趼人哭。」對由煌煌上諭所確認了的改革，吳趼人懷著一則以喜、一則以憂的複雜心理。他看出，這次改革與他所寄予厚望的戊戌變法是相彷彿的，上諭「法積則敝，法敝則更，惟歸於強國利民而已」、「取外國之長，乃可去中國之短；懲前事之失，乃可作後事之師」，與他主張的「法無古今，弊生則宜改；法無中西，善在則可師」（《趼囈外編・說法》）精神也完全相通，他對此表示欣喜，是很自然的。但是歷史的教訓，現實的狀況，又使他不像幾年前那樣天真與樂觀。他看到，改革的倡議者和推行者都不免瞻顧遲疑，很可能如同治間之設同文館那樣半途而廢；由梁鼎芬式「守數千年詞藻考據之學，耳食一二西學皮毛」（〈已亡《漢口日報》之主筆吳沃堯致武昌知府梁鼎芬書〉）的人物來主持新政，因而又充滿憂慮。

　　吳趼人更敏銳地看到，除了官僚的腐敗與顢頇，廣大民眾的不覺悟，也是改革的巨大障礙。《吳趼人哭》列舉了「天下事有極可怒者，有極可哀者，更有怒之無可容其怒、哀之又不僅止於

哀者，則惟哭之而已」的各種表現，不少都與民眾的不覺悟的有關。如他曾與人說：「我，中國一分子也。」便有人以此言為癡，理由是：「汝不過中國一布衣，何得有中國一分！」如茶室中有人講「人群進化之理」，而隔座笑聲嗤然；如某使臣致書外務部，以「平等自由」為邪說，等等。《吳趼人哭》最後寫道：

> 欲強國者必當開民智。萬民之中，愚蠢拙笨如吳趼人者，復何足道；然求愚蠢笨拙如吳趼人者，尚沒有幾個。吳趼人哭。
>
> 吳趼人著《吳趼人哭》，或曰：「恐怕沒有幾個人會讀。」吳趼人哭。
>
> 吳趼人著《吳趼人哭》，或見之曰：「用不著你哭！」吳趼人哭。
>
> 吳趼人著《吳趼人哭》，或見之曰：「我亦欲哭！」吳趼人遂與之抱頭大哭，且欲與之攜手登昆侖山頂，放聲大哭。

《吳趼人哭》是吳趼人告別報館生涯、邁向小說創作之路前夕調整心緒的傑作。正當他痛感知音不偶時，東瀛傳來了梁啟超「新民」的呼喚，在吳趼人心底激起了共鳴。光緒二十九年（1903），「湘鄉曾慕濤侍郎飫耳君名，疏薦君經濟，辟應特科，知交咸就君稱幸，君夷然不屑曰：『與物亡競，將焉是用？吾生有涯，姑舍之以圖自適。』遂不就征」（周桂笙：《新庵諧譯·自序》）。吳趼人之所謂「自適」，既表明對於官場的決絕，也顯示了走小說創作道路的決心。他寫了《二十年目睹之怪現狀》，從上海虹口蓬路日本郵局將書稿寄往橫濱《新小說》

社，這部巨著就在梁啟超的賞識下，發表於該刊第一卷第八期（1903年8月），同期刊出的還有他的歷史小說《痛史》和寫情小說《電術奇談》。

二

「史統散而小說興」。中國古代小說，多喜以歷史為題材；即便是取材於現實的作品，也大都要拈出歷史的由頭生發開去，或者借用「史」、「志」、「傳」、「記」、「編」、「錄」等為書名。澈底甩脫「史統」的羈縻，直面作者所處時代的社會人生，並且徑直以「現狀」題名的長篇巨著，在中國小說史上，當推《二十年目睹之怪現狀》為第一部。

《二十年目睹之怪現狀》前四十五回，載《新小說》第八至二十四號，由於《新小說》停刊，自光緒三十二年（1906）起，由上海廣智書局分卷出版單行本，至宣統二年（1910）出版完畢。《二十年目睹之怪現狀》的敘事起於光緒壬午、癸未（1882、1883），第十一回寫上海女子大行墨晶眼鏡，眉批：「光緒壬午、癸未間，上海確有此風。」第十二回寫馬江之敗，時當1884年8月，已是第二年的事，到1903年恰為二十年。小說借主人公「九死一生」之口說：「我出來應世的二十年中，回頭想來，所遇見的只有三種東西：第一種是蛇蟲鼠蟻，第二種是豺狼虎豹，第三種是魑魅魍魎。二十年之久，在此中過來，未曾被第一種所蝕，未曾被第二種所啖，未曾被第三種所攫，居然被我都避了去，還不算是九死一生嗎？」有人據此說此書是作者「低徊身世之作」，並不盡然；「九死一生」在書中扮演的主要是觀察者、評判者的角色，他所「目睹」的社會形形色色的「現狀」，才是小說所反映和暴顯的對象。

　　梁啟超之成為《二十年目睹之怪現狀》的第一位知音，不是
偶然的。《新民說》說：「今日中國群治之現狀，殆無一不當從
根柢處摧陷廓清，除舊而布新者也。」《二十年目睹之怪現狀》
以「能令讀者如身入個中」的寫實手法，在漫長的時間和廣闊的
空間裡，對社會「群治之現狀」進行了全方位掃描，不僅勇敢地
直面了當代社會的全部存在，還嚴峻地對它作出歷史的和審美的
評判。「怪」是古代小說美學特有的範疇，它與「常」相對立，
一般多指奇異罕見的事物，所謂「張皇鬼神，稱道靈異」，是魏
晉志怪的主要特徵。但《二十年目睹之怪現狀》之「怪」，卻與
之完全相反；它不是罕見稀有的事物，而是大量存在、早已為人
司空見慣、習以為常的事物，以及歷代相傳、被奉為天經地義的
觀念、意識、風俗、民情。所有這些，在作者筆下卻被大膽地倒
置過來，判定為「怪」的東西了。這種倒置之所以發生，來源於
作者所獨具的贊翼改革的眼光。《二十年目睹之怪現狀》以其藝
術的和邏輯的力量證明：現實存在的大量事物，是完全不正常
的，不值得加以維護的，只有從根柢處摧陷廓清，除舊布新，才
是唯一的出路。

三

　　吳趼人1906年作《李伯元傳》，中說：「惡夫仕途之鬼蜮百
出也，撰為《官場現形記》。」作為李伯元的朋友，吳趼人是否
和他交流過寫作的心得，或者有過某種分工的默契，現已無史料
可考。《官場現形記》1903年4月在《繁華報》開始連載，吳趼
人恰於同年5月辭去《漢口日報》主筆，投身於小說創作；《二
十年目睹之怪現狀》1903年10月在《新小說》發表的時候，《官
場現形記》大約已連載至第十四、五回。出版於1907年1月的

《二十年目睹之怪現狀》戊卷第四十六回回評說：「近人撰《官場現形記》，恐不及此神彩也。」其時李伯元已經去世。《二十年目睹之怪現狀》同樣把「仕途之鬼蜮百出」作為揭露的重點，與其說是受到李伯元的啟迪，不如說是時代的驅使。

　　與《官場現形記》在改革背景下對官僚體制全面系統的諦察不同，《二十年目睹之怪現狀》更側重於官場醜類道義上的指摘。第二回寫一個行李上粘著「江蘇即補縣正堂」封條的人，竟然在輪船上偷旅客的衣物，令人不免懷疑或許是「扮了官去做賊」；不想此人確是一位候補縣太爺，只因捐官的人太多，壓了班，「他官不能做，就是做賊了」。第三回又寫了一個出身王府丫頭的流娼，為了做誥命夫人，出錢為嫖客捐了個道臺；另一個候補道為了巴結制臺，竟將夫人送上門去受辱。《官場現形記》只說到「誰有錢，誰就是個官，這個官還不同窰姐兒一樣」的程度，《二十年目睹之怪現狀》卻徑直說：「這兩個道臺、一個知縣的行徑，官場中竟是男盜女娼了。」小說開卷伊始，就對官場下了「男盜女娼」的斷語，憤激程度可以說有過之而無不及。

　　小說指出，這種男盜女娼的現象，已非官僚體制本身所能糾正。第七回寫鍾雷溪騙了錢莊二十多萬銀子的倒帳，捐了一個道員，上海錢莊派人到南京控告，「誰知道衙門裡面的事，難辦得很呢，況且告的又是二十多萬的倒帳，不消說的原告是個富翁了，如何肯輕易同他遞進去？」直到用了一萬多兩銀子，裡裡外外，上上下下都打點到了，方將呈子遞到制臺手中，制臺又不批示，只交代藩臺「問他的話」，鍾雷溪賴得一乾二淨，從此如泥牛入海，永無消息。回後總評道：「平常在州縣衙門要遞一稟，當要多少打點，何況在督撫衙門告倒帳，無怪其往回迂折，費如許手腳，始達其目的。此為官場中極平常之事，記者豈亦以為

『怪現狀』而記之耶？雖然，自法律上真理上觀之，自不得不目為怪物也。」官場中的男盜女娼，畢竟是個別現象，而官官相衛，打點索賄，倒是「極平常之事」，人人熟視無睹：唯有用改革的眼光去看，方覺與法律真理相悖謬，這樣寫的目的，就是呼喚法律的完善與真理的伸張，就是在呼喚進行認真的改革。

《二十年目睹之怪現狀》還十分注重揭露官僚的腐敗顢頇，同外侮日甚一日的嚴重形勢極端不相適應的矛盾。南洋水師是清朝海軍的重要力量，但馭遠兵輪的管帶在海上遇見敵艦，逃竄不及，竟放水將船沉下，乘舢板逃回，原因就在管帶的一味營私舞弊。第十四回對海軍領料的弊竇有極細致的揭發：在南京支應局領了一百噸的煤價，到上海專供兵船物料的鋪家只買二、三十噸，卻叫鋪家帳上寫一百噸，將七、八十噸價提取二成賄了鋪家，餘下的便一齊吞沒了。這樣的管帶，那裡還去打仗！新練的海軍尚且如此，就更不用說舊式的軍兵了。第二十七回寫擔任守衛紫禁城重任的神機營，當兵的都是黃帶子、紅帶子的宗室，每人都用一個家人，每個家人都代他老爺帶著一桿鴉片槍，出起隊來，五百人一營的，卻足足有一千人，一千桿槍；操練的時候，「各人先把手裡的鷹安置好了，用一根鐵條兒，或插在樹上，或插在牆上，把鷹站在上頭，然後肯歸隊伍。操起來的時候，他的眼鏡還是望著自己的鷹。偶然那鐵條兒插不穩，掉了下來，那怕操到要緊的時候，他也先把火槍撂下，先去把他那鷹弄好了，還代他理好了毛，再歸到隊裡去」。像這樣的軍隊，還能指望抵禦外國侵略嗎？

江南製造局是為求得自強而興辦的新式軍事工業，它的「現狀」又是如何呢？現任的總辦百事不管，天天在家念佛。他任用的委員，「除了磕頭請安之外，便是拿錢吃飯，還有的是逢迎總

辦的意旨罷了」。有一位司事曾在兵燹中負了總辦的老太太逃難，後來因故被總辦開除，司事就抱著虎頭牌哭叫著老太太，果然把差事哭回來了，而且越弄越紅，成了管理船廠的委員。他到廠之日，先調了名冊來看，說工匠的名字犯了總辦的諱，逼勒著他們改名。小說感歎地說：「講究實業的地方，用了這種人，那裡會攪得好！」總辦在技術上只信服外國人，專請了外國工程師打出船樣，中國工程師梁桂生說這樣子不對，總辦大惱，說：「梁桂生他有多大本領！外國人打的樣子，還有錯嗎？不信他比外國人還強！」勞民傷財地做成以後，果然毛病百出，只好求梁桂生重加修改。小說指出：「官場中人，只要看見一個沒辮子的，那怕他是個外國化子，也看得他同天上神仙一般，這個全是沒有學問之過。」在以一二百元的大薪水用幾著個並無實學的外國人的同時，對有本事的中國製造局出來的學生，一個月才給四吊錢的膏火。小說在這裡提出了尊重知識、尊重人才，尤其是重用本國人才的問題，是大有見地的。

官場的怪現狀，還表現在所謂的「改革」之中。江南製造局的物料，原先是派買辦出來採辦的，後來因見買辦在商家交易中，有九十五回傭的通例，局裡以為是弊，便改設「報價處」：「每日應買什麼東西，掛牌出去，叫各行家彌封報價，派了委員會同開拆，揀最便宜的定買」。誰知一班行家便聯絡起來，一齊多要價錢。局裡一看不對，又改為「議價處」，用當面跌價的辦法採辦，「起先大家要搶生意，自然總跌賤些，不久卻又聯絡起來了」，「所有裡面議價處、核算處、庫房、帳房，處處都要招呼到」，有局外人來了，「他們便拼命的和你跌價，等你下次不敢再去。他做虧了的買賣，便拿低貨去充。……等你明天不去了，他們便把價錢止住了不肯再跌；不然，值一兩銀子的東西，

他們要價的時候，卻要十兩，幾個人輪流減跌下來，到了五六兩，也就成交了。那議價委員是一點事也不懂得，單知道要便宜」。小說指出：「那賣貨的和那受貨的聯絡起來，這個裡面便無事不可為了！」自以為是「弊絕風清」的改革，卻因此受了新的更大的蒙蔽，作者的觀察，可說是獨具慧眼的。

四

由官場的怪現狀引出士類的怪現狀，並把後者看成是更本源的問題，是出於吳趼人更深的考慮。第二十二回「論狂士撩起憂國心」，王伯述說：「我常常聽見人家說中國的官不好」，但「做官原是讀書人做的，那就先要埋怨讀書人不好了。「他指出，中國正面臨著亡國滅種的危險，必須首先把讀書人的路改正了才行：「此刻外國人都是講究實學的，我們中國卻單單講究讀書。讀書原是好事，卻被那一班人讀了，便都讀成了名士。不幸一旦被他們得法做了官，他在衙門裡公案上面還是飲酒賦詩，你想地方那裡會弄得好？國家那裡會強？國家不強，那裡對付那些強國？外國人久有一句說話，說中國將來一定不能自立，他們各國要來把中國瓜分了的。你想，被他們瓜分了之後，莫說是飲酒賦詩，只怕連屁他也不許你放一個呢！」這就為小說對士類怪現狀的掃描，確定了愛國救世的視角。小說繼承《儒林外史》嘲諷以八股求取功名的傳統，而又賦予全新的意義：科名只能造就毫無真才實學的書呆子，於富國強兵毫無益處。十八歲的「九死一生」以童生身分進場看卷，居然取中了十一名舉人，他鄙夷地說：「作了幾篇臭八股，把姓名寫到那上頭了，便算是個舉人，到底有什麼榮耀？這個舉人又有什麼用處！」

小說更多的是寫洋場上斗方名士的醜態。一班流落於上海的

文人，已無求取功名之望，便墮為附庸風雅的幫閑，他們用一角洋錢一首絕詩、兩角洋錢一首律詩的標價，作了詩讓市儈送去登報。還有一些不會作畫的人，兩三角洋錢買了別人的畫，題上兩句詩，寫上一個款，便算是自己畫的，要賣十二元錢。有些畫家不會作詩，便抄了人家的詩題在畫上：「畫了梅花，卻抄了題桃花詩；畫了美人，卻抄了題鍾馗詩」。在這種文化氛圍下，人人都熱衷於做名士、成名家。《吳趼人哭》說：「中國一百人之中不過有一兩個人識字，一百個識字人中不過有一兩個人通順，一百個通順人之中大約可得一兩個極通順能提筆行文之人，而此能提筆行文之人，非講宋儒理學即講金石考據，甚或為八股專家，其有自命為名士者，則又滿紙風雲月露，各執一藝，此外不知更有何物。以幾經揀選所得之人，乃如此，乃如此。吳趼人哭。」在對洋場斗方名士諷刺調侃的背後，不正有吳趼人一顆憂憤交集的愛國之心嗎？

那麼，那些出洋讀書，向外國學些「實學」的人，情況是不是好些呢？第二十九回「送出洋強盜讀書」，寫一個自小驕縱慣了無所不為的買辦之子，糾集強盜明火執杖地搶了自家的東西，事發以後，他老子要親手殺了他，被人勸住，不得已送他出洋讀書，「誰承望他學好，只當把他攆走了罷」。被政府派出洋的學生，自然也有學成的，而「曾文公和李合肥從前派美國的學生，回來之後，去做洋行買辦，當律師翻譯的，不知多少呢」。小說感歎地說：「化了錢，教出了人才，卻被外人去用，其實也不值得。」然而這偏偏就是普遍存在的現實，真是「無處無可怪現狀之可紀」，不是懷有憂時愛國的改革眼光，能看出它的「怪」來嗎？

五

　　商人為古代四民之一，自給自足的自然經濟逐漸解體，商品經濟空前活躍，商人匯成為一個獨特的社會。《二十年目睹之怪現狀》開宗明義的第一句話就是：「上海地方，為商賈麕集之區，中外雜處，人煙稠密，船舶往來，百貨運轉」，生動地概括了這一特徵。吳趼人對於現狀的掃描，自然也沒有忽略商界這一重要領域；從中國文學史的角度講，《二十年目睹之怪現狀》是最先把資本主義商界引入小說創作的作品。

　　小說對於商界的敘寫，以揭露「騙局」為第一要義。作者所突出的是「人心險詐，行騙乃是常事」。書中綴集了許多商界行騙的傳聞，有的還寫得比較引人入勝。如第五、六回寫祥珍寶店的東家包道守，指使他人以寄售古玩的手法，騙取本店夥計一萬六千兩的故事，寫得曲曲折折，駭人耳目，但不脫道德譴責的樊籬，並沒有提供多少新的東西；倒是第七回寫鍾雷溪以「倒帳」的方式騙得上海十六七家錢莊鉅款的事，卻更具近代金融業的時代特點：

　　　　他是個四川人，十年頭裡，在上海開了一家土棧，通了兩家錢莊，每家不過通融二、三千銀子光景。到了年下，他卻結清帳目，一絲不欠。錢莊上的人眼光最小，只要年下不欠他的錢，他就以為是好主顧了。到了第二年，另外又有別家錢莊來兜搭了。這一年只怕通了四家錢莊，然而也不過五、六千的往來。這年他把門面也改大了，舉動也闊綽了。到了年下，非但結清欠帳，還些少有點存放在裡面。一時錢莊幫裡都傳遍了，說他這家土棧，是發財得很

呢。過了年，來兜搭的錢莊，越發多了，他卻一概不要，
說是我今年生意大了，三、五千往來不濟事，最少也要
一、二萬才好商量。那些錢莊是相信他發財的了，都答應
了他：有答應一萬的，有答應二萬的，統共通了十六、七
家。他老先生到了半年當中，把肯通融的幾家，一齊如數
提了來，總共有二十多萬。到了明天，他卻「少陪」也不
說一聲，就這麼走了。土棧裡面，丟下了百十來個空箱，
夥計們也走的影兒都沒有。

商業上的往來，頭一條講的就是信譽。鍾雷溪竭力製造自己
財本雄厚、恪守信譽的假像，終使十幾家精明的錢莊一齊上當。

第二十八回寫沈經武在上海賣假丸藥，還掛上「京都同仁
堂」的招牌，在報上登了「京都同仁堂分設上海大馬路」的告
白，不想被京裡大柵欄的同仁堂看見，以為是假冒招牌，便打發
夥計來上海和他「會官司」。沈經武一見，就和那夥計拉交情，
說自己也是夥計，「當日曾經勸過東家，說寶號的招牌是冒不
得的」，又留著吃飯，把夥計灌得爛醉如泥，他卻連夜把招牌
取下，將當中一個「仁」字換了別的字。明日送夥計出門，提
醒說：「閣下這回到上海來打官司，必要認清楚了招牌方才可
告。」夥計一看，不是「同仁堂」了，不禁氣得目定口呆。商標
是工商企業製造或經營某種商品的標志，現代社會的商標通常要
向有關機關注冊登記，並取得專用權。小說所寫真假同仁堂這場
未成的官司，大約是小說史上頭一次有關商標訴訟的記述罷。

《吳趼人哭》說：「互市之後，商務為理財之根本，而士大
夫每目商人為奸商；商人亦不知自愛，力求精進，以圖自立，徒
自相傾軋，甘居奸商而不疑。吳趼人哭。」吳趼人從理性上也承

認「商務為理財之根本」，承認應該克服輕商、抑商的傳統偏見；但在感情上，又對商人的唯利是視懷有強烈義憤，所以他筆下的商界，是一連串騙局。互相欺騙，只能使錢財從此一商人流入彼一商人，卻不能使社會財富有一厘一毫的增加。小說對商界司空見慣騙局的掃描，說到底還是希望商人自愛，力求精進，以圖自立。

六

當吳趼人以改革的眼光掃描社會的各個方面的時候，他在那人人習以為常的現狀中，看出了與時代潮流極不相容的「怪」。這「怪」，不僅包括古已有之的舊事物，也包括在歐風美雨挾帶席捲的文明伴隨來的所謂「新事物」：「一切稀奇古怪夢想不到的事，一切都在上海出現，於是乎又把六十年民風淳樸的地方，變了個輕浮險詐的逋逃藪。」吳趼人並非不贊成維新，不贊成改革，但他又認為，應該維護傳統道德的好的方面，並對其作適應形勢的調整，或賦予其新的內涵，才能挽回社會的頹勢，保證改革的成功。正因為如此，他又特特寫出了家庭的怪現狀，並正面發表自己關於教育、婦女等等的見解。

書中所寫種種怪現狀，多出於主人公之耳聞目睹，唯家庭之怪現狀，卻全出於身歷，因而寫得真切動人，並構成全書的結構基礎。小說以主人公家庭的重大變故為發端：十五歲那年，父親死於杭州的商號，嫡親的伯父卻趁機把寡母孤兒應得的遺產吞沒了，族長又藉口修理祠堂，硬派他家出一百兩銀子。回評道：「家庭專制，行之既久，以強權施之於子弟者，或有之矣；自無秩序之『自由』說出，父子骨肉之間不睦者，蓋亦有之矣。不圖於此更見以陰險騙詐之術，施之於家庭骨肉間者，真是咄咄怪

事！」家庭是社會的基礎細胞，家庭的特點和變化是社會的特點和變化的投影。小說將家庭怪現狀概括為專制與騙詐，恰是社會怪現狀的濃縮與折光，只是寫來更為痛切憤慨。

《二十年目睹之怪現狀》又不只是怪的、醜的、惡的事物的展覽，在怪的、醜的、惡的對面，卻有一副清醒的頭腦和一顆熱烈的心。作者的正面理想，不僅體現在對醜的、惡的否定方面，也體現在對美的、善的肯定方面。他寫了蔡侶笙這樣的正直的知識分子和愛民的好官，寫了吳繼之一家和諧美滿的家庭關係。吳老太太說；「我最恨的是規矩。一家人只要大節目上不錯就是了，餘下來便要大家說說笑笑，才是天倫之樂呢。處處立起規矩來，拘束得父子不成父子，婆媳不成婆媳，明明自己是一家人，卻鬧得同極生的生客一般，還有什麼樂趣？」回評說：「瑣瑣敘家庭事，似甚無謂，然細玩之，實共和專制兩大影子。共和之果良，專制之果惡，均於隱約間畢露。」作者反對家庭專制，提倡家庭共和（家庭民主），主張打破舊禮教的陳規陋習，破除迷信思想，重視教育與婦女的讀書明理，這些，也都同「新民」的宗旨密切相關。

（四）《老殘遊記》：愛國志士對於改革維新的深層思考

一

劉鶚（1857-1909），原名夢鵬，又作孟鵬，字雲搏，譜名震遠，後改名鶚，字鐵雲，亦作蝶雲，又字公約，別署洪都百煉生（鴻都百煉生）、蝶隱、抱殘、老鐵等。原籍江蘇丹陽。劉鶚的父親名成忠，字子恕，咸豐壬子（1852）進士，歷官御史，授

河南歸德府知府，升河南汝光道，調開歸陳許道，著有《河防芻議》。光緒二年（1876），二十歲的劉鶚赴南京鄉試，落第後與空同教第二代傳人李光昕一見傾心，遂師事之，劉鶚因此確立了「以出世之心做入世的事業，以拯民於水火中而得解脫」（王學鈞：《桃花山傳道釋論》，《清末小說》第16號）的人生道路。他在給黃葆年的信中說：「今日國之大病，在民失其養。各國以盤剝為宗，朝廷以浚削為事，民不堪矣。……聖功大綱，不外教養兩途，公以教天下為己任，弟以養天下為己任，各竭心力，互相扶掖為之。」（《劉鶚及老殘遊記資料》第299-300頁）劉鶚雖說要「以養天下為己任」，但時隔不久，卻命筆創作了以啟迪民智為主旨、堪稱新小說最有力度的作品《老殘遊記》，也來進行「教天下」了。

《老殘遊記》命筆前一年，即光緒二十八年元旦（1902年2月8日）的日記中，劉鶚寫道：「朝廷變法維新，元旦暖而有風，春氣行天下之象也。與方藥雨暢談，意見相合者多。」（《劉鶚及老殘遊記資料》第143頁）他對於形勢的樂觀心緒，是有主客觀方面的原因的。光緒二十七年十一月二十八日（1902年1月7日），因庚子之變避至西安的慈禧太后、光緒皇帝還京，劉鶚也參加了「迎鑾」的行列，並作〈迎鑾一首〉，詩云：「也隨鄉老去迎鑾，千里花袍一壯觀。風雪不侵清世界，臣民重睹漢衣冠。玉珂璀錯金輪過，步障東西御道寬。瞻仰聖天龍鳳表，吾君無恙萬民歡。」（《劉鶚及老殘遊記資料》第48頁）兩宮還京以後，於十二月初接連發出了幾道頗合劉鶚心意的上諭：一、「興學育才，實為當今急務，京師首善之區，尤宜加意作養，以樹風聲。從前所建大學堂，應即切實舉辦」；二、「翰林院為儲才之地，……著掌院學士將該衙門人員，督飭用功，於古今政

治中西藝學,均應切實講求,務令體用兼賅,通知時事而無習氣」;三、「現值時局大定,亟應整頓路礦,以開利源。著仍派王文韶充督辦路礦大臣,……務各認真籌畫,實事求是,以保利權」。(《光緒朝東華錄》第4798-4799頁)這些決定表明,在西安時宣佈的變法維新,確在認真付諸實施。其中「整頓路礦,以開利源」的方針,尤與劉鶚的一貫主張相吻合。甲午以後,劉鶚「痛中國之衰弱,慮列強之瓜分」,認為「未可聽其自然,亟思求防禦之方,非種種改良不可」(《劉鶚及老殘遊記資料》第132頁);光緒二十二年(1896),他上書直隸總督王文韶,請築津鎮鐵路;光緒二十三年(1897),又致書山西巡撫胡聘之,建議籌借外資以開晉礦。他認為路礦是富民強國的基礎,「運路既通,土產之銷場可旺,工藝之進步可速,倘能風氣大開,民富國強,屈指可計也」(〈劉鐵雲呈晉撫稟〉,《劉鶚及老殘遊記資料》第128-129頁);在資金不足的情況下,引進外資、舉借洋債的辦法是可取的。劉鶚的主張大不見容於俗世:他的築路之議受到同鄉京官的攻擊,甚至被開除鄉籍;開礦主張,更被人目為「漢奸」,天下非之。現在,興辦路礦已被朝廷確定為新政大計,劉鶚怎能不寄予熱望?

然而,蒿目時艱、屢經挫跌的劉鶚,又愈益感受到局勢的嚴峻。《老殘遊記》第一回寫老殘與朋友登蓬萊閣觀日出,就是他當時心境的生動寫照。他們先是看到「東方已漸漸發大光明」,但心中明白,此時離日出尚遠,那光明不過是「蒙氣傳光」而已。接著,「天上雲氣一片一片價疊起,只見北邊有一片大雲,飛到中間,將原有的雲壓將下去,並將東邊一片雲擠的越來越緊,越緊越不能相讓,情狀甚為譎詭」。飛雲的擠壓,使一睹日出壯觀成為泡影;而映入他們眼簾的,卻是一隻帆船在洪波巨浪

中顛簸的駭人景象：「這船雖有二、三十丈長，卻是破壞的地方不少：東邊有一塊，約有三丈長短，已經破壞，浪花直灌進去；那旁，仍在東邊，又有一塊，約長一丈，水波亦漸漸浸入；其餘的地方，無一處沒有傷痕」。在這傷痕遍體、即將沉沒的船上，負有駕駛操縱之職的人們，絲毫不曾意識到面臨的危險：船主高高地坐在舵樓之上；八個管帆的雖然在認真的管，「只是各人管保人的帆，彷彿在八隻船上似的，彼此不相關照」；四個管舵的根本不辨方向，明明已漸漸靠岸，忽然又捩過舵來向海中開去；尤為可氣的是，船頭船幫上的一群水手，在那又濕又寒、又饑又怕的乘客中間亂竄，「搜他男男女女所帶的乾糧，並剝那些人身上穿的衣服」。《老殘遊記自敘》極為深沉地寫出了劉鶚的心情：「吾人生今之時，有身世之感情，有家國之感情，有社會之感情，有種教之感情。其感情愈深者，其哭泣愈痛：此鴻都百煉生所以有《老殘遊記》之作也。」劉鶚借這只即將沉覆的帆船，來比喻甲午戰爭以後的中國，傾注了他憂國憂民的激憤之情。

　　但他考慮得更多的，卻是如何拯救這只船以及船上的無窮性命。於是，不同的方案擺到了他的面前。老殘的朋友文章伯說：「好在我們山腳下有的是漁船，何不駕一隻去，將那幾個駕駛的人打死，換上幾個，豈不救了一船人的性命？何等功德，何等痛快！」同樣的意見，也被船上的英雄豪傑提出來了。他們號召乘客趕緊去打掌舵的，把管船的一個一個殺了；英雄豪傑還有一套冠冕堂皇的理論：「你們各人均是出了船錢坐船的，況且這船也就是你們祖遺的公司產業，現在已被這幾個駕駛的人弄的破壞不堪，你們全家老幼性命都在船上，難道都在這裡等死不成？就不想個法兒挽回挽回嗎？」連文章伯也贊歎道：「不想船上竟有這

等的英雄豪傑！早知如此，我們可以不必來了。」老殘同樣看出，問題確實出在駕駛的人身上。對於文章伯把這幾個人打死、換上好的人去的妙計，老殘並非不贊成，只是自問力量單薄，不會成事。至於船上的英雄豪傑，老殘則主張「聽其言而觀其行」，他憑直覺判斷「這等人恐怕不是辦事的人，只是用幾句文明的辭頭騙幾個錢用用罷了」，因而是不可信賴的。老殘指出，駕駛的人出錯，主要在於客觀情勢的變化。現在已非風平浪靜的「太平日子」，照著老法子，憑著老經驗，是無法應付這亙古未有的大風浪的。最好的辦法，是送他們一個「最準的向盤」，以把握前進的方向，就一定會擺脫險境，順利到達彼岸。這個向盤，實際上就是改革。

但老殘送向盤的一番美意，並未得到身處危船的人們的理解。一班下等的水手咆哮說他們是「洋鬼子遣來的漢奸」，連鼓吹要替大家「掙個萬世安穩自由的基業」的英雄豪傑，也跟著罵他們是「賣船的漢奸」。這就不僅道出了劉鶚對挽救中國危亡局面的憂慮，更道出了他對於民智未開的更大的憂慮，其中無疑也熔鑄進了他自己因「萋菲日集」而招來的種種酸甜苦辣。他執筆寫《老殘遊記》，根本的意願就是喚醒愚蒙。老殘這個搖動串鈴、奔走江湖、能治百病的道士的形象，就是為此目的而塑造的。第一回自評道：「舉世皆病，又舉世皆睡，真正無下手處。搖串鈴先醒其睡。無論何等病症，非先醒無法治。具菩薩婆心，得異人口訣，鈴而日串，則盼望同志相助，心苦情切。」中國舉世皆病，亟需通過改革來加以根治；而在著手改革之前，必先喚醒沉睡的民眾：這就是《老殘遊記》「具菩薩心」的大旨所在。

二

　　劉鶚不是李伯元、吳研人型的社會現實的觀察者和批評者，從他的全部經歷看，實際上應當算投身變革社會的實踐家。可以毫不誇張地說，劉鶚基於興辦實業的實踐獲得的對社會種種弊端的瞭解，比李伯元、吳研人來要深刻得多，痛切得多。按理說，他完全可以調動自己幾十年的生活蘊積，寫出《二十年目睹之怪現狀》、《官場現形記》那種暴露型的長篇巨著，將自己強烈的「身世之感情」、「家國之感情」、「社會之感情」、「種教之感情」傾瀉無遺；然而，在社會實踐中介入很深的劉鶚，卻讓他的主人公以一個與世無爭的旅遊者身分，在一邊細細地賞鑒、揣摩、咀嚼、品評所見所聞的自然風光和社會世相。《老殘遊記》，顧名思義只是一部精緻的遊歷體小說，它沒有《官場現形記》、《二十目睹之怪現狀》那樣展現社會全貌的宏觀氣勢和長達數十年的時間跨度；它所寫的，只是一位搖串鈴的江湖郎中兩個月的短暫時光內在山東一隅的漫遊。正是這樣一種切入角度的選擇和情緒基調的確定，使作者找到了表現自己對於國家、社會前途的理性思考的極好形式。

　　劉鶚當然沒有忘記揭發中國社會的弊病。他同樣看到，舊的官僚體制，是改革的主要對象。第一回寓言中，帆船上沒有預備方針、照著老法子去走的駕駛的人，各人管各人的帆、彼此不相關照的管帆的人，以及大肆搜括、蹂躪好人的水手，概括了這一體制的兩個側面：守舊與腐敗。可是，劉鶚並沒有沿著這條思維線路走下去，沒有把一切官僚都說成是一心為錢的、比盜賊和娼妓還不如的貪官。他要剖析的是另一種類型的、在一定程度上堪稱為「清官」的官僚，並由此揭示官僚體制弊病的更為本質的方

面，道出如何著手改革的正面意向來。

山東巡撫莊宮保，是以劉鶚的恩公張曜為原型的。從總體上講，這是一個不錯的好官。他思賢若渴，延攬海內名士，有見善若不及之勢。一旦聞知老殘人品學問，就「抓耳撓腮，十分歡喜」，立刻要請老殘搬到衙門裡來，以便隨時請教。聽說自己信用的曹州知府玉賢酷虐，莊宮保難受了好幾天；他還果斷地制止了剛弼在齊河縣的濫刑，使冤案得到平反。然而，正是這位正直的好官，卻辦了件大錯事、大蠢事。第十四回「大縣若蛙半浮水面，小船如蟻分送饅頭」，寫莊保宮的錯誤決策，給人民造成了空前的浩劫。莊宮保之失有二：一是輕信空言。觀察史鈞甫據西漢賈讓《治河策》，主張廢去黃河兩岸的民埝，退守大堤，以為「不與河爭地」，就可「河定民安，千載無恙」。老殘初見莊宮保，就告誡他「賈讓只是文章做得好，他也沒有辦過河工」，況且賈讓去今已二千餘年，情勢已大為不同，機械搬用，怎能不出大錯？二是不恤百姓。莊宮保開始時也曾顧慮「這夾堤裡面盡是村莊，均屬膏腴之地，豈不要破壞幾萬家的生產嗎？」又說，「我捨不得這十幾萬百姓現在的身家」，一度準備籌集三十萬銀子把百姓遷徙出去。但當總辦提出如果叫百姓知道了，「這幾十萬人守住民埝，那還廢得掉嗎」，莊宮保只好點頭歎氣，還落了幾點眼淚。他下令修的大堤和隔堤，就這樣成了「殺這幾十萬人的一把大刀」！

劉鶚在痛斥莊宮保荒謬的同時，又借老殘之口說出了另一層意思：「然創此議之人，卻也不是壞心，並無一毫為己私見在內，只因但會讀書，不諳世故，舉手動足便錯。孟子所以說：『盡信書，則不如無書。』豈但河工為然？天下大事，壞於奸臣者十之三四，壞於不通世故之君子者倒有十之六七也。」帆船上

管舵的管帆的固然是認真的在管，但仍難免帆船的沉覆，道理也就在這裡。老殘要給他們送去向盤，就是希望他們一要「通世故」、要「核實」，二要「有濟於民」、要「愛民」。這種精神，同樣貫串於剛弼和玉賢兩個「清官」的描寫之中。

剛弼受命來齊河縣會審賈家十三口命案，被告魏老兒的管事見主翁吃了冤枉官司，托人出來「打點」。剛弼假意應允，要他以五百兩銀子一條人命，「孝敬」六千五百兩銀子。管事不知是計，一一聽從。剛弼得此憑據，便斷定魏老兒確係殺人真凶，他的邏輯是：「我告訴你，我與你無冤無仇，我為什麼要陷害你們呢？你要摸心想一想，我是個朝廷家的官，又是撫臺特特委我來幫著王大老爺來審這案子，我若得了你們的銀子，開脫了你們，不但辜負撫臺的委任，那十三條冤魂，肯依我嗎？我再詳細告訴你：倘若人命不是你謀害的，你家為什麼肯拿幾千兩銀子出來打點呢？這是第一據；在我這裡花的是六千五百兩，在別處花的且不知多少，我就不便深究了。倘人不是你害的，我告訴他照五百兩一條命計算，也應該六千五百兩，你那管事的就應該說：『人命實不是我家害的，如蒙委員代為昭雪，七千八千俱可，六千五百兩的數目卻不敢答應。』為什麼他毫無疑義，就照五百兩一條命算帳呢？是第二據。」若按照《官場現形記》的筆法，一定會寫剛弼收下銀票，把案子翻了；劉鶚卻偏不走這條捷徑，將剛弼寫成「清廉的格登登」的清官，不但拒賄不沾，反以此為憑，逼得被告無以自辯。他的毛病，也出在一不核實，二不愛民兩點上頭。回後自評說：「贓官可恨，人人知之；清官尤可恨，人多不知。蓋贓官自知有病，不敢公然為非；清官則自以為我不要錢，何所不可，剛愎自用，小則殺人，大則誤國。吾人親目所睹，不知凡幾矣。試觀徐桐、李秉衡，其顯然者也，二十四史中指不勝

屈。作者苦心願天下清官勿以不要錢便可任性妄為也。歷來小說皆揭贓官之惡，有揭清官之惡者，自《老殘遊記》始。」即便按傳統的理解，清官之清既應包括「一清如水」的清廉不貪，也應包括「明鏡高懸」的洞察毫末和「愛民如子」的愷悌仁慈。從表面看，《老殘遊記》是在抨擊任性妄為、不恤民情的「清官」，實際上是在宣揚重證據、重調查研究、不輕信逼供的新型法律精神。剛弼之失在剛愎自用，他除了抓住管事行賄以逆推魏老兒必定是兇手外，唯一的手段就是濫刑。白子壽的作風就完全不同。他不懷成見，就事論事，細意推求，從月餅餡子是否有毒的關鍵入手，「談笑釋奇冤」，一下子就判明魏家父女無罪，又得老殘充當中國的福爾摩斯，終使案情真相大白。福爾摩斯探案在晚清之所以風行一時，就是因為它的重證據重推理的辦案方式，是對中國古老刑訊逼供的否定和批判。

玉賢更是一個「向來不照律例辦事」的酷吏，他隨心所欲地用「站籠」處死他心中的強盜，以至竟「做了強盜的兵器」。尤為令人髮指的是，當他中了強盜的圈套，要把無辜的于家父子活活站死，連衙役也看不下去前來求情時，他竟然笑道：「你們到好，忽然的慈悲起來了！你會慈悲於學禮，你就不會慈悲你主人嗎？這人無論冤枉不冤枉，若放下他，一定不能甘心，將來連我前程都保不住。俗語說得好，『斬草要除根』，就是這個道理。」第三回寫老殘雪中見鳥雀凍餓之狀，頓生憐憫之情道：「這些鳥雀雖然凍餓，卻沒有人放槍傷害他，又沒有什麼網羅來捉他，不過暫時饑寒，撐到明年開春，便快活不盡了。若像這曹州府的百姓呢，近幾年的年歲也就很不好，又有這麼一個酷虐的父母官，動不動就捉了去當強盜待，用站籠站殺，嚇得連一句話也說不出來，於饑寒之外，又多一層懼怕，豈不比這鳥雀還要苦

嗎？想到這裡，不覺落下淚來。又見那老鴉有一陣刮刮的叫了幾聲，彷彿他不是號寒啼饑，卻是為有言論自由的樂趣，來驕這曹州府百姓的。想到此處，不覺怒髮沖冠，恨不得立刻將玉賢殺掉，方出心頭之恨。」「學術淵深，通曉洋務」的劉鶚，在《老殘遊記》中卻絕少描述洋務，甚至極少使用新概念新名詞，唯有寫到剛弼與玉賢的時候，卻標舉了福爾摩斯和「言論自由」，他的主旨，就是嚮往法治，嚮往民主。他可以寬恕莊宮保，甚至寬恕剛弼，對玉賢卻毫不寬恕，原因就在這個酷吏，是靠萬民流血來染紅自己的頂珠的！

　　《官場現形記》結尾曾說，它只是小說的前半部，是「專門指責他們做官的壞處」的，後半部方是「教育他們做官的法子」的，可惜被大火燒了。《老殘遊記》在某種程度上，就是一部「教導做官」的書。在劉鶚看來，「做官的法子」的關鍵就在「有濟於世道」；而「有濟於世道」的關鍵，又在「有濟於民」。第七回寫申東造向老殘請教為官之策，老殘答道：「若求在上官面上討好，做得轟轟烈烈，有聲有色，則只有依玉公辦法，所謂逼民為盜也；若要顧念『父母官』三字，求為民除害，亦有化盜為民之法。」立足於改革官制的劉鶚，不滿足對「做官的壞處」的一般性揭露與抨擊；李伯元雖已想到而未寫到的更為深層的問題，劉鶚卻思考到了，這是他勝過同時代作家的地方。

三

　　在第一回的寓言中，劉鶚揭示了一條重要規律：決定中國這一千瘡百孔的大船命運的，不止是一種力量；而欲求中國的改革，也決不止於一個方面、一個局部所能奏效。給即將沉覆的帆船送去一個向盤，明明是一件絕大的好事，為什麼卻被水手和英

雄豪傑異口同聲罵為「漢奸」呢？劉鶚當然不會懂得階級分析，但他從自己的困惑中意識到，在同一個社會裡，人們有不同的地位，不同的意圖，不同的目標；考慮中國的改革，離不開對這種客觀現實的高度正視和充分估計。當然，在關於「漢奸」的言辭中，確實飽含著劉鶚「身世之感情」裡極強烈的委曲。他主張「用洋商之款，以興路礦」，認為「前可以禦各強兵力之侵逐，漸可以開通風氣，鼓舞農工，卒之數十年期滿，路礦仍為我有，計之至善者也，毅然決然為之」（《劉鶚及老殘遊記資料》第132頁），完全是出於愛國公議，可悲的是到頭來，竟落得「一國非之，天下非之」的下場，而攻訐他為「漢奸」的邏輯，就如船上的下等水手一般簡單：

> 他們用的是外國向盤，一定是洋鬼子遣來的漢奸；
>
> 他們將這只大船已經賣給洋鬼子了，所以才有這個向盤；倘與他們多說幾句話，再用了他的向盤，就算收了洋鬼子的定錢，他們就要來拿我們的船了！

劉鶚說他生平有三大傷心事，熱心路礦而被罵成「漢奸」，大約也是其中之一。然而，劉鶚抑制住了身世之感情，在小說情節的展開中，既沒有宣洩自己的牢騷怨恨，也沒有解釋自己的救國方略。細心的讀者也許會在激賞「明湖湖邊美人絕調」白妞精湛表演藝術的時候，注意到開演前茶房的介紹：「這說鼓書本是山東鄉下的土調，用一面鼓，兩片梨花簡，名叫梨花大鼓，演說些前人的故事，本也沒甚稀奇。自從王家出了個這個白妞、黑妞姊妹兩個，這白妞名字叫做王小玉，此人是天生的怪物！他十二三歲時就學會了這說書的本事，他卻嫌這鄉下的調兒沒什麼出

奇，他就常到戲園裡看戲，所有什麼西皮、二簧、梆子腔等唱，
一聽就會；什麼余三勝、程長庚、張二奎等人的調子，他一聽就
會唱。仗著他的喉嚨，要多高有多高；他的中氣，要多長有多
長。他又把那南方的什麼昆腔、小曲，種種的腔調，他都拿來裝
在這大鼓書的調兒裡面，不過二、三年功夫，創出這個調兒，竟
至無論南北高下的人，聽了他唱書，無不神魂顛倒。」通過白妞
這一「天生的怪物」吸取西皮、二簧等藝術營養，博採余三勝、
程長庚等藝術大師之長，把本來「沒甚稀奇」的「鄉下土調」，
改造成令人神魂顛倒的「絕調」，來暗示吸收外來文化的必要，
從而對「用外國向盤，一定是洋鬼子遣來的漢奸」的可笑謬論輕
輕加以反撥，並寄身世感慨外，就再也看不到任何有關個人辨冤
的內容了。這正是劉鶚的高明之處。因為他所要表述的，是在關
於國家命運的大事上，全體國民應肩負的責任；他要搖動串鈴，
使「舉世皆睡」的國民先醒過來，意識到這種責任，並採取正確
的態度。

　　在《老殘遊記》中，除了對「清官」的憤怒抨擊和民眾疾苦
的深切悲憫以外，多半是和諧美妙的自然景物的描繪。胡適在
《老殘遊記序》中說：「《老殘遊記》在中國文學史上的最大貢
獻卻不在於作者的思想，而在於作者描寫風景人物的能力」，把
作者的思想與敘景狀物割裂開來，就《老殘遊記》而言，是不正
確的。誠然，山水風光的描摩，是遊記的文體所必需的，可是，
劉鶚決不是為寫景才去寫景的。透過那清麗細致、情味悠長的景
物描繪，我們仍然可以感受到作者獨特的心理世界。如第三回
「金線東來尋黑虎」，寫老殘在泉城瀏覽趵突泉、金線泉、黑虎
泉，著墨最多的是金線泉：

這金線泉，相傳水中有條金線。老殘左右看了半天，不要說金線，連鐵線也沒有。後來幸而走過一個士子來，那老殘便作揖請教這「金線」二字，有無著落。那士子便拉著老殘踅到池子西面，彎了身體，側著頭，向水面上看，說道：「你看，那水面上有一條線，彷彿游絲一樣，在水面上搖動，看見了沒有？」老殘也側著頭照樣看去，看了些時，說道：「看見了，看見了！這是什麼緣故呢？」想了一想，道：「莫非底下是兩股泉水，力量相敵，所以中間擠出這一線來？」那士子道：「這泉水見於著錄好幾百年，難道這兩股泉的力量，經歷這久就沒有個強弱嗎？」老殘道：「你看，這線常常左右擺動，這就是兩股泉水不勻的道理了。」那士子到也點頭會意。

兩股泉水力量相敵，於是形成了金線泉這樣的奇觀，這中間難道不包含某種深邃的哲理嗎？

第十二回「寒風凍塞黃河水」，卻是另一種截然不同的意境：

那黃河從西南上下來，到此卻正是個灣子，過此便向正東去了。河面不甚寬，兩岸相距不到二里。若以此刻河水而論，也不過百把丈寬的光景，只是面前的冰，插的重重疊疊的，高出水面有七、八寸厚。再往上遊走了一、二百步，只見那上流的冰，還一塊一塊的漫漫價來，到此地，被前頭的攔住，走不動，就站住了。那後來的冰趕上他，只擠得嘈嘈價響。後冰被這溜水逼得緊了，就竄到前冰上頭去；前冰被壓，就漸漸低下去了。看那河身不過百十丈

寬，當中大溜約莫不過二、三十丈，兩邊俱是平水。這平水之上早已有冰結滿，冰面卻是平的，被吹來的塵土蓋住，卻像沙灘一般。中間的一道大溜，卻仍然奔騰澎湃，有聲有勢，將那走不過去的冰擠得兩邊亂竄。那兩邊平水上的冰，被當中亂冰擠破了，往岸上跑，那冰能擠到岸上有五六尺遠，許多碎冰被擠的站起來，像個小插屏似的。

看來，是前後左右的冰，互相衝突擠壓，才產生了這紊亂無序的局面。

毫無疑問，劉鶚嚮往的是和諧，而不是紊亂。當然，這種和諧，是運動中的和諧，變革中的和諧，而不是靜止不變的凝固和同一。第十回寫申子平聽黃龍子與璵姑彈奏《海水天風之曲》，「初聽還在算計他的指法，調頭，既而便耳中有音，目中無指。久之，耳目俱無，覺得自己的身體飄飄蕩蕩，如隨長風浮沉於雲霞之際。久之又久，心身俱忘，如醉如夢。」琴、瑟本為二物，為什麼會產生如此絕妙的藝術效果？璵姑指出，這是因為他們彈的不是「一人之曲」，而是「合成之曲」，「此宮彼商，彼角此羽，相協而不相同」，這就是「君子和而不同」的道理。承認有不同的力，並且承認不同的力的存在的合理性和必要性，不要求它們完全歸於同一，只要求它們相調相協。乍看起來是片斷支離、漫不經心的筆墨，在小說中都匯成為作者理性思考的內容。

落實到人事上，就是三教合一的思想。璵姑說，「道」分為「道面子」和「道裡子」兩層，儒、釋、道三教的「道面子」即外在形式雖有分別，但實質總是一樣的，都是「誘人為善，引人處於大公。人人好公，則天下太平；人人營私，則天下大亂」，

這就叫做「殊途不妨同歸，異曲不妨同工」。而「大公」，是以「為民」為標準的。璵姑批判韓愈「君不出令，則失其為君；民不出粟、米、絲、麻以奉其上，則誅」的封建專制論道：「如此說去，那桀紂很會出令的，又很會誅民的，然則桀紂之為君是，而桀紂之民全非了，豈不是是非顛倒嗎？」這與其說是在闡釋劉鶚們所信奉的泰州教的教義，不如說是在宣揚新的民主精神。

四

　　劉鶚是寄希望於改革的，這是他提倡興辦實業以救國的理想所決定的。所以，他主張和諧，主張「心平氣和」（第一回自評），而不贊成「北拳南革」的「不受天理國法人情的拘束」的過激行為。第一回寫老殘對文章伯「打死駕駛的人」的痛快主張的反應是：「此計甚妙」，只是「不會成事」。第十一回又寫黃龍子諄諄告誡說：「太痛快了，不是好事。吃得痛快，傷食；飲得痛快，病酒。今者不管天理，不畏國法，不近人情，放肆做去，這種痛快，不有人災，必有鬼禍，能長久嗎？」劉鶚在《風潮論》中再三強調：「吾之宗旨，惟『核實』二字而已。」義和拳的「欲興清滅洋，忠義之氣也，特未核實其果能興清滅洋與否？」近日又有「排外」、「收回利權」之論，「忠義之氣勃勃然從喉舌出」，然「用收回利權之美名以暗竭天下之脂膏，使民饑寒以生內亂，用排外之美名激怒各國以生外患，內亂外患交攻並舉」（《劉鶚及老殘遊記資料》第133、139頁），都不能達到富國富民的目的。

　　劉鶚一方面把北拳南革說成是懷有私利的「亂黨」，但另一方面對它之所以產生以及所具有的歷史作用，卻有一番獨到的認識。黃龍子說，在有「好生之德」的上帝之外，還有一位代表惡

的魔王「阿修羅」：「須知阿修羅隔若干年便與上帝爭戰一次，末後總是阿修羅敗；再過若干年，又來爭戰。試問，當阿修羅戰敗之時，上帝為什麼不把他滅了呢，等他過若干年，又來害人？不知道他害人，是不智也；知道他害人而不滅之，是不仁也。豈有個不仁不智之上帝呢？足見上帝的力量，是滅不動他。」劉鶚指出，在上帝與阿修羅之上還有一位「勢力尊者」，二者都是他的化身。一派講公利的，就是上帝部下的聖賢仙佛，一派講私利的，就是阿修羅部下的鬼怪妖魔。它們之間的衝突，構成了歷史前進的動力。這就與那種認為改革可以一蹴而就，改革一旦成功，就可以從此長治久安的簡單認識，形成了鮮明的對照。

但是，劉鶚又不是「春去秋來」的歷史循環論者，他的歷史觀是向前的。黃龍子的「三元甲子」說，抹去了上面的神祕色彩，涵意是非常顯豁的。他說，同治三年（1864）是「轉關甲子」，「此甲子，六十年中要將以前的事全行改變」。按照他的描述，「同治十三年甲戌（1874）為第一變；光緒十年甲申（1884）為第二變；甲午（1894）為第三變；甲辰（1904）為第四變；甲寅（1914）為第五變。五變以後，諸事俱定。」劉鶚認為，最近的六十年，將是中國社會歷史發生質的劇變的關鍵時期，這種劇變，是內憂外患交相逼迫的結果。如果說對以往歷史的勾勒，尚是劃定了變化的若干階段的話，那麼對後來三變的推斷，就帶有相當辯證的色彩了：甲辰（1904）、甲寅（1914）的兩變，是北拳南革釀成的：「此二亂黨，皆所以釀劫運，亦皆所以開文明也。北拳之亂所以漸漸逼出甲辰之變法，南革之亂之所以逼出甲寅之變法。」甲辰（1904），是劉鶚撰寫《老殘遊記》的當代，這就意味著他已看到晚清的維新變法，恰是北拳之亂引出的積極結果，並由此推想未來的南革之亂，也將引出甲辰

（1914）更為積極的結果：「甲辰之後文明大著，中外之猜嫌，滿漢之疑忌，盡皆銷滅。」這還不夠，「甲辰以後為文明華敷之世，雖燦然可觀，尚不足與他國齊趨並駕。直至甲子（1924），為文明結實之世，可以自立矣。然後由歐洲新文明進而復我三皇五帝舊文明，駸駸進於大同之世矣。──然此事尚遠，非三五十年事也。」劉鶚以為，「壞即是好，好即是壞；壞非不好，非好不壞」，壞事（即他所不贊同的暴力衝突）可以引出好的結果，這種思考已不限於當前的改革階段，還預見到在引進西方文明的同時，進一步保存和弘揚中國傳統文明，開闢文明大著的新天地的大問題。這種豁達的心志和樂觀的信念，通過獨有的哲理形式表現出來，在當時的作家群中，堪稱是獨一無二的。

劉鶚看到了改革的要害，看到了正確處理各種力量的關係，看到了未來美好的前景，還看到了改革道路的曲折。第二十回寫老殘隻身進泰山玄珠洞，尋覓解救沉迷於「千日醉」的「返魂香」，頗有深刻的寓意。小說是以喚醒世人以救治為宗旨的，「千日醉」不正是致睡的原因嗎？能解千日醉的妙藥返魂香，既顏色黑黯，又有臭支支的氣味，青龍子道：「救命的對象，那有好看好聞的！」尤有深意的是，當老殘向一個莊家老打聽進山的路徑，莊家老說：「這路很不好走，會走的呢，一路平坦大道；若不會走，那可就了不得了！石頭七大八小，更有無窮的荊棘，一輩子也走不到，不曉得多少人送了性命！」這難道不是隱喻改革之路之不能逕情直遂嗎？及至老殘恭恭敬敬的請教，莊家老道：「這山裡的路，天生成九曲珠似的，一步一曲。若一直向前，必走入荊棘叢了；卻又不許有意走曲路，有意曲便陷入深阱，永不出來了。我告訴你個訣竅罷：你這位先生頗虛心，我對你講，眼前路都是從過去的路生出來的，你走兩步，回頭看看，

一定不會錯了。」

《自敘》說：「不以哭泣為哭泣者，其力甚勁，其行乃彌遠。」劉鶚滿懷救國之志作《老殘遊記》，卻有意不讓自己的悲憤的感情流於筆端。從開篇為帆船送向盤到結尾進山「走兩步，回頭看看」的訣竅，都只是為了寫出自己對於改革的深層思考，堪稱為其力甚勁、其行彌遠的「不以哭泣為哭泣」的真正的哭泣。

（五）《孽海花》：一代名士從晦蒙否塞到開眼世界的心路歷程

一

金松岑（1874-1947），又名金一，字松岑，號鶴舫，筆名麒麟、愛自由者、天放樓主人等，江蘇吳江人。1898年被薦試經濟特科，未赴，1903年在上海參加愛國學社。《孽海花》是他為江蘇留日學生所編《江蘇》而作的小說。金松岑說：「作此書之歲，帝俄適以暴力壓中國，留日學生及國內志士，多組對俄同志會（而洪氏前使俄，以重金購俄人所制中俄交界圖，誤將帕米爾之一部分劃入俄國，俄人遂據之，為言官所劾），賽金花於是歲方虐雛妓致死，繫獄。同時繫獄者，有名將蘇元春、名士沈藎，得名妓而三。賽於八國聯軍入京時，因與瓦德西昵，賴一言而保全地方不少，故以賽為骨，而作五十年來之政治小說。」金松岑的興趣原在有關「俄羅斯之外交」等熱點事件，故以曾經使俄的洪文卿（鈞）為主角，又把賽金花拉來作為配角。

曾樸（1872-1935），初字太樸，後改孟樸，又字小木、籀

齋，號銘柵，筆名東亞病夫，江蘇常熟人。曾隨李慈銘、吳大澂受業，二十歲中舉人，與京中李石農、文芸閣、江建霞、洪文卿等名士相周旋，二十一歲捐內閣中書，寄寓岳父汪鳴鑾宅，因得出入洪鈞宅，並初識賽金花。1904年8月，曾樸與丁芝孫、徐念慈在上海創辦小說林社，提倡譯著小說。金松岑將寫成的《孽海花》六回書稿寄給曾樸，曾樸認為是一個好題材，建議「借用主人公做全書的線索，盡量容納近三十年來的歷史，避去正面，專把些有趣的瑣聞逸事，來烘托出大事的背景，格局比較的廓大」，金松岑以小說非己所喜，便把《孽海花》交給曾樸去完成了。

《孽海花》轉到曾樸手中，頓然產生本質的變化，從「適應當時形勢需要」、「揭露帝俄野心」的「內容包括中俄交涉帕米爾界約事件，俄國虛無黨事件，東三省事件，最近上海革命事件，東京義勇隊事件，廣西事件，日俄交涉事件，以至俄國復據東三省止」（上海鏡今書局《自由血》所附「愛自由者撰譯書」廣告）的政治小說，躍變為「以名妓賽金花為主人，緯以近三十年新舊社會之歷史」（小說林社《孽海花》廣告）的歷史小說了。他對金松岑構想的重大突破，是將連綴若干政治外交事件的格局，改變為「盡量容納近三十年來的歷史」的長篇畫卷。在他手擬的廣告中，包括「舊學時代」、「中日戰爭時代」和「政變時代」，而在《孽海花》底稿的人物名單中，又把他們分歸於「舊學時代」、「甲午時代」、「政變時代」、「庚子時代」、「革新時代」和「海外運動」六大部分。從「舊學時代」到「革新時代」，曾樸寫出中國「近三十年新舊社會之歷史」，格局確實比較地廓大了。在這一相互銜接的長鏈中，「舊學時代」、「甲午時代」、「政變時代」、「庚子時代」的涵義都是

明晰的，緊接「庚子時代」的「革新時代」，則是指創作此書的「當下」。曾樸把他所處的現實時代稱為「革新時代」，是饒有深意的。

　　光緒二十六年十二月丁未（1901年1月29日）上諭稱：「法令不更，錮習不破；欲求振作，須議更張。」從而揭開了晚清改革的序幕，這就是曾樸所指「革新時代」的開端。在他手擬的人物名單中，「革新時代」一欄下，既有主張君主立憲的梁啟超、嚴復和容閎，也有主張種族革命的章太炎、蔡元培、鄒容。曾樸雖傾向於緩進主義的改革，但並不敵視真正的革命人士，且同樣視為革新時代的脊樑。《孽海花》第十八回談瀛會，馬美菽力陳開通民智、改革文字的重要，且說：「各國提倡文學，最重小說戲曲，因為百姓容易受他的感化。如今我國的小說戲曲太不講究了，佳人才子，千篇一律，固然毫無道理；否則開口便是驪山老母、齊天大聖，閉口又是白玉堂、黃天霸，一派妖亂迷信的話，布滿在下等人心裡，北幾省此風更甚，倒也是開化的一件大大可慮的事哩！」可謂曾樸的夫子自道。總之，自覺以新小說為啟發民智的利器，正是曾樸作《孽海花》的動機。小說林本第一回，曾樸在金松岑所寫文字之外，添加了一段話：「三十年舊事，寫來都是血痕；四百兆同胞，願爾早登覺岸。」《孽海花》的真義在於，站在二十世紀之初革新時代的歷史基點上，回首中國三十年來走過的充滿血痕的道路，啟迪四百兆國民早登覺岸，以共同尋求中國的自強之道。

　　當曾樸懷著回首歷史的動機進入創作的時候，他發現自己一下子掘開了一座蘊藏極豐的礦床。《孽海花》所要描寫的形形色色的名士，就是他的同類。他筆下的當代名士，大都是他的尊長和師友，主人公金勻（雯青）是以他父親的義兄、闈師之師、誼

屬「太老師」的洪鈞（文卿）為原型的。他的兩位業師李慈銘（蒪客）、吳大澂（憲齋），是小說重要人物李治民（純客）、何太真（玨齋）的原型。他中舉前交往的名士李石農、文芸閣、江建霞，在小說中分別化名為黎石農、聞韻高、姜劍雲，連他的岳父汪鳴鑾（柳門）也改稱錢端敏（唐卿），在《孽海花》中扮演了重要的角色。曾樸熟悉他們的生活和情感，誠如魯迅所說：「親炙者久，描寫當能近實。」這樣一層關係，一下子就由金松岑為著時代號筒的需要、從外部拈來一曾任駐俄公使的洪文卿為主角的偶然機緣，質變為曾樸從生活蘊積的深層去挖掘其豐富內涵的必然決策了。

二

《孽海花》的初意是要容納自庚申（1860）以來，由舊學時代、甲午時代、政變時代、庚子時代和革新時代前後相續的充滿「血痕」、又展現希望的歷史，但是，寫於1905年的前二十回（加上寫於1907年的五回），只寫了金雯青從同治戊辰（1868）得中狀元到光緒癸巳（1893）含恨而死的一生，敘事的上限為庚申（1860），下限為甲午（1894），實際上只寫了第一個舊學時代，但作者要傳達的獨特而鮮明的創作意圖，已經在相對獨立的藝術結構中得到了充分的體現。

什麼叫「舊學」？「舊學」相對於「新學」而言。沒有「新學」，也就無所謂「舊學」。在一定意義上，從西方引進的包括技術藝能、思維範疇、學說體系、社會理想在內的「西學」，就是當時所謂「新學」的主要內涵。

中國閉關鎖國太久了。當「舊學」的概念尚未產生、整個中國還處於嚴格意義的「舊學時代」的時候，中國人對於世界大勢

不識不知的狀況是十分驚人的。康有為1898年3月在北京保國會的演說中說，中國自古為「大一統國」，竟然盲目自大到把英、法等西方資本主義大國，看成像緬甸、朝鮮、安南、琉球那樣可以隨意「鞭棰使之」的小國，連「博極群書」的大學問家，也鬧出了許多常識性的笑話。如曾經校訂《四庫全書》的紀昀（1724-1805），把義大利傳教士艾儒略（1582-1649）介紹五大州各國風土民情的地理學著作《職方外紀》，比利時傳教士南懷仁（1623-1688）撰作的《坤輿圖說》，說成是古代「瑤臺」、「閬苑」式的寓言神話；長於史學、考據精賅的趙翼（1727-1814）毫無根據地說在俄羅斯以北有一個「以銅為城」的准噶爾大國；對天文、曆算、地理有豐富知識的阮元（1764-1849）不相信地圓說，以為是「抵足而行」。道光十二年（1832），英國以輪船二艘犯廣州，兩廣總督盧坤以三千師船、二萬兵抗衡，結果大敗虧輸。「洋船極大」，落後了就要挨打這個道理，吃了苦頭的盧坤是清楚了；可是道光皇帝沒有親眼看到，就根本不相信。後來又遭遇一連串「非常之變」，道光皇帝終算明白了「洋人之強」在於「船堅炮利」，甚至命人加以仿製；但西方究竟為什麼強大，還是不得要領，士大夫們仍然固守著陳腐的「華夷之辨」，對西方「以犬羊視之，深閉固拒」。

　　世界的大勢，無情地逼迫中國由閉關走向開放。鴉片戰爭後推行了二十年的「剿夷」、「撫夷」的對外政策已經破產，與世隔絕的「一統天下」的觀念，不得不讓位於《孽海花》裡由馮桂芬明確揭示的「五洲萬國交通時代」。咸豐十一年（1861），特設總理各國事務衙門，表明中國已不得不把自己納入世界體系的運轉。近代意義的資本主義企業開始創立，《孽海花》第六回寫到的用三百萬銀子買了旗昌洋行輪船，改名招商輪船局。在思想

文化領域內，全新的「世界」觀念引了進來，「西學」取代了「夷狄」，近代型的知識分子從舊派分化出來，「學貫天人、中西合撰的大儒」如馮桂芬、郭嵩燾、薛福成、馬建忠、黃遵憲等，熱情宣揚西學，衝擊著舊的文化。曾樸站在二十世紀起點「革新時代」的歷史高度，紀錄由於西方文化的衝擊所帶來的「文化的推移」、「政治的變動」，把「中國由舊到新的一個大轉關」中一系列可驚可喜、「飛也似的進行」的現象，收攝在自己筆頭下，無疑是獨具慧眼的。

　　名士群像，是《孽海花》描寫的主體。名士由何而來？由科名而來。曾樸在第二回增寫了一段關於科名的痛快淋漓的議論：「當著那世界人群擲頭顱、麋血肉，死爭自由最劇烈的時代，正是我國民嘔心血、絞腦汁、巴結科名最高興的當兒」，一下子就從世界大勢的高度，揭示了迷信科名的民族悲劇，並嚴峻指出：「這便是歷史專制君主束縛我同胞最毒的手段」，「自從『科名』兩字出現於我國，弄得一般國民有腦無魂，有血無氣，看著茫茫禹甸，是君主的世產，赫赫軒孫，是君主的世僕，任他作威作福，總是不見不聞，直到得異族憑陵，國權淪喪，還在那裡呼聲如雷，做他的黃粱好夢哩」。在科名牢籠下掙挫出來的名士，固然是一群「有腦無魂」、「有血無氣」的麻木人物；但名士之所以被稱為「名士」，又具有相當文化素養和複雜心理結構的一面。《後漢書‧方術傳論》說：「漢世之所謂名士者，其風流可知矣。雖弛張趣舍，時有未純，於刻情修容，依倚道藝，以就其聲價，非所能通萬物，弘時務也。」名士的恃才放達，不拘小節，反映了「風流」的一面；而不能「通萬物」、「弘時務」，則反映了拘執的一面。如果說在封閉遲滯的古代社會，名士還有存在的一席之地，那麼，到了「外國勢力日大一日，機器日多一

日」的五洲萬國交通時代，硜硜自守、泥古不化的名士者流，就失掉了生存的任何意義了。《孽海花》寫的就是一群這樣的名士。由於處在「舊學時代」，由科名而取得其名士資格，對世界大勢反映遲鈍的舊派人物依然占據主要地位；與此同時，勇於正視現實，千辛萬苦向西方國家尋找真理的新派知識分子應運而生，他們的蓬勃生氣，愈益反襯了傳統名士的迂腐顢頇。這一存在本身，反映了舊營壘的分化和新思想的萌生，從而構成了由舊的一極向新的一極的流動。

　　《孽海花》第二回「杏花話舊茗客談天」，是舊學中人晦蒙否塞心境的顯微燭隱。金雯青得中狀元，引起了蘇州名士的談興，紛紛誇耀蘇州考中狀元之多，墨裁高手錢唐卿猶嫌未愜其意，還故作驚人之語說：「蘇州狀元的盛衰，與國運很有關係」，因為據他考證，乾隆年間，蘇州狀元極盛，而在嘉慶、道光以後，日漸遞減，到咸豐手裡，「一發荒唐，索性脫科了」。清代自乾隆盛世以後，確實每下愈況，「國運是一代不如一代了」，其間原因極其複雜，但決不會是蘇州狀元的盛衰「關著陰陽消息」。把兩件本無聯繫的事湊在一起，硬說其中一件是另一件產生的根源，反映了科名的迷信之深。其後，話題又轉到了上海。站在「東吳文學之邦」、盛產狀元的蘇州的立場，來評論「五方雜處」、實際上是西方文明最早占領的上海，他們的注意點卻是舊生活軌道中熟習的戲曲與菜肴，諸如大章、大雅之昆曲戲園、丹桂茶園、金桂軒之京戲，同興、同新的京菜，新新樓、復新園的徽菜之類。上海雖然出了一些新鮮事物，但這班傳統名士，或不加涉及（如杏花樓、同香樓、一品香、一家春的英法大餐），或存心貶抑（如謂「上海雖然繁華世界，究竟五方雜處，所住的無非江湖名士，即如寫字的莫友芝，畫畫的湯壎伯，非不

洛陽紙貴，名震一時，總嫌帶著江湖氣，比到我們蘇府裡姚鳳生的楷書，楊詠春的篆書，任阜長的畫，就有雅俗之分了」）。石印是從西方傳入的先進印刷術，但他們關心的不是它普及文化的貢獻，而是「書本總要講究板本，印工好，紙張好，款式好，便是書裡面差一點，看著總覺豁目爽心」的外在形式。後來又談到輪船，大家感興趣的不是它代表的西方科技水準，而是那走長江的船竟叫做「孔夫子」，「大家聽了愕然，既而大笑」。談敘中還涉及「西法開山之祖」前明徐相國文定（光啟）的墓地變成了「繁華總匯」，以致不能保其佳城石室，感歎之中不無幸災樂禍之意。這就是當日名士的心態。

隨著金雯青的入京供職，小說全面展示了這「首善之區」亦即舊學最堅固的堡壘中諸名士的眾生相：「唐卿頓時把『且夫』、『嘗思』丟在腦後，喜歡講究講究板本，買幾部宋元刻，寫寫小篆，看幾張經書小學。玨齋性情更是活動，一時間畫畫畫，寫寫字，居然風流名士；一時間講程朱，說陸王，又是道學先生；買些古銅古玉，就論金石；翻翻《六韜》、《三略》，自命兵家。肇廷本來懂些詞章之學，更不消說了。只有荸如一人，還是一部高頭講章，幾句八股腔調，一毫也不肯添些花樣。」這班名士，就如此這般「塵海迷蒙，玉堂杏森，過著那風華快樂的日子，忽忽數年。」一般的名士既無用若此，但名士中那些負有時望、不肯與權貴同流合汙的「清流」，卻仍不免給人以良好的印象。《孽海花》第六回，寫清流黨的黃叔蘭死了母親，另一位清流黨莊侖樵送了一副八尺長的輓聯，上聯是：「看范孟博立朝有聲，爾母曰：教子曰斯，我瞑目矣。」莊侖樵等正是以東漢有名的清流范滂（137-169）自詡的。但小說緊接著就把讀者帶到了名士們隱祕的內心世界，依次讓大家窺見了莊侖樵的窮極無

聊、莊壽香的偷香忘客、祝寶廷的狎妓丟官，道出了作者對於清流的真正評價。其中最有深意的，要算莊侖樵的發跡變泰史了。

莊侖樵被稱為「可以擔當大事」的人物。他大考雖然考了一等第一名，授了翰林院侍講學士，卻窮得連飯都有一頓沒一頓的。發恨道：「這瘟官作他幹麻？我看如今那些京裡的尚侍、外省的督撫，有多大能耐呢？不過頭兒尖些，手兒長些，心兒黑些，便一個個高車大馬，鼎烹肉食起來。我那一點兒不如人？就窮到如此沒頓飽飯吃，天也太不平了！」莊侖樵的怨憤，是有理的；當他聽說閩浙總督驕奢罔上等事，「趁著胸中一團饑火，夾著一股憤氣，直沖上喉嚨裡來，就想趁著現在官階可以上摺子的當兒，把這些事情，統做一個摺子，著實參他們一本，出出惡氣，又顯得我不畏強禦的膽力。便算因此革了官，那直聲震天下，就不怕沒人送飯來吃了，強如現在庸庸碌碌的乾癟死。」雖有雜念，仍不失為正義之舉。不想上了摺子之後，得了「上頭」的獎勵，情勢就完全變了個樣。橫豎沒事，今日參督撫，明日參藩臬，這回劾六部，那回劾九卿，半年間，那一個筆頭上，不知被他拔掉了多少紅頂兒。滿朝人人側目，個個驚心。說也奇怪，人家愈怕，侖樵卻愈得意，米也不愁沒了，錢也不愁少了，車馬衣服也華麗了，房屋也換了高大的了。正是堂上一呼，堂下百諾，氣焰熏天，公卿倒屣，門前車馬，早晚填塞。

莊侖樵突然間獲得神鬼一般的威懾力，並不來自他的不避凶險、敢於直言，而是來自最高統治者「說一句聽一句」的偏信，這就從專制體系弊端的總根上，揭示了清流黨的實質。當然，清流黨敢於參揭貪官汙吏，畢竟起到制衡和調節統治集團內部關係的作用，所以並非全無意義。但一旦碰到全新的對外交涉，憑個人意氣的清流黨就不頂用了。第六回寫越南被法蘭西侵佔，越南

王求救的消息傳來，莊崙樵還未鬧清實際情況，就拍著手道：
「著啊，著啊！目下我們兵力雖不充，還有幾個中興老將如馮子
材、蘇元春，都是百戰過來。我想法國地方，不過比中國二三
省，力量到底有限，用幾個能征慣戰之人，死殺一場，必能大振
國威，保全藩屬，也叫別國不敢正視。」不想朝廷用他做了福建
船政大臣，給了他一個「大抒偉略，建立奇勳」的機會，無奈不
曉世界大勢，又死搬古人的一套，看法國兵船到了，要想學諸葛
武侯空城計嚇退他，那曉得外國人最不會鬧這種小聰明，只架著
大炮打來。崙樵左思右想，原要盡忠的，無奈當不起炮火無情，
只好頭上頂著個三寸厚的銅盤，赤著腳鑽在難民淘裡，逃回省城
來了。如果說譏彈朝政、藉以營私，是個人品質的偶然因素起作
用的話，那麼，馬江之敗完全是清流黨暗昧於世界大勢、空談誤
國的必然結果。攘夷主義，不能有效地抵禦列強入侵，不知「兵
凶戰危」的道理，盲目低估西方資本主義的力量，以為可以談笑
指揮、坐摧強敵，更是自取敗亡之道。唯一正確的選擇，是放棄
閉關鎖國，實行向西方學習的開放政策。

　　曾樸向懷「外交官是為國宣勞的唯一捷徑」的思想，在《孽
海花》中，把一批曾經遊歷外國、擔任過外交使臣的人，當作沖
破對外部世界懵然無知的偏見和漠不關心的病態心理的新型人
物，將匡時救國的希望寄託在他們身上。薛淑雲、呂順齋、馬美
菽、徐忠華、雲仁甫、王子度，就是這種新型人物的代表。這幾
位人物都有自己的原型，如薛淑雲影射薛福成，呂順齋影射黎庶
昌，李臺霞影射李鳳苞，馬美菽影射馬建忠，徐忠華影射徐建
寅，雲仁甫影射容閎，王子度影射黃遵憲，都是曾樸非常推崇的
人物，是舊學時代第一批「意高志廣」的新型知識分子的代表。
但小說並沒有介紹他們的出身經歷，甚至也沒有正面敘寫他們的

理想和抱負，只是為了騰出篇幅來描寫金雯青，因為正是受到他們的感染和驅動，金雯青才滋生了向西方學習的意念，從而影響到他的人生道路的。

三

　　從得中高魁到丁憂回蘇，是金雯青人生經歷的第一階段。憑著自己「數一數二」的學問，「一領紅袍，三聲臚唱」，一下子攀到了科名的頂峰。身為頭名狀元，「一種富貴聰明，那蘇東坡、李太白還要退避三舍，何況英國的培根、法國的盧梭呢」。但是第三回「金殿撰歸裝留滬瀆」，金雯青登場地點不選擇他供職的北京，也不選擇他省親的故鄉蘇州，而選擇了短暫停留的「五方雜處」的上海。金雯青尚未來得及自鳴得意，就首先領受了馮桂芬關於「現在讀書，最好能通外國語言文字，曉得他所以富強的緣故」的教訓，而後又被安排遊覽上海的公家花園，參加英領事署的賽花會，聽人說外國話，「茫然不知所謂」，見中外名花列著標幟，「卻因西字，不能認識」。當此之時，金雯青正處於一種「一物不知，學者之恥」的潛意識狀態。這種潛意識是不明確的，不易覺察的，然而卻是確確實實存在的。他參加了一品香的聚會，聽到席間薛淑雲、呂順齋、李臺霞、馬美菽、徐忠華等人議論西國政法藝學，亦即由「茫然不知所謂」的外國語言文字所負載的「所以富強的緣故」的海外學問時，他的認識、情緒和意向，頓時產生了一個飛躍：

　　　　雯青在旁默聽，茫無把握，暗暗慚愧。想道：「我雖中個
　　　　狀元，自以為名滿天下，那曉得到了此地，聽了許多海外
　　　　學問，真是夢想沒有到哩。從今看來，那科名鼎甲是靠不

住，總要學些西法，識些洋務，派入總理衙門當一個差，才能夠有出息哩。」

「西學」這一陌生領域的初步展現，沖破了金雯青自以為「清華高貴」，「算得中國第一流人物」的心理平衡，慚愧、惶惑、焦慮，一時充塞了他的心頭。為了同已經變化了的社會環境相適應，他從心理上作出了「學些西法，識些洋務」的自我選擇，並把「派入總理衙門當一個差」，乃至「派往各國交涉事件」，作為滿足他的「自我實現的需要」的最高目標。金雯青心理上的自我選擇，導致了行為的調整。他主動「讀了徐松龕《瀛環志略》、陳資齋《海國聞見錄》、魏默生《海國圖志》，也漸漸通識國勢起來」。所以在中法戰爭發生時，才有根據地駁斥錢唐卿以為法蘭西「是個新國，總沒有英國大」的無知妄說，以及要「借此稍示國威」、「駕馭群夷」的迂闊之論，正確指出：「法國倒是個古國，國土大似英吉利，百姓也比英國猛鷙。數十年前有個國王，叫拿破侖，各國都怕他，著實厲害。近來聽說為德國所敗，國力差一點。我們與他開釁，到底要慎重些，不要又像從前吃虧。」由於對外情知之較多，議論就比較切實慎重。當馬江大敗，依靠空言誤國的清流救國的希望破滅以後，金雯青的認識又有了新的提高。他回到十多年不踏的故鄉，「想著從前鄉先輩馮景亭先生見面時勉勵的幾句好言語，言猶在耳，而墓木已拱。自己雖因此曉得了些世界大勢，交涉情形，卻尚不能發抒所學，報稱國家，一慰知己於地下，不覺感喟了一回」。金雯青這個時候，已開始把學習洋務同「報稱國家」的目標聯繫在一起，這是他心靈的重大升華。

隨著時局的變更，滄桑的屢改，號稱通達洋務的金雯青，終

於被派出使俄羅斯、德意志、荷蘭、奧地利四國。他在餞賀宴上談交涉的方略道：「第一是聯絡邦交，第二是檢查國勢。語云：『知彼知己，百戰百勝。』我國交涉吃虧，正是不知彼耳。不知國情，固是大害；不知地理，為害尤烈。遠事不必說，就是伊犁一案，彼乘著白彥虎造反，就輕輕占據了，要不是曾繼澍力爭，這塊地面就不知不覺的送掉了。兄弟向來留心西北地理，見那些交界地方，我們中國記載，影響都模糊得很。俄國素懷蠶食之心，不知暗中被占了多少去了！只苦我國不知地理，啞子吃黃連，說不出的苦。兄弟這回出去，也不敢自誇替國家爭回什麼權利，不過這地理上頭，兄弟數十年苦功，總可考察一番，叫他疆界井然，不能再施鬼蜮手段罷了。」清醒地看到俄國蠶食中國領土的野心，要憑借自己對西北地理的研究所得來保全國家的疆土，這份愛國熱腸是應該肯定的。金雯青關於「不知地理，為害尤烈」的見解，實源於魏源四十年代的《海國圖志》：「同一禦敵，而知其形與不知其形，厲害相百焉；同一款敵，而知其情與不知其情，厲害相百焉」，但他只抓住「知地理」的一端，把它放在比「知國情」更重要的地位，更沒有達到魏源「以夷攻夷」，「以夷款夷」，「師夷長技以制夷」的思想高度，這就必然導致捨本逐末。加之金雯青之「知地理」又未脫名士習氣，如在宴會上談到何珏齋在吉林勘界，「仿著馬伏波的故事」，立了一個三丈來高的銅柱，上刻「疆域有表國有維，此柱可立不可移」；金雯青本該虛心向何珏齋討教他是如何不畏強敵，通過艱難的勘界談判，收復被俄國非法占據的黑頂子地方的成功經驗，以為日後折沖樽俎的借鑒，但他不僅未留意於此，卻單單注意到銅柱拓本的古雅，從書法角度稱讚《銅柱銘》「將來定可與《闕特勒碑》、《好大王碑》並傳千古」。正是這種傳統名士的心

態，預示了金雯青的西方之行，將會所獲無多。

　　當金雯青登上德船薩克森號之初，就碰到「坐幾等艙」的問題。他開始以為不必坐頭等，屬下回答以往有人坐了二等艙，「被外國人恥笑的了不得」，況且「隨員等坐的是三等，都開報了二等，這裡頭核算過來差不多，大人樂得舒服體面」。接下來的是啟程日期。金雯青關心的是否「黃道吉日」，聽說是最精河圖學的余笏南檢定的，方才放心：種種陋規舊習，皆不能免。啟程後，經過熱鬧的香港、新加坡、錫蘭諸碼頭，「不知看見多少新奇的事物，聽見了多少怪異的說話」，但對異己文化的接受，是要以自身文化為本底的。最引起興趣的偏是外國人的催眠術，身為欽差的金雯青不光著迷，還以計激外國人去「試驗」那標致的女洋人，差一點惹出大禍來。「一語驚人新欽差膽破虛無黨」，金雯青因此一驚，總算付了一筆學費，聽俄國虛無黨人夏雅麗上了一堂不要說中國傳統經典上學不到，連他欽慕的馮桂芬、薛福成也未講到的一課。對於「年紀還幼小，不大懂得世事，正是扶牆摸壁的時候」的中國人來說，連「平等」為何物尚且毫無知覺，要弄清「真平等」、「假平等」的區別，曉得「天賦人權」、「萬物平等」的公理，確實是太難了。但通過這一課，畢竟讓金雯青第一次聽說世界上還有一種與「只知道自己該給皇帝管的」完全相反的理論：「土地是百姓的土地，政治是百姓的政治，百姓是主人翁，皇帝、政府不過是公雇的管帳夥計」，「國裡有事，全國人公議公辦」，「國裡的利，全國人共用共用」。在這駭人聽聞的以民主觀為核心的西方近代文化的進攻面前，中國傳統的思想武器已完全失靈：金雯青起初想以「大逆不道，謀為不軌」的帽子相壓，畢葉反駁道：「皇帝有『大逆不道』的罪，百姓沒有的；皇帝可以『謀為不軌』，百

姓不能的」，因為百姓已經成了主人翁；金雯青又拋出一頂「女人家」應「謹守閨門」的帽子，畢葉連忙搖手道：「大人別再惹禍了！」金雯青既已領教了夏雅麗那雪亮的手槍，只好閉口不語了。

　　莊子說：「井蛙不可以語於海者，拘於虛也；夏蟲不可以語於冰者，篤於時也；曲士不可以語於道者，束於教也。」由於受到空間、時間以及傳統名教的限制和束縛，金雯青的心理結構，同西方文化的現實是太不能相容了，因而時時處於新的不平衡之中。遺憾的是，他不是沿著原先發動的方向果敢地向前挺進，而是採取了退縮到自己舊有心理狀態的方針。金雯青作為一個駐外使節，已經深入西方世界的腹地，卻完全喪失了主動開眼看世界、瞭解西方並向西方學習的主體意識。小說寫道：「幸值國家閒暇，交涉無多，雖然遠涉虜庭，卻似幽棲綠野，倒落得逍遙快活。沒事時，便領著次芳等遊遊蠟人館，逛逛萬生院，坐瓦泥江冰床，賞阿爾亞尼園之亭榭，入巴立帥場觀劇，看萄蕾塔跳舞，略識兵操，偶來機廠，足備日記材料罷了。」自然，金雯青畢竟沒有忘記考察外國地理，為國效勞的使命。他購得一幅中俄交界圖，以為得了這圖，「一來可以整理整理國界，叫外人不能占據我國的寸土尺地，也不枉皇上差我出洋一番；二來我數十年心血做成的一部《元史補證》，從此都有了確實證據，成了千秋不刊之業，就是回京見了中國著名的西北地理學家黎石農，他必然也要佩服我了」。前一層意思，反映出天真的愛國心願，後一層則純是「文章者，經國之大業，不朽之盛事」的書生脾性，倒是傅彩雲劈頭劈腦的批評道出了要害：「你一天到晚抱了幾本破書，嘴裡咭利咕嚕，說些不中不外的不知什麼話，又是對音哩，三合音哩，四合音哩，鬧得煙霧騰騰，叫人頭疼，倒把正經公事擱

著，三天不管，四天不理，不要說國裡的寸土尺地，我看人家把你身體抬了去，你還摸不著頭腦哩！我不懂，你就算弄明白了元朝的地名，難道算替清朝開了疆拓了土嗎？」結果不幸被傅彩雲言中，金雯青誤購了地圖，不僅給國家造成損失，也幾乎斷送了自己的政治前程：這兩點，都是與他的主觀意願完全相反的。

四

第十八回金雯青任滿回到上海，參加了味蒪園的談瀛會。這次聚會，既是金雯青海外生涯的總結，又是他人生第三階段的開端。談瀛會由薛淑雲發起，應邀參加者皆為「或持旌歷聘，或憑軾偶遊，足跡曾及他洲，壯遊逾於重譯者」，而以「借他山攻錯之資，集世界交通之益」為目的。最有戲劇性的，是如淑雲所說：「我們還是那年在一家春一敘，一別十年，不想又在這裡相會。最難得的仍是原班，不弱一個。不過綠鬢少年，都換了華顛老子了。」當初金雯青在席間聽人議論，茫無頭緒，坐立不安；此番有了三年的外洋閱歷，多少有一點發言權了。他說：「小弟只記得那年暢聞高諭，所談西國政治藝術，天驚石破，推崇備至，私心竊以為過當；如今靠著國家洪福，周遊各國，方信諸君言之不謬。」金雯青心態的改變，幾乎就是那一代名士心理軌跡的代表。

三十年的風氣轉移，是令人吃驚的。臺霞道：「那時中國風氣未開，有人討論西學，就是漢奸。雯兄，你還記得嗎？郭筠仙侍郎喜談洋務，幾乎被鄉人驅逐；曾劼剛襲侯學了洋文，他的夫人喜歡彈彈洋琴，人家就說他吃教的。這些粗俗的事情尚且如此，政治藝術，不要說雯兄疑心，便是弟輩也不能十分堅信。」美菽道：「如今大家眼光，比從前又換一點兒了。聽說俞西塘京

卿在家飲食起居都依洋派，公子小姐出門常穿西裝，在京裡應酬場中，倒也沒有聽見人家議論他。豈不奇怪！」但彈洋琴、穿西裝，所取法於西方文化的，都是極表層的東西。談瀛會成員都曾親身出洋，耳聞目睹了西方政治文化的活生生的現實，對於世界大勢有較為清醒的認識，他們所欲取法於西方文化的，是更為深層的東西，並且用於自強的目的。薛淑雲道：「現在各國內力充滿，譬如一杯滿水，不能不溢於外。侵略政策出自天然，俄皇的話就算是真心，那裡強得過天運呢。孫子曰：『毋恃人之不來，恃我有以待之。』為今之計，我國只有力圖自強，方足自存在這種大戰國世界哩。」1840年，西方的大炮轟開了中國的大門，但當時的中國人大擺其「天朝上國」的架子，企圖以傳統的「剿」、「撫」兩手制服之，並使之「輸誠向化」。驕矜自大，完全建築於對於西方世界的無知。經過幾十年的痛苦較量，終於達到了上述認識水準，無疑是一個飛躍。開眼世界，是為了抵禦侵略，實現自強。在這共同目標之下，不同的方案被提出來了——

薛淑雲首先從「交涉」即外交方面提出了兩件必須力爭的事：「第一件，該把我國列入公法之內，凡事不至十分吃虧；第二件，南洋各埠都該添設領事，使僑民有所依歸。」

匡次芳從內政著眼，以為「當以練兵為第一，練兵之中，尤以練海軍為最要」，並對海軍衙門要款常有移作別用提出尖銳批評，說：「一國命脈所繫，豈容兒戲！」

徐忠華是自然科學家，他以「化學」術語為喻，以為「兵事尚是混合體，決非原質」。據他考察，「各國立國，各有原質。如英國的原質是商，德國的原質是工，美國的原質是農。農工商三樣，實是國家的命脈，各依其國的風俗、性情、政策，因而有所注重。我國倘要自強，必當使商有新思想，工有新技術，農有

新樹藝，方有振興的希望哩。」

容仁甫贊成徐忠華的觀點，以為是「探本之論」。根據他遊歷英、美，留心觀察工商界，「覺得現在有兩件怪物，其力足以滅國殄種，我國所必當預防的：一是銀行，一是鐵路。銀行非錢鋪可比，經其規制，一國金錢的勢力聽其弛張了；鐵路亦非驛站可比，入其範圍，一國交通的機關受其節制了。我國若不先自下手，自辦銀行，自築鐵路，必被外人先我著鞭，倒是心腹大患哩！」

李臺霞站得似乎更高一點，他說：「西國富強的本原，據兄弟愚見，卻不盡在這些治兵、製器、惠工、通商諸事上頭哩。第一在政體，西人視國家為百姓的公產，不是朝廷的世業，一切政事，內有上下議院，外有地方自治，人人有議政的權柄，自然人人有愛國的思想了。第二在教育，各國學堂林立，百姓讀書歸國家管理，無論何人不准不讀書，西人叫做『強逼教育』。通國無不識字的百姓，即販夫走卒也都通曉天下大勢，民智日進，國力自然日大了。又不禁黨會，增大他的團結力；不諱權利，養成他的競爭心。尊信義，重廉恥，還是餘事哩。我國現在事事要仿效西法，徒然用心那些機器藝術的形跡，是不中用的。」

俞西塘以為，政體一層，一時恐難以改變，只有教育一層，萬不可緩。他說：「現在朝廷如肯廢了科舉，大開學堂，十年之後，必有收效。」又說：「現辦學堂，這些專門高等的倒可從緩，只有普通小學堂最是要緊。因為小學堂是專教成好百姓的，只要有了好百姓，就不怕他沒有好國家了。」

馬美菽補充說：「現在我國民智不開，固然在上的人教育無方，然也是我國文字太深，且與語言分途的緣故」。因此，他主張另造一種通行文字，和白話一樣方便，並提倡文學，重視戲曲

小說對百姓的感化作用。

　　談瀛會的議論，對於西方文化的引進，沿著器物層面、制度層面和思想行為層面的線路逐漸深化，幾乎概括了當時思想界所涉及的一切重大問題，並從理性上思考救國之方。這一大段看似枯燥的議論，代表了那一時代的最強音，對於當時的讀者，無疑是具有極大的振聾發聵的作用。尤其巧妙的是，在這場「你一句，我一句」的興高采烈的議論中，小說的主人公金雯青，最終竟不能置喙其間，也可以說是對他平庸的外交生涯的一種春秋筆法罷。

　　在談瀛會的前前後後，《孽海花》並沒有忘記一班舊派名士心路變遷的觀照。他們雖然總體上還在舊的軌道上滑動，仍然在孜孜以求地追逐科名、沉湎詩酒，但形勢的發展，又不能不使他們有所變化。位高德劭、學問淵博的禮部尚書潘八瀛，專門提倡古學，尤喜講《公羊春秋》的絕學，還特別推崇注《公羊春秋》的何休，邀集了一班同志在拱宸堂公祭，將北宋本《公羊春秋何氏注》陳列祭壇，「只見那書裝潢華美，澄心堂粉畫冷金箋的封面，舊宣州玉版的襯紙，上有宋五彩蜀錦的題簽，寫著『百宋一廛所藏北宋小字本公羊春秋何氏注』一行，下注『千里題』三字」，裡頭有兩個圖章：一個是「蕘圃過眼」，還有一個「曾藏汪閬源家」六字。喜講古學，考究版本，娓娓道來，如數家珍，都不脫舊名士的脾性。然而，時代的變化，給公羊學說賦予了新的內涵，就在這古色古香的「公羊學」中，也孕育著「石破天驚的怪論」。1897年，梁啟超根據康有為「三世說」的歷史進化論，進一步發揮「《春秋》張三世之義」，說「治天下者有三世，一曰多君為政之世，二曰一君為政之世，三曰民為政之世」，且把這「三世」分屬「據亂世」、「升平世」、「太

平世」，為民主政治製造輿論。《孽海花》介紹的繆寄坪（廖平），就是康有為的先聲。他把孔子學說分為兩個時期：「孔子反魯以前，是《周禮》的學問，叫做古學；反魯以後，是《王制》的學問，是今學」，「古學是純乎遵王主義，今學是全乎改制變法主義」，從孔子學說的階段性，發揮出「凡做了一個人，都有干涉國家政事的權柄，不能逞著一班貴族任意胡為的」。這種令人聞而卻走的怪論，將西方文化的時代內容和革命靈魂，注入傳統文化的軀殼之中，反映了傳統型名士心態的變化。這種變化，與新型知識分子可以說是殊途同歸的。

總之，《孽海花》以開闊的歷史視野，通過一代名士從晦蒙否塞到開眼世界的三十年心路歷程細膩入微的描摹，真切地反映了舊學時代的歷史演進過程，並予以理性的反思，這是《孽海花》在晚清小說史上獨特的價值所在。

（六）《癡人說夢記》：以正面理想人物為中心的長篇

一

1903年至1905年三年間，《官場現形記》、《文明小史》、《二十年目睹之現狀》、《老殘遊記》、《孽海花》等煌煌巨著競相問世，匯成新小說創作的第一個高峰。旅生的《癡人說夢記》，則其中產生的重要作品之一。

《癡人說夢記》共三十回，連載於《繡像小說》半月刊第十九期至五十四期，時間約在1904年2月至1905年3月，與其他幾部名著相比，《官場現形記》刊於《繁華報》1903年4月至1905年6月，《文明小史》刊於《繡像小說》第一期至五十六期，二者開

筆雖較《癡人說夢記》為早，而完篇卻稍遲。《老殘遊記》刊於
《繡像小說》第九期至十八期，然僅刊至卷十四，其十五至二十
卷延至1906年方由《天津日日新聞》陸續刊出。《二十年目睹之
怪現狀》連載於《新小說》第八期至二十四期，時當1903年9月
至1906年1月，亦僅得四十五回，其全書直到1911年方始出齊。
《孽海花》前二十回1905年2月至9月，始由小說林社先後刊行。
以上幾部作品，都經歷了較長的寫作過程，《老殘遊記》、《孽
海花》更是未得終卷之作，在這個意義上，《癡人說夢記》可稱
晚清長篇小說中最先完成的作品。

二

　　《癡人說夢記》不乏對社會黑暗腐敗現實的暴露和抨擊。小
說開頭寫興國州愚村鄉民賈守拙因受奸胥需索，憤而送兒子賈希
仙進教會學堂學習洋文，想仗外國人做靠山來保護自己；只有十
幾歲年紀，志氣極高的賈希仙及同學寧孫謀、魏淡然，卻恥於受
外國人教育養成奴隸性質，決心到上海去求學，甚至自己開個學
堂，成就幾個志士，一下子就抓住了封建社會末期政治窳敗，外
國入侵者恃勢橫行的本質矛盾和新舊文化衝突的時代脈搏。其
後，隨著主人公的足跡，寫到揚州「還要巴結官場，動不動勒捐
硬派，受氣不過」的鹽商（第三回），鎮江旗營裡吃糧，一無所
事，驕惰成性、倚勢夥詐的旗丁（第五回），香港以鴉片栽贓勒
索旅客的英國人（第六回），廣東以一首小詞株連新黨、卻又不
相信炸藥威力的制臺（第七回），駐日使館誆騙謀害青年志士的
欽差（第八回），廣州以通關節騙人錢財的「撞木鐘」的騙子
（第十回），江漢關挪用國庫銀又硬向銀行「借債」的道臺（第
十一回），鐵路上胡作非為的外國查票人和寒酸之極的中國總辦

（第十二回），朝庭裡以為「立憲」是「在時憲書上得來的」、卻一味反對改革的禮部尚書（第十二回），各地「把行政的文書雪片的發了下去，其實也不過敷衍搪塞、哄騙朝庭」的督撫司道（第十五回），等等，都堪稱「揭發伏藏，顯其弊惡，而於時政，嚴加糾彈，或更擴充，並及風俗」的嚴筆峻墨，如一一加以連綴鋪衍，即可廁身「現形記」、「怪現狀」式的作品之林而毫不遜色。但作者卻不肯蹈人窠臼，而是獨具膽識地把對社會世相的描摹統統作為背景材料，有機地安置於情節發展的各個環節、各個階段，從對社會的全景透視中，揭示出社會體制之不可救藥和世道人心之必須痛加整治，從而烘托出以改革為己任的正面人物的藝術形象，形成了與同時期幾部大作迥然相異的藝術個性。

有人認為，晚清小說的價值只在於暴露黑暗的社會現實，卻無力尋覓解決社會問題的鑰匙。其實，在晚清那風雲激蕩的時代裡，不僅思想家在構想著種種變革現實的方案，實踐家也在實施著種種變革現實的行動。《癡人說夢記》就是以現實中的改革者為原型的長篇小說。誠如阿英所說，「賈希仙代表了作者的理想，寧孫謀、魏淡然代表了康（有為）梁（啟超），黎浪夫代表了孫中山」。小說的最大特點是，對於變革現實的不同方案儘管有所權衡軒輊，但從振興中國的大前提出發，對所有改革者的熱情和獻身精神都給以真誠的肯定和贊許，作者意志之和平，心胸之寬闊，實為同時期其他作家所不及。

尤其應該指出的是，清廷自實行改革以來，雖然執行了戊戌變法中提倡過的一切，甚或走得更遠，但在改革的上諭中，仍然繼續從政治上否定康梁，強調「康逆之講新法，乃亂法也，非變法也」。直到光緒三十年五月（1904年6月），因十月為慈禧太

后七旬萬壽，宣佈「從前獲罪人員，除謀逆立會之康有為、梁啟
超、孫文三犯，實屬罪大惡極，無可赦免外，其餘戊戌案內各
員，均著寬免其既往，予以自新」。也就是說，當作者寫作此書
以彰揚康梁變法，實際上就是在彰揚仍被清政府視為「無可赦
免」的欽犯，這確是需要極大的政治勇氣的。

再從小說創作的實際看，戊戌變法失敗以後，邱煒菱曾「欲
為政變說部」，康有為聞之喜，作詩以促之，曰：「以君妙筆為
寫生，海潮大聲起木鐸。乞放霞光照大千，十日為期速畫諾。」
但他並沒有寫成計劃中的小說以喚醒世人。以康梁變法為題材
寫成的小說，倒是充滿敵意的《捉拿康梁二逆演義》和《大馬
扁》。前者題「古潤野道人著」，光緒己亥（1899）刊，四卷四
十回。是書站在封建頑固派的立場，痛詆康梁變法，並搬弄莫可
究詰之詭誕筆法，說康梁本兜羅天虛天洞心月狐虛日鼠下凡，後
謀逆失敗，在洋人保護下幸逃法網，冥冥之中竟惱了如來佛、元
始天尊與至聖先師，共商捉拿之法，以示康梁之逆天而行。至於
從人品上加以醜化，道其在鄉包攬詞訟，借屍圖詐，就更不足道
了。後者為黃小配所作，明治四十二年（1908）日本東京三光堂
排印本，十六回。此書攻擊康有為，仍偏在個人品德方面，說其
秉性無賴，行為荒謬，剽竊他人著作以博虛名，負欠妓債逃遁而
醜態百出，甚至東逃日本之後，還色心大作，戲弄雛姬，為人所
不齒。二書著力對康有為進行人身攻擊，都不能反映康梁變法的
實質，對其作出恰如其分的歷史評價。

相形之下，《癡人說夢記》雖然不贊同康有為、梁啟超的變
革方略，但並不妨礙作者把以康有為、梁啟超為原型的寧孫謀、
魏淡然放在極重要的位置上，以充滿激情的筆調頌美他們的人格
和抱負。寧孫謀早就看准了外國人辦學堂「養成我們奴隸性質，

將來為他所用」的文化侵略本質，認清了「現在洋貨銷場極廣，商家不早設法，將來是站不住腳的」世界商戰的嚴峻形勢，痛切地指出：「這『照例辦』三字，誤盡蒼生！現在讀書人中了這三字的病尤深。經書照例讀，八股照例做，鄉會試照例應，沒有一件要用心的。及至僥倖得了功名，當了大任，萬一合外國人交涉起來，也是條例照例依，賠款照例出，地皮照例送，豈不坑死人嗎？」清醒地認識到在新的世界大勢下實行改革的必要性和迫切性。寧孫謀入都會試時，「因為日本打勝了中國，奪去海外一片地方，看看時事不好，做了許多條陳」，魏淡然之父以為：「現在若大若小的官何止數千，沒一個肯做事，並非他們都是沒良心的，只因要做椿公道的事，就礙了那不公道人的地步。」寧孫謀卻不顧這些，要「臥薪嘗膽」，立志「把這腐敗世界整頓一番」，甚至「備辦著好頭顱，試他阿畢隆刀」。小說寫支持改革的人，也極為正氣。如刑部主事袁秋谷，「本是個忠肝義膽的人，覺得時事日非，自己原也想說幾句話的，看了這條陳，恰同自己的意見不差什麼」，就允為代奏；工部侍郎佘靜甫之子質庵、厚庵兄弟，深感「世路上的人盡是昏昏沉沉的，叫他醒又不是，叫他睡又不是，只知顧著一身，不曉得自己也靠著人家過活。譬如大房子倒了，那住在房子裡的人，能不壓死嗎？」聞得寧孫謀有志維新，放下「翰苑名流」的架子前往拜訪，並極為鄭重地起草保舉的奏摺，「覺如此方對得住孫謀」。小說以為寧孫謀所辦的新政，「總不過振興商務，開辦路礦，整飭武備，創設學堂幾個大並目，沒一件不是當辦的」。變法在頑固派的反對下失敗了，但小說不以成敗論英雄。逃到日本的寧孫謀道：「我們做的事，那一件不是為國家盡忠謀畫的？如今被讒逃走，豈可就這般無聲無臭，埋沒了一世英名？我想到橫濱先開個報館，把同

人一番熱心先替他們表白一番，也叫後世知道我們的冤枉。」不啻是對清廷「罪大惡極，無可赦免」上諭的強烈抗議。

小說並沒有忘記總結維新失敗的歷史教訓。第十六回寫東方仲亮批評寧孫謀「專注在朝廷，卻沒想到百姓一面」，孫謀便以曾主張「士兵上書」、「工商發達」、「農學講求」、「叫牧令教養百姓」等為自己辯解，東方仲亮道：「先生只知其一，不知其二。你學堂未曾開辦，人民資格不及，小叫他上書言事，不是揣摩中旨，就是混說是非。中國的工人固然沒有製造本領，聽人指使的商人也沒有合群之力，農夫更一意守舊，牧令看得做官猶如做旅客一般。先生事事求其速成，不在根本上搜求，那能成得大業？外國政治家的精神，恐怕不是如此。先生要能不做官，只在民間辦辦學務，多合幾位同志，一處處開通民智，等到他們百姓足以自立，自然中國不期強而自強。而且還有一說：替一家做事是私德，替百姓做事才是公德。先生你錯了念頭，徒然枉送了自己的身體，並且害死了許多好人，這不可惜嗎？」作者在1904年，就以明晰的語言揭示維新失敗的原因在於「專注在朝廷，卻沒想到百姓」及忽略了「開通民智」這一根本，確是令人動膽驚心之論。

以孫中山式的海外革命家為原型的黎浪夫，遲至第十六回方始登場，且所用筆墨也較少，但小說通過寫他的外貌（「嘴邊須眉如戟，神氣生得甚是嚴毅」），寫他的經歷志向（「落魄外國，經過許多驚風駭浪，聽得近日外人議論，我們這華人都沒立腳地位哩，因此打定一個主意，一定要興起中國」），同樣表達了對革命者的敬慕之意。小說不贊成他的過激手段，實與當時社會心理有關。1903年6月間，《中外日報》與《蘇報》曾就革命與維新之難易展開了一場論戰。《中外日報》刊出《革命駁

議》，謂：「就今日之政府及大局而論，吾黨言維新，諸君言革命，均幾於無可希望。然使天眷中國，聖主當陽，內修政治，外聯邦交，中國猶有可為也。若革命之說一起，則舉足之頃，已即釀亂，已即必敗，而內訌未已，外侮踵至，中國即非我有矣。」小說擔憂因社會的動亂，導致「大家想做皇帝，你爭我奪，弄到後來被外國人看出破綻，漁翁得利，也未可知」，即與此種見解近似。《蘇報》刊出《駁〈革命駁義〉》，認為：「革命之舉，雖事體重大，然誠得數千百錚錚之民黨，遍置中外，而有一聰明睿知之大人，率而用之，攘臂一呼，四海響應，推倒政府，驅除異族；及大功告成，天下已定，而後實行其共和主義之政策，恢復我完全無缺之金甌，則所革者，政治之命也，而社會之命，未始不隨之而革也。若夫維新，則必以立憲為始基，立憲則必以人人能守自治之法律，人人能有擔任憲政之資格，然後得以公佈憲法，為舉國所同認；今以數千年遺下懦弱疲玩之社會性質，俯首屏息於專制政體之下，一旦欲其勃焉而興，胥人人而革之，以進於光明偉大立憲國之國民，吾恐遲至十年數十年後，仍不能睹效於萬一，而中國之亡，已亟不能待。」就當時形勢而言，維新也好，革命也好，都困難重重，「幾於無可希望」（《蘇報》把革命說得非常容易，其實心底未始不知其難），但嚮往民主富強的人們，又不甘於泯滅理想和憧憬，於是，以賈希仙為代表的烏托邦就被創造出來了。

歷史演進的不平衡，往往使得在彼一時地為「現實」的事情，在此一時地卻還屬於「夢想」。所謂癡人之夢，無非就是重走西方殖民者開發新大陸的老路，到海外去推行資本主義文明制度而已。在晚清小說中，1902年的《殖民偉績》，就寫了一位英國的有志青年維廉濱，因不滿政府的專制腐敗，決心以哥倫布為

榜樣，帶人去美洲開墾，另造一個新國。《癡人說夢記》的賈希仙，就是中國化的維廉濱。賈希仙出身下層，歷盡磨難，曾進過學堂、成就學問以救國，率領會黨起事、以據廣東獨立，逃生海外、圖謀再舉，但種種嘗試都失敗了。一個偶然的機會，賈希仙飄泊到「科倫布探地美洲的時節一個失眼」漏掉的仙人島，由於從不與世界交通，島民性質純良，不曉得爭奪欺騙之事，物產自給自足，從無錢幣交換，是一個比中國更為落後的地方，然而也是世間剩下的「一片乾淨土」。賈希仙鑒於國內之萬萬不能成事，取仙人島以為基地，居然獲得了輝煌的成功。阿英以為此書「最大的缺點，是作者不能完全寫實，夾入了很多理想成分，遂使這部作品既非寫實又非理想，而陷入失敗。」自然，在世界勢力範圍已被帝國主義列強瓜分殆盡的二十世紀初，貧弱的中國要走西方殖民者的老路，去開拓新疆土，顯然是一場癡夢；但在小說創造的理想境界中，賈希仙對仙人島的殖民開發，憑恃的是西方的社會科學和自然科學（他在仙人島中發現了一座藏書樓，裡面不僅藏有哥白尼、奈端、培根的著作，還有重學、力學、汽學、醫學、電學、礦物、化學、天文學等書籍），他們在島中推行的是資產階級文明制度，「全島的人沒一個不進學堂，沒一個不愛國，真是人人有自由的權利」。賈希仙作為島主，自覺居於公僕地位，熱心代眾人辦事，且設立議院，立出憲法，使島中人民真正成了當家作主的主人。仙人島的事業儘管純屬空想，但在虛幻的描寫中，形象地宣傳了「君主是公僕，替人民辦事的，凡一國必有國民，國民是一國的主人翁」的道理，何況作者的本意還時時刻刻關注本國的改革事業呢。

三

對為實現振興中國美好夢想而奮鬥的英雄人物，《癡人說夢記》是按維新、革命與殖民三線來展開描寫的，且又有真有幻，有分有合，有主有賓。

從真幻的角度講，寧孫謀的維新，黎浪夫的革命，是寫實的；賈希仙的海外殖民，則是幻想的。但小說中的寧孫謀、魏淡然、黎浪夫，並不就是現實中的康有為、梁啟超、孫中山，他們身上也揉進了大量虛構的理想成分，使之比其生活中的原型更高、更美；小說中的賈希仙，雖然是虛幻的，但有關海外開發、海外殖民的描寫，由於借用了西方歷史的影子，給人以真實感。

從分合的角度講，小說開頭寫賈希仙與寧孫謀、魏淡然同學，志趣相投，目標一致，這是合；而後寫三人在鎮江無意走散，寧、魏二人至瓜洲，因救了慕隱，被陳家雙招為婿，而賈希仙隻身走上海、赴廣東，以至三人在人生道路上分道揚鑣，這是分。賈希仙在肇慶學堂結識余力夫三人，因題新詞被官府所執，復得東方仲亮等五個相救，逃亡日本。而寧孫謀、魏淡然入都會試，恰與余力夫三人同舟北上，賈希仙的朋友，即變而為寧孫謀的朋友。及寧孫謀因改革失敗逃往日本，又與賈希仙的另一批朋友東方仲亮邂逅相遇，成了新的朋友。則賈希仙雖未與寧孫謀重逢，而兩條線卻再次相交。又，黎浪夫與賈希仙本為同道，後賈希仙改弦易轍，黎浪夫憤然出走，這是從合到分；而東方仲亮在上海巧遇黎浪夫，黎浪夫以「道不同不相為謀」拒之，東方仲亮說：「我們志向一般，只是做的事不同，難道從此就不算朋友嗎？」二人乃暫居一處，這是分中有合。最後賈希仙在仙人島改

革成功，派盧大圓回國訪問家屬，卻見黎浪夫、寧孫謀、魏淡然聚在一起磋商立憲大事，盧大圓因邀請諸人同訪海外，魏淡然說：「如有意外之變，我們不妨以仙人島為退步」，遂得大家一齊贊同，三線實殊途而同歸。

從主賓的角度講，賈希仙是主，寧孫謀是賓，黎浪夫是又賓。小說敘賈希仙事，完全是按照事件發生發展的自然進程為序，此為正格；而對於寧孫謀、魏淡然與賈希仙分手以後的全部經歷，則在第十回以後以整整六回的篇幅採用倒敘手法加以敘寫，此為變格。《癡人說夢記》「頭緒繁，格局變」，以三線分寫而又時時注意交織融匯，頗具匠心。

在敘述方式上具備現代審美意趣的，是敘述主體的巧妙轉換。小說寫寧孫謀、魏淡然之應試、改革，均以純客觀的全知全能的角度加以正面實寫，將改革的必要性、正義性寫得極為酣暢遒勁，氣勢充足，而唯於改革之失敗，卻頓然換了一種筆法，從上海一局外人齊不虛的主觀感受中側面虛寫。齊不虛在各國商務極繁盛、消息靈通、報館林立的上海，特別愛看「眼前的時務書」，所以對於朝廷的改革，心中歡喜的了不得，看到廢寺觀為學堂的上諭，道是「化無用為有用」，「聖人明見萬里」；聞知報館要改為官報局，又道是「上下通氣，我中國或者還有振興之一日」；「接連就是改圜法、修道路、廣郵政、練水軍、造戰艦這些上諭，一樁柱都被齊不虛看得真切，只當件件可以實行的了」。齊不虛興致因此鼓舞起來，不覺多吃了幾壺酒，又呷了兩瓶荷蘭水，竟因此臥病月餘，不能看報，絲毫不知外面的事。等到一位朋友從京裡會試落第來訪，聽到齊不虛寬慰他的話，便觸動牢騷道：「現在的科名，得了也沒甚意思，你看寧、魏二人那樣了得，鬧到如今，始終犯了個叛逆大罪，雙雙逃到外國去了，

徒然害死了許多有用的人才，真正意想不到之事！」齊不虛聽了，猶如一盆冷水從頭澆下，朋友方將黨禍始末三言兩語交代一番，齊不虛不覺長歎道：「這是國家的氣運，說他則甚！」從齊不虛的主觀體驗的角度來寫改革的失敗，既可避開過程冗長的陳述乃至現實政治上的種種忌諱，也從最貼近的深處表現了改革在普通民眾中獲得的由衷的支持，真可謂獨出機杼。

《癡人說夢記》在情節中還融進了晚清時代最受讀者歡迎的探險和俠情的成分，以增加作品的趣味。賈希仙被大鳥抓住，凌空飛翔多時，跌落海灘，旋為潮頭捲去百餘里，終得美國船主救起；東方仲亮等駕木船逃生，竟被鯨魚吸入口中，用篙亂戳鯨魚上顎，方將船吐出，趁著潮勢，竟淌到了日本的橫濱，都頗具驚險怪誕的色彩；而毛人島上的毛人憑恃竹排下大海來追人，盡被潮頭卷去，東方仲亮歎道：「這樣似人非人、似獸非獸的東西，如此愚蠢，偏要害人，始終害了自己，也覺可憐！」這種喟歎，與時興的「物競天擇」之說相應和，實寓無限弦外之音。海外殖民與探險本為一體，而寫寧孫謀、魏淡然與慕隱、綴紅的婚姻，則是為了突現人物多面的性格。寧孫謀於池中救起慕隱，「事出倉卒，性命只在呼吸」，所以不及避嫌，遂作成了兩對良緣；而後寧、魏投身改革，已預感會禍生不測，來信要家中早作準備，慕隱、綴紅心領神會，便去把腳放大，又操練武藝以防不虞。及聞改革失敗，寧、魏逃亡，二俠女決心到京都尋找仇人，「定要烈烈轟轟，做他一番驚天動地的事業」，結果綴紅慘死，慕隱已身入仇人華尚書府，正想下手，突因八國聯軍將到京城，仇人逃去，只得作罷。小說虛構這段故事，除了從英雄美人的角度彰揚寧、魏的改革事業以外，也是對於社會上醜化康梁的流言的回答。

　　《癡人說夢記》也有相當精彩的心理描寫。第二十二回寫魏淡然在日本辦報，忽接寧孫謀來信，知綴紅慘死，「不由痛苦難言，那眼淚如穿絲的珠子一般，滾滾不絕」，然後筆鋒一轉，寫道：

> 淡然這日擱了一天的筆，在箱子裡翻出綴紅照像，看了便哭，哭了又看，直鬧到半夜，忽然醒悟道：「我這般動了兒女情腸，未免魔障太深了。他自成仁，我自悲感，我不癡於他麼？」如此一轉念，覺得一杯冷水灌入心坎裡，登時清涼起來，頓止悲痛，安然睡著。

　　第二十一回寫寧孫謀逃往英國，得留學生資助，到新嘉坡看望父母，店夥言其母眼都要哭瞎了，「孫謀聽了，雄心頓灰，忖道：做了個人，自有家庭之樂，管甚社會國家！中國人生來是個家族主義，那父母妻子的愛情分外重些，再也捨不得割棄的。我既在外國，就不回來倒也罷了，如今無故思歸，到得這裡，還沒見一個親人的面，只聽人家傳說，已經摧動肝腸，慘戚到這步地位，真是天性之親，莫之然而然了。」及至見了母親，母親關心的只是瓜洲親戚的安危，說：「我只盼瓜洲沒事，以外隨他去反亂，也不干我們事」，寧孫謀聽了，愀然不樂，似乎已經忘卻了自己方才的內心的紊亂，忖道：

> 中國人不明白社會主義，單知道一身一家的安樂，再不然多添幾個親戚朋友，覺得以外的人死活存亡都不干他事似的。意見如此，如何會管到國家的存亡？我幸而先天中中的毒少些，又讀了幾本書，才把這氣質漸漸變化過來。今

> 聽母親如此教訓，倒是中國家庭的總代表，我且婉言諷諫
> 試試看……

以上皆是委曲細膩的心理描寫，但又扣緊主人公以天下為己任的英雄襟懷以及轉移民心、造就真正國民資格的大宗旨，實為神來之筆。

總之，站在二十世紀起點的中國人所夢想的最大題目，就是實現民主政治，發展民族經濟，以振興中華，《癡人說夢記》正是第一部以正面理想人物為中心的具有完整結構的長篇小說，它在晚清新小說史上的地位，是應該給予重視的。

（七）《市聲》：民族資產階級初登歷史舞臺的心聲

一

西方列強用武力打破中國與世隔絕的狀態以後，緊接而來的則是經濟的侵略和掠奪，於是便產生了所謂商戰。1905年《繡像小說》第四十三期開始連載的姬文的《市聲》，就是一部描寫面對外國的商戰，民族工商業者是如何採用資產階級的生產方式，以振興民族經濟的力作。

小說一開頭就展示了在外國商品衝擊下，中國自然經濟日益解體和消歇的圖景。手工產品沒有銷場，手工業者欠債累累，瀕於破產。絲、茶本是傳統出品的大宗，但外國絲一年多似一年，外國絲商操縱著市場，「他們一個行情做出來，不怕你們不依」；中國茶業，日見消乏，推原其故，是印度、錫蘭產的茶多了，「十數年前，中國茶出口，多至一百八十八萬九千多擔，後

來只一百二十八萬擔，逐漸減少」。外國絲茶之所以有競爭力，是由於他們採用了新法生產：養蠶講究育種防病，所以繭大而厚；制茶使用機器，所以香味不散。況且「人家是國家有人替百姓經理的，我們只得自己留心」。中國養蠶的人不關心養蠶方法的改進，「倒喜禁止人說雜話，看得那一條條的蠶，都像有神道管著似的」；茶戶還專能作假：「綠茶呢，把顏色染好；紅茶呢，攙和些土在裡面，甚至把似茶非茶的樹葉混在裡面」。新辦的工業，也遠不能同外國相比：「人家製造得精緻，我們製造得粗劣，價格高下，縱然相仿，已經比不過他。人人願買洋貨，華貨滯銷。即看洋紗廠的布積存很多，眼見得華人織布一局，又要塗地。」

　　一部分人成了買辦，一部分人則利用洋貨投機。伸張洋行的買辦周仲和，藉著洋行的勢力，賺了三四萬銀子，卻被東家看出破綻，遭到斥退；錢伯廉利用外國煤油的價格漲落投機，大發財源，而吳叔起卻因「海裡轉了一天大西北風，沙船是一齊掛帆進口，載的都是煤油，市面上驟添幾十萬箱，價錢大跌，把自己的本錢折光，還拖累了好幾個戶頭，一氣而亡」。茶棧老闆張老四說：「你說上海的事靠得住靠不住？可怕不可怕？一般場面上的人，鬧得坍了臺，便給腳底給你看哩。」小說對於依附洋商致富的行徑，一概給予否定，它推崇的是一心振興民族工業，以與西方抗衡的愛國的工商業者。第一回寫了一位憂時的豪傑，姓華名興，表字達泉，「有志做個商界偉人」，「要合洋商爭勝負」，挾了百萬重貲來到上海，開了幾個大公司，都是極大的成本，但卻年年折閱，日日銷耗，支援不住，敗落回家。他總結說：「中國的商家，要算我們寧波最盛的了，你道我們寧波人有什麼本事呢？也不過出門人喜結成幫，彼此聯絡得來，諸般的事容易

做些，外省人都道我們有義氣，連外國人都不敢惹怒我們。」不料一班同鄉人改變了從前的性質，「自己做弄自己」，把幾個公司一起敗完。華達泉想憑借傳統的「結幫聯絡」與洋行爭勝，終於失敗了。經過學習，他明白了個中道理，便填下一闋〈賀新郎〉詞：

> 陶頓今何在？只倕般員規方矩，千年未改。誰信分功傳妙法，利市看人三倍？但爭逐錐刀無悔。安得黃金憑點就，向中原淘盡窮愁海？剩紙上，空談詭。　　飲羊飾麀徒能鬼，又何堪歐美商賈，聯鑣方軌。大地英華銷不盡，歲歲青茅包匭。有外族持籌為宰。權稅徵繒成底事，化金繒十道輸如水。問肉食，能無愧。

詞中的「陶」，指范蠡，助越王勾踐滅吳後經商致富，人稱陶朱公；「頓」指猗頓，以經營畜牧業及鹽業，富擬王侯。「倕」是堯時的巧工；「般」是公輸般，春秋時著名工匠。意思是，在「歐美商賈，聯鑣方軌」，大肆對中國進行經濟侵略，甚至主宰中國經濟命脈的形勢下，憑借千年未改的由陶、頓時代傳下來的「員規方矩」以及「飲羊飾麀」的欺詐手段，已無法與之抗爭了；唯有改革商界的弊病，才是振興民族經濟的唯一出路。

二

晚清改革的主要內容之一，就是振興商務，獎勵創辦實業。光緒二十九年（1903）三月庚辰的上諭說：「通商惠工，為古今經國之要政。自積習相沿，視工商為末務，國計民生，日益貧弱，未始不因乎此。亟因變通盡利，加意講求。」為了「提倡工

藝，鼓舞商情」，決定制定商律，設立商部（《光緒朝東華錄》總5013-5014頁）。同年九月辛卯上諭，又就商部「力行保商之政」的奏摺道：「中國自互市以來，商務日甚。現在設立商部，正宜極力整頓，相與維持，惟中國商民，平日與官場隔閡，情誼未能遽孚；而不肖官吏，或且牽掣抑勒，甚至報完關稅，多所需索，商船驗放，到處留難，遇有詞訟，不能速為斷結，辦理不得其平，以致商情不通，諸多阻滯。著各直省將軍督撫，通飭所屬文武各官及局卡委員，一律認真恤商，持平辦理。力除留難延擱各項積弊，以順商情而維財政。」（《光緒朝東華錄》總5091頁）《市聲》第三十三回楊成甫說：「財源所聚，關係國本，富商多，國家自富。古人有句話，叫做『藏富於民』，早見到民富自然國富。只可怪古人既然重民富，為何『抑末』那等厲害。周法始行征商，漢制更是賤商，究竟是甚意思？」湖廣總督樊之泉講究製造，看了留學生劉浩三所著《汽機述略》，誠心拜服，贊為「維新大豪傑」；北洋督轅有人講公司的事業，制臺極喜聽這一派話，都反映了改革的決策，扭轉了數千年重農抑商的傳統偏見，及各地官員對創辦實業的提倡和支持。《獎勵公司章程》、《獎給商勳章程》的頒布，使民族資本主義在二十世紀的開端，有了較大的發展，中國民族資產階級開始成長起來。這一新興的階級，是資本主義這種新生產方式和新社會生產力的體現者，有著與以往所有階級不同的生活方式、價值觀念及社會政治傾向。而《市聲》所寫的，恰是這一階級的成長史，是他們作為階級的心聲。

小說說：「現在除了學界人知道外面的世界以外，就只商界裡的人開通的多。」最早被捲到世界性商品經濟大潮中的民族資產階級，最懂得商品經濟的規律。他們深知，要抵禦西方列強的

經濟侵略，就必須向西方學習，採取資產階級的生產方式，推行資本主義文明制度。但是，向西方學習並不意味著必定要依附洋商，托庇於外國侵略勢力；相反，小說是以「合洋商鬥勝」，「挽回已經喪失的利權」的愛國主義為主旋律的。另一方面，儘管晚清的改革，給民族工商業提供了較前不同的環境，但他們憑自己的直覺，本能地感到自身的發展不能依恃政府的官僚。劉浩三說到支持改革的樊制軍時說：

> 樊制軍自然是一片熱心，想做幾樁維新事業，只是他的事兒太多。大凡做官的人，各管一門的事，尚且忙不了；中國的督撫，又管刑名，又管錢漕，又管軍政，又管外交，又要興辦學堂工程，又要提倡工藝，幾乎把世間的事，一個人都管了去，那能不忙？既忙了，勢必至顧了這頭，顧不了那頭，弄得一件事也辦不好。他還要天天會客，還要天天看他照例的公牘，就算做督撫的，都是天生異人，腦力勝人十倍，也要有這個時間幹去。督撫所仗的是幕友屬員，然而中國人的專制性質，決不肯把事權交在別人手裡，總要事事過問，才得放心；那些屬員幕府，也帶著娘胎裡的腐敗性質，要有了事權，沒人過問，他就會離離奇奇，幹出許多不顧公理害百姓的事兒來了。樊制軍的忙，就是百事要管，又沒工夫管遍了百事，因此把要緊的事都遺下了，沒工夫辦。

熱心的樊制軍尚且如此，就更不要說那班牽掣抑勒的不肖官吏了。楊成甫斬釘截鐵地說：「這些事靠定政府的力量，也還不足恃，總要人民能自己振興才是。」這裡的「人民」，首先就是

非官非吏的民族資產階級；政府的力量不足恃，要靠自己起來振興，充分傳達了新興民族資產階級的朝氣與信心。

他們不是沒有感到危機的逼來，相反，西方資本侵略的陰影時刻在襲擾著他們。第三十一回寫劉浩三與姜春帆的談話，尤為發人深省。浩三道：「外洋已經趨入電氣時代，我們還在這裡學蒸氣，只怕處處步人家的後塵，永遠沒有旗鼓相當的日子，豈不可慮？更可憐的，連汽機都不懂。春翁沒聽說赫胥黎說的優勝劣汰麼？哼，只怕我們敗了，還要敗下去，直到淘汰乾淨，然後叫做悔不可追哩。」春帆面色慘然，拍桌道：「我們都做了嗚呼黨，也是無益於世。且休管他。你沒見那一群烏鴉，都沒入樹林裡去麼？他們也只為有群，沒受淘汰；我們有了群，還怕什麼呢？」「有群」，是小說指出的擺脫危機、戰勝外洋的出路。

有群，首先是工商業者的聯合。這種聯合，已經不是舊式的結幫聯絡，而是作為一個階級的聯合。它追求的不是「一行一店或個人的利益」，而是「各行各店一國的利益」，將一行一店以及個人的利益納入各行各店乃至一國的利益，大家同心協力，開辦工品陳列所，組織工業負販團，使貨物暢流，挽回利益。

有群，又是勞資的聯合。華達泉認識到：「外國大商家，還全靠著工人」，紗廠總辦金仲華也懂得「不是他們工人出力，這廠是開不起」的道理。小說進一步指出，「工人也是國民的一分子，關係甚大」，「商人關係的大，工人關係的更大」，通篇表現出對於工人的尊重。金仲華的好處是「專意看得起工人」，大實業家李伯正對短衣窄袖的人十分客氣。木匠魯學般從上海回來，「才知道自己這般行業不算低微」。在江天輪船上擦機器的蔡三，在大德油廠燒煤的許阿香，在電報局管接電線的葛小山，因與現代企業有關連，在地方上都成了體面人物，充分反映了社

會風氣的轉移。劉浩三還大聲疾呼從根本上改變世俗的人生觀和價值觀，為工人的社會地位張目。他對報考工藝學堂的人說：「報考的學生，須犧牲了他的功名思想、英雄豪傑思想，捺低了自己的身分，一意求習工藝，方有成就。其實做工的人，並不算低微，只為中國幾千年習慣，把工人看得輕了，以致富貴家的子弟都怕做工，弄成一國中的百姓，腦筋裡只有個做讀書人的思想，讀了書，又只有做官的思想，因此把事情鬧壞了。」這種對於工人的全新觀念，完全是由新的資產階級生產方式派生出來的，也是日漸劇烈的世界性競爭大勢所決定了的。小說一再警告說：「我們中國人處的恐懼時代，沒什麼本事可恃的」，唯有從源頭上做起，獎勵工藝，培養有學問、懂新法的工人，「工人懂得學問，自然藝事日精，製造品愈出愈奇，才好合歐洲強國商戰」。所謂商戰，其實就是工戰，「工業興旺，商戰自強。實因商人是打仗的兵卒，工人是打仗時用的克虜伯炮、毛瑟槍。那兵卒沒有器具，那裡打得過人家呢？」

小說不是沒有看到勞資貧富之間的矛盾，看到新式工具的採用可能奪了「窮人的利」的社會問題，卻以更長遠的眼光指出：「只要在我們中國裡面，出頭創辦新事業，面子上看去似乎奪了窮人的利，到後來獲了贏利，窮人都受益的。」並從「計學的公例」上加以論證道：「大資本家合成公司，果然生出子財，興辦的事兒更多了；辦一樁事，就有無數傭人跟著吃飯，所以上海的鄉裡人，有飯吃的多，沒飯吃的少，比內地覺得好些，就是公司多機器多的緣故。頑固的人，都怕仿學西法，奪了窮民的利益。即如開礦怕壞風水，造鐵路怕車夫造反，這些迂謬的議論，誤了多少大事！要不然，中國的鐵路，早些開辦，何至外人生心，奪去許多權利去呢？種田雖說尚不要緊，其實用的西法，出粟分外

多。你想粟多了，不怕不夠吃，窮民還有餓死的麼？工藝上也是這個講究，出貨多，自然獲利多，只消商家代為轉運流通，就沒有供多求少的弊病。」「計學」，為西文經濟學（economy）的中譯名，是嚴復1901年譯亞當‧斯密《原富》時採用的。小說以經濟學的觀點，十分雄辯地指出，由於新法的採用，生產發展了，產品豐富了，就業的機會也多了，許多社會問題就會迎刃而解，顯示了新興階級與頑固守舊派不可同日而語的較遠的目光。小說還通過剖析「為己的利益」與「為人的利益」相互依存的關係，說明社會是一個有機的整體：「一個人做事，做不成一樁事；一個人想獲厚利，獲不著分毫的利。農工商賈，就是合成的一個有機動物，鬥起笴來，全部活動；折去一節，登時呆住了。」如果誰要「獨攬利權」，就如自己的手合自己的腳打架一樣，甚至有把這個有機動物毀壞的危險，而「把奪利的心放淡些，人家也獲利，自己也獲利，這利源永遠流來，豈不更好嗎？」這種見解，是饒有新意的。《市聲》可以說是第一部運用現代經濟學的觀點來看待富民強國的小說。

《市聲》還反映了新興的民族資產階級，在歐風美雨的世界性潮流面前，毫無奴顏卑膝的精神狀態。林海槎從東洋回來，人家問他東洋到底怎樣文明，他說：

> 文明的話，口頭談柄罷了。統五大洲的人比較起來，不見得人家都是文明，我們都是野蠻的；況且文明野蠻的分際，我們要勘得透，其中的階級，窮千累萬哩。譬如一種知識，人家有的，我們沒有，我們便不如他文明了；又譬如一種事業，人家有貲本在那裡創辦，我們沒貲本，創辦不來，我們又不如他文明了。把這兩樁做比例，推開眼

界看去，文明那有止境呢。一樁兩樁小小兒的優勝，就笑人家不文明，這就像鷦鷯笑大鵬似的，早被莊老先生批駁過。現在世界，並不專鬥文野，鬥的是勢力。國富兵雄，這國裡的人走出來，人人都羨慕他文明，偶然做些野蠻的事，也不妨的；兵弱國貧，這國裡的人走出去，雖亦步亦趨，比人家的文明透過幾層，人人還說他野蠻，他自己也只得承認這個名目，有口也難分辯。據現勢而論，自然我們沒人家文明；只須各種文明事業，逐漸的做去，人家也不能笑我國野蠻了。

小說最後說：「要知我國人的思想，本自極高明的，只要肯盡力做去，哪有做不過白人的理？」處於二十世紀起點，正式登上歷史大舞臺的中國民族資產階級，對於現實的危機有深切的認識，對於克服危機使中國走向文明富強，也有很深刻的思考。他們朝氣蓬勃，既不幻想外國的帝國主義，也不依恃本國的封建主義，儼然以全民族利益的代表者自命，以中國未來希望的肩負者自命，《市聲》所傳達的，正是他們此時此刻的心聲。

三

同晚清小說其他優秀作品一樣，《市聲》既是晚清改革形勢的產物，必然體現著急切的用世之心，充溢著大量驚世駭俗的警辟議論；但從總體上說，它仍是一部有文學意味的小說。

《市聲》在相當廣闊的背景下，以細膩筆觸勾勒出了上海這一通商口岸形形色色資產者的發跡變態史及他們複雜微妙的心態。這裡有流落上海的吳和甫，在鐵廠當搬運工、管帳，一混五年，積下了幾千銀子，傳統的「拙見」驅使他一心想在上海成家

立業，一味的買地，把黃浦灘上二、三百畝地以三、四十吊錢買下；不想隨著上海開埠，地價越長越高，外國人來買他的地皮，一畝竟漲到四萬兩銀子，頓時成了不知有幾百萬家私的巨富。又有莊家出身的阿大利，為來上海開馬頭的外國人出糞，又開了糞廠，專門將糞賣給鄉下，居然大富；花匠王香大，在租界開了花廠，也連年發財，兩人都捐了官。買地、做官，是古代人的價值取向，如果說吳和甫以賤價買下地皮而致富的偶然機緣，還有某種合乎邏輯的因素的話，那麼阿大利、王香大的化錢捐官，則完全是違背歷史潮流的莫大鬧劇了。第十七回「專利無妨營賤業，捐官原只為榮身」，盡情嘲弄了這一臭一香的暴發戶，小說所嘲諷的不是他們的「賤業」，而是他們為求榮耀反自取侮辱的毫無價值的行為。

小說還淋漓盡致地描畫了上海灘大滑頭小滑頭的群相。這班不安分的「滑頭」，是環境的獨特產物。他們意識到時代已經變了，在商品經濟大潮中一味規規矩矩，是不行的了。王小興在姊夫茶葉店中管帳，偷偷做了一注煤油買賣，就賺到千金上下，忖道：「上海的銀子，這般容易來，我要早來三年，也合姊夫一般了。」於是更加肆無忌憚起來。管家吳子誠好意勸戒，王小興惱羞成怒道：「做煤油是我賺的分紅銀子，做金磅是我賺的煤油銀子，如今金磅又賺了八千。我有錢，嫖我的，吃我的，鬧我的。店是我姊夫開的，不是你開的，要你來管什麼閒帳！我去年替他賺到一萬，今年又賺了六千多，你來做做，有這個本事沒有？大滑頭小滑頭，我都共得來，我自有本事，叫他滑不出我手心底去！像你這樣，只好在櫃臺裡秤二兩香片、一兩紅眉，那裡配得上說做生意？那做生意，是原要四海的，怕折本那裡能夠賺錢！」這班「有本事的人」，採用欺騙投機等手段，儘管能一時

暴富起來,但終究逃不脫失敗的命運。小說猛烈地抨擊「騙飯吃」的卑劣行徑:「衣、食、住三個字,五洲人類,哪一個脫得了?所以說是生存競爭,做了個人,並非不該吃飯的,可恥的是騙飯吃。中國騙飯吃的人太多了,被人家笑話了去。如今要叫有本事吃飯的人多,自然騙飯吃的人少了。」

真正有本事的人,不是騙飯吃的滑頭,而是一心興辦工業的實業家。李伯正是揚州鹽商的兒子,雄有資財,專心商務,「他喜得是看那新翻譯出的書,裝得滿肚皮的新名詞」。他的登場是極富傳奇性的:正當外國絲如潮水一般湧來,繭子的行情逐天以一兩銀子的價格大跌,一班收購繭子的商人驚惶無措的時候,揚州豪商李伯正從天而降,以市價加五兩的價格,大量收購商人手頭的繭子。他說:「我的做買賣,用意和別人不同。別人是賺錢的,我是不怕折本。我這收繭子,難道不吃虧嗎?原要吃虧才好。我這吃本國人的虧,卻教本國人不吃外國人的虧,我就不算吃虧了。」這種違背商人牟利本性的豪俠之氣,來源於他挽回權利的信念。他說:「從前繭子是什麼價錢?如今是什麼價錢?再下去,還連這樣的價錢都沒有。你不知道印度日本,都出了極好的繭子嗎?為的是中國地大物博,價錢便宜,落得販些去生發利息罷了,難道真靠我們繭子不成?我所以開個繭行,替中國小商家吐氣。」李伯正以自己雄厚的財力為後盾,挺身而出,阻止繭價的下跌,完全出於愛國的動機。

李伯正又用幾百萬兩資本辦了機器織綢廠,集股開了造玻璃廠、造紙廠、製糖公司,做了許多「維新的買賣」,但他本人生活卻十分樸素,「只穿件藍杭綢大衫,並不甚新」。他「一股善氣迎人」,立意糾正陋規積習,大門上貼有條子,戒諭門丁不准留難來賓,受人一個錢,就要趕出大門。工人有事來見,他站起

身來，一一請他們坐下談話。得知總辦苛扣工錢，便找來當面對質，道「你既合工人鬧得不像樣，倒不如換個人辦辦」，立即予以辭退。李伯正「除非不做事，做了便須根牢固實，再不肯將就些兒」。織綢北廠房子略欠堅固，恐被機器震壞，不惜花幾萬銀子重新改造。對於關係公益的事，李伯正沒有不肯做的：他熱心支持開辦工藝學堂，以造就懂學問懂新法的工人；他支持開辦負販團，並提出不要局限於一府一縣，應該顧及到全國。他說：「我們為公益起見，只要工藝發達，就是大家的幸福。限了方隅，倒不能發達了。為什麼呢？我國的工藝，本是幼稚，聚各省的精華，還敵不過人家一部分。倘然限定某府某縣，這一府一縣到底有沒有學習工藝的人呢？即使有了，也寥寥無幾，不成一個局面；倘然沒有，這局面撐不起，更是坍臺。」李伯正以他雄厚的財力和熱心為國的豪俠心腸，成了實業界公認的領袖人物。

　　與李伯正齊名的范慕蠡，原是華發鐵廠的小老闆，平時嫖賭吃喝，沒一件壞事不幹的。只是經歷了幾次挫跌，又遇到幾位有學問有思想的人，談的都是正大話，漸漸把他舊習慣暗中轉移了。如果說小說是以理想化的筆墨來寫李伯正的話，對范慕蠡則純然用的是寫實的手法。范慕蠡的第一次登場，是與錢伯廉、周仲和幾個人商議收購繭子。錢伯廉以為是初試，還是小做做為宜。范慕蠡卻引用父親的話說：「要做買賣，總須拼得出本錢」，「做買賣不好怕折本，這次不得意，下次再來，總有翻身的日子；要是膽寒，定然折本。」范慕蠡雖有老輩商人的亢爽膽氣，卻沒有老輩商人的精明勤苦。他被大家推去無錫收繭，到蘇州後因船塌班，未趕上回無錫的輪船，無意中遇見相戀過的妓女，前情未斷，被纏住過了一夜，睡到次日晌午，而去無錫的船

十點鐘就開了。范慕蟊責怪隨來的管帳不曾叫醒他，又催他雇民船，管帳道：「今天大西北風，輪船都要等到半夜才到哩。民船再也搖不上的，只江北小民船，還勉強拉得上纖，慕翁你坐得來嗎？依我說，還是寬住一天，不要緊，繭子上市還早哩。」一下子耽擱了幾天，及至趕到無錫，人家已占了先機，高價收購了一千多擔繭子，已無利可圖。回到上海，又遇上繭情大跌，合夥人要及早出脫，慕蟊是富家公子，不在賺錢折本上計較，總要拗過這口氣來，主張靜候繭價上漲，說：「我倒要搏他一搏。將來賺錢，大家均分；折本，我一人獨認便了。」要不是碰上李伯正加價收繭，大家真的要大折老本了。

自從收繭冒了險，范慕蟊再也不敢做別的買賣，便以十萬股本，加入了李伯正「維新買賣」的行列，合開玻璃、造紙、制糖兩廠一公司。范慕蟊第一次認識西方工藝，是他在李伯正家聽兩位英國人講述製造玻璃，大開了眼界。他思量道：「他們外國人，何以那般精明，能創出無數法子；我們連造玻璃的法子都不知道，定要請教他們麼？」正在這時，他結識了有志於興辦中國民族實業、從根本上改革社會的劉浩三，明白了造就新工人，改良藝事，與歐洲強國商戰的道理，茅塞頓開，便熱心支持開辦工藝學堂。當他聞知鄉間有一位能仿造外國割麥機車的奇人余知化說：「這樣有學問的人，我們應當致敬，不好等他來的。」便專誠下鄉拜訪。小說寫范慕蟊在余家吃飯的情形道：

> ……慕蟊正欲領略田家風味，一口應允。一會兒，知化送出茶來，倒是細葉壽眉，就只帶點煙薰氣，開水倒是清的。慕蟊略略沾唇，不敢多喝。不多時，飯菜端出來，調開桌子，大家坐下。慕蟊看這菜時，合自己家裡迴不相

同，一派的粗磁碗，盛著一碗肉片炒韭菜，一碗粉條燒的肉丸子，一碗炒雞蛋，一碗黃燜雞，一碗莧菜燒豆腐。知化已是特設，爭奈慕蠡不大喜吃，浩三倒還吃得來。一會兒，又托了一大盤餅出來，卻是蔥油做的，慕蠡吃了一塊，十分可口。肚裡餓了，索性大吃起來，二寸見方的塊子，吃了四塊，知化盡讓著吃，慕蠡只得加上一塊，已是撐腸掛腹的了。

「當時李范齊名，都稱第一等實業家」。李伯正是理想化的人物，富有雄才大略；范慕蠡是轉型式的人物，逐漸增長才幹。李伯正最終在競爭中失敗了，而范慕蠡的事業卻蒸蒸日上，原因就在於：「工藝上的事，全虧會換新花樣。李先生別的做法都精明，只這翻新上鬥不過外國人，因此貨色滯銷，本利上都吃了大虧」。李伯正遇事講氣派、講排場，又信用錢伯廉那種心術不端、無真才實學的人；范慕蠡「全虧他能信用有學問的人的話，辦的事業，總在實業上面。即如他開的工藝學堂，辦的勸工所，真是有條有理，日起有功。將來中國的實業，在他一人身上發達」。這種對比是強烈的，也是意味深長的。小說結尾時說：「要知我國人的思想，本自極高明的，只要肯盡力做去，那有做不過白人的理？卻被一個窮極無聊的劉浩三，一個鄉愚無名的余知化，提倡實業，工商兩途，大受影響，外國來貨，幾至滯銷，都震驚得了不得。市上的現象這般好，做書人也略慰素心，不須再行絮聒了。」

有人說《市聲》反映的是「民族工商業瀕於破產的景象」，是晚清小說中的《子夜》；其實，《市聲》所寫的，恰是二十世紀開端民族資產階級在充滿陰霾的清晨一曲奮進的高歌，是作為

一個階級登上歷史舞臺的充滿激情的宣言，它在中國小說史上的
地位，是不應低估的。

（八）《新石頭記》：傳統文化對現代文明的介入和超越

一

　　吳趼人是創作的多面手。他在《新小說》雜志發表的，還
有以南宋歷史為題材的《痛史》（第8-24期），以雍正年間的冤
案為題材的《九命奇冤》（第1224期），衍義國外題材的《電術
奇談》（第8-18期），充分顯示了將古今中外題材及豐富思想觀
念熔於一爐的才能。光緒三十一年八月二十一日（1905年9月19
日），吳趼人在《南方報》附張「小說欄」開始連載《新石頭
記》，這既是晚清「翻新小說」的濫觴，更是對傳統文化和現代
文明關係的深沉思考的集中體現。

　　小說開頭說：「大凡一個人，無論創事業，撰文章，那出色
當行的，必能獨樹一幟。倘若是傍人門戶，便落了近日的一句新
名詞，叫做『倚賴性質』，並且無好事幹出來的了。別的大事且
不論，就是小說一端，亦是如此。不信，但看一部《西廂》，到
了『驚夢』為止，後人續了四出，被金聖歎罵了個不亦樂乎；有
了一部《水滸傳》，後來那些《續水滸》、《蕩寇志》，便落了
後人批評；有了一部《西遊記》，後來那一部《後西遊》，差不
多竟沒有人知道。如此看來，何苦狗尾續貂，貽人笑話呢！」既
然這樣，吳趼人為什麼要撰寫「畫蛇添足」的《新石頭記》呢？
他解釋說：「一個人提筆作文，總先有了一番意思，下筆的時
候，他本來不是一定要人家贊美的，不過自己隨意所如，寫寫自

家的懷抱罷了。」吳趼人借用《紅樓夢》這一家喻戶曉的故事，
只是為了得心應手地抒寫「自家的懷抱」。

　　《新石頭記》在構思上，將「補天」作為生發新意的由頭。
寫賈寶玉出家以後，不知過了幾世，歷了幾劫，一天，忽然想起
當日女媧氏所煉三萬六千五百塊五色石頭中，單單自己未曾酬得
補天之願，凡心一動，熱念如焚起來。於是養長頭髮，出了茅
庵，來到塵世，會到了在玉霄宮成了仙童的焙茗，又和在上海鬼
混的薛蟠相會，已與原著的題旨完全不同，敘事卻時時處處注意
與原著相呼應。如寶玉和焙茗進了金陵城，向人打聽榮國府，本
以為「赫赫侯門，一問就知」，誰知連問五六人，無一人知道，
以至竟惹出了一段笑話來：

> ……那人道：「剛才聽你們說的，莫不是要問那《紅樓
> 夢》上賈寶玉他家麼？」寶玉喜歡道：「正是正是。但是
> 什麼『紅樓夢』，我可不懂！」那人道：「你可是看小說
> 看呆了？」又笑道：「你要問他家，還是要看賈寶玉呢，
> 還是要看林黛玉呢？」寶玉道：「只我便是賈寶玉！」
> 焙茗在旁插嘴道：「我們二爺，現在當面，你為甚提名叫
> 姓的起來，好沒道理！」那人怔了一怔，指著焙茗問寶
> 玉道：「他又是誰？」寶玉道：「他是我身邊的小廝焙
> 茗。」那人抬頭看了看天，又揉了揉眼睛道：「不好了！
> 我今日不是見了鬼，便是遇了瘋子了！」

　　將《紅樓夢》的社會效應融入所敘故事，是很有趣味的。小
說寫賈寶玉知有《紅樓夢》之書的心理活動：「……我明明是賈
寶玉，我何嘗知道什麼《紅樓夢》！想當年我和甄寶玉同了名

字,同了相貌,已是奇事,難道那《紅樓夢》上,竟有和我同姓同名的嗎?」便叫焙茗買了來,「越看越是心神不定,看了書上的事跡,回想起來,有如隔世;拿著書上的事跡,印證我今日的境遇,還似做夢」。及至到了船上,有人談起上海粉頭中最有名氣的「四大金剛」,頭一個竟是林黛玉,寶玉猛然聽了,猶如天雷擊頂一般,又是氣忿,又是疑心:「氣忿的是林黛玉冰清玉潔的一個人,為甚忽然做起這個勾當來?疑心的是林黛玉明明死了的,何以還在世上?莫非那年他們弄個空棺材騙我,說是死了,卻暗暗的送他回南去了不成?」種種描寫,都與長期蓄積讀者心底的感受相合,故能產生相當的吸引力。

小說在情節的開展過程中,也時時處處注意和原著人物的性格相契合。如寶玉聽薛蟠談論賣地,說中國有二萬萬方里的地方,那裡就賣得完,便道:「二萬萬方里的地方,是有了一定數目的,再也不會生出三萬萬方里來!然而,望後來的歲月,是沒有窮盡的,今年許他買,明年也許他買,終有賣完之一日!」薛蟠道:「你真是瞎擔心!等到賣完了的時候,就和你先前說的話,我們都化灰化煙許久了,那裡憂到那千百年以後的事!」就非常符合兩個人的性格。又如薛蟠請寶玉到揚州館子吃點心,寶玉道:在這種地方,「要吐個唾沫,出口惡氣,也不敢吐」,薛蟠問是什麼原因,寶玉答道:「把唾沫吐在他那裡,不把我的唾沫弄髒了麼!」寶玉的「呆氣」,躍然紙上。寶玉久仰「文明境」締造者東方文明的大名,前往拜訪,不料東方文明執手道:「世兄別來無恙?」寶玉愕然,反復思尋,再也記不起來。原來東方文明就是那年史太君熱喪裡來投的金陵甄寶玉。他回憶道:「那一年相見時,老夫說了幾句經濟話,世兄便面有不滿之色,那時老夫便知世兄不是同調。不期一別若干年,又得相會。然而

世兄是無憂無慮，從不識不知處過來，所以任憑歷了幾世幾劫，仍是本來面目；老夫經營締造了一生，到此時便蒼顏鶴髮，所以相見就不認得了。」寶玉聽了，如夢初醒，暗想：「他不提起，我把前事盡都忘了。我本來要酬我這補天之願，方才出來，不料功名事業，一切都被他全占了，我又成了虛願了。此刻不如且到自由村去，托在他庇蔭之下吧。」便慨然將通靈寶玉贈與老少年。

小說結尾，寫老少年受了通靈寶玉，上了飛車，偶一失手，將其跌落靈臺方寸山下。及至下來尋時，卻見斜月三星洞口，豎著一塊峨嵯怪石，上有一篇絕世奇文。文後有一首歌，曰：

> 方寸之間兮有臺曰靈，方寸之形兮斜月三星。中有物兮通靈，通靈兮蘊日月之精英。戴髮兮含齒，蒿目時艱兮觸發其熱誠。悲復悲兮世事，哀復哀兮後生。補天乏術兮歲不我與，群鼠滿目兮恣其縱橫。吾欲吾耳之無聞兮，吾耳其能聽；吾欲吾目之無睹兮，吾目其不瞑。氣鬱鬱而不得抒兮吾寧暗以死，付稗史兮以鳴其不平。

老少年取來筆墨抄錄回去，又用白話將其改成演義體裁，取名《新石頭記》。從此女媧氏用剩的那塊石頭，就從大荒山青埂峰下，搬到文明境靈臺方寸山斜月洞去了。小說用這種方式收束全書，既與前書相應，又落實了「新」《石頭記》的書名，可謂匠心獨運。最妙的是，作者在此處還弄了一個虛頭，說那石頭上的歌詞，「必要熱心血誠、愛國愛種之君子，萃精薈神、保全國粹之丈夫，方能走得到，看得見」；而「吃糞媚外的奴隸小人到了那裡，那石頭上便幻出幾行蟹行斜上的文字」，上寫：

All Foreigner sth our shalt worship;

Be always insincere friendship.

This the way to get bread to eat and money to spend.

And up on this thy family sliving will depend.

There's one thing nobody can guese

Thy country men th our can stop press.

翻譯出來，就是：

凡是洋人你都頂禮膜拜，

你是多麼的真誠友愛。

這是你得到麵包與金錢的捷徑，

你的生活也因此而逍遙自在。

但有一件事誰也沒有料到：

你的同胞正在受到你的迫害！

吳趼人以外文作詩來結束全書，顯示了他深湛的學問功底，既給「吃糞媚外」的小人以辛辣的諷刺，又不失詩人忠厚之旨，可說是別具深意。

二

吳趼人之所以要「傍人門戶」寫《新石頭記》，又不走《紅樓夢》續書「每每托言林黛玉復生、寫不盡的兒女私情」的路子，而是另闢蹊徑，「只言賈寶玉不死，幹了一番正經事業」，是因為他確有「一番意思」需要表達。這番意思，就是對傳統文

化和現代文明關係的思考。從這個意義上講，《新石頭記》堪與李伯元的《文明小史》相表裡，而在深刻程度上，甚或凌《文明小史》而過之。

　　《文明小史》勾勒閉塞不通的中國「捲到文明中來」的進程，是順著由「野蠻」到漸次文明的地域的次序展開的，而《新石頭記》卻精心選取體現古老文明的傑出人物賈寶玉為貫串全書的主人公，讓這位具有他所處時代的超前意識的人物，由於某種機緣，突然降臨二十世紀中國的現實社會，不料卻成了一名大大的落伍者。《新石頭記》中的賈寶玉，是富有象徵意義的。中國向以天朝上國自居，歷史上雖多次被外族所征服，但在文化上始終占據優勢。直到十九世紀中葉，西方列強以大炮轟開了中國關閉的大門以後，中國人這才發現，西方的船堅炮利乃至政治制度，都比中國來得先進。寶玉眼中所見二十世紀的種種新事物，正反映了中國人因落伍而普遍懷有的惶惑心緒：

　　寶玉回到世上，發現的第一件新事物是「新聞紙」（報紙），見第一行是「大清光緒二十六年□月□日，即西曆一千九百零一年□月□日，禮拜日」，頗具靈性的寶玉知道，這同《京報》是一般的東西，但「看它這年月，竟然是我離家之後，國號也改了。只恨我在那裡混修之時，糊裡糊塗，不曾記著日子。看它那年月底下，還有什麼『一千九百零一年』，更不可解了」：時間上的差距，使寶玉對世上的一切都感到新奇。比火鐮靈便得多的「洋火」，「一點點的小頭兒，燃著了那火，就那麼大」，已使他驚喜不置；取代了牲口的可直通天津北京的輪船火車，以及與之相關的買辦、西崽、洋人，更使寶玉惘然若失。幸好寶玉有極好的悟性，聽說輪船是用機器駕駛，就想到怡紅院亦有「西洋自行船」；看到黃頭髮綠眼珠的外國人，就想到瓷做的西洋小

孩子，只是身上多了兩個翅膀……

面對這些「都是生平未曾經見的」事物，深諳中國傳統文化的寶玉，不是簡單的仰慕與崇拜，而是用自己的頭腦進行獨立思考：「既是中國的船，為什麼要用外國人駛？」當聽到「中國人不會駛」的回答時，寶玉道：「沒有的話！外國人也不多兩個眼睛，也不多兩條膀子，有什麼不會的。」又說：「那裡有學不會的學問呢？咱們不趕早學會了，萬一他們和咱們不對起來，撒手不幹了，那就怎麼好呢？這麼大的船，不成了廢物了嗎？」他在街上看見十家鋪子當中倒有九家賣洋貨的，便道：「通商一層，是以我所有，易我所無，才叫做交易。請問有了這許多洋貨鋪子，可有什麼土貨鋪子，做外國人的買賣嗎？」

種種複雜矛盾，迫使寶玉下決心縮短時間懸隔造成的差距，以趕上時代的步伐：「我既做了現在的『時人』，不能不知些時事。」他找來許多「晚近的書」，認真閱讀起來。最先得到的有《時務報》、《知新報》，「翻開來看，覺得十分合意，並有一層奇處，看了它的議論，就像這些話我也想這麼說的，只是不曾說得出來，不知怎樣卻叫他說了去」。後來又翻到一包，上題「禁書」字樣，拆開來看，卻是《清議報》，「覺得精華又較《時務報》勝些，心中愈加歡喜」。《時務報》創刊於光緒二十二年（1896），由汪康年為經理，梁啟超為主筆，所載有論說、諭折、京外近事、域外報譯等；《知新報》創刊於光緒二十三年（1897），由康廣仁、何廷光為經理，徐勤、何樹齡等為主筆，所載分論說、上諭、近事、譯報等；《清議報》是梁啟超出亡日本後於光緒二十四年（1898）十月創刊，所載分論說、名家著述、新書譯叢、文苑、外論匯譯、紀事、群報擷華等。寶玉讀這些雜志的心情，反映了吳趼人在政治觀念上與梁啟超是相通的。

除了學習書本知識，寶玉還到工廠實地考察。「考工藝遍遊局廠」一回，吳趼人充分調動了他在製造局的生活積累，大寫寶玉考察炮彈廠、鍋爐廠、水雷廠、機器廠、洋槍廠、鑄鐵廠、木工廠的經過，既寫寶玉對西洋工藝的讚歎，也寫他對工人「自食其力」的欽敬。通過考察，加深了他對於引進西洋技術的認識，這種既正視中西方的差距、又對趕上西方充滿信心的態度，是極為可貴的。

經過一番學習考察，寶玉認識到「以時勢而論，這維新也是不可再緩的了」，主張向洋人學習，從而完成了由厭惡「祿蠹」到喜談「經濟」的轉變，成為具備新型品格的人物。洋行買辦柏耀廉（不要臉）聲稱「中國人都靠不住」，寶玉反詰道：「難道連你自己都罵在裡頭？」柏耀廉厚顏無恥地回答：「我雖是中國人，卻有點外國脾氣。」寶玉大怒道：「外國人的屎也是香的，只可惜我們沒有福氣，不曾做了外國狗，吃它不著！」並一針見血地指出：「外國人最重的是愛國，只怕那愛國的外國人，還不要這不肖子孫呢。」既要向西方學習，又要堅持民族自尊，是尤其難得的。

寶玉還敏銳地發現，現實的中國雖然有了「文明」的表像，實際上還不脫野蠻的樊籬。如上海這地方，發財的往往都是不識字的西崽，讀書人卻是不會發財的。原因並非「讀書人是應該窮的」，而是「暴發的財，總不是天上掉下來的。你叫他在天理上廉恥上問問心，只怕有點過不去。讀書的人明了理，就要保全天理，顧全廉恥，所以就不能發這個財了」。另一方面，腐敗的官場「最恨的是新黨，只要你帶點新氣，他便要想你的法子」。寶玉回想自己「在大荒山青埂峰下清靜了若干年，無端的要償我那補天志願，因此走了出來；卻不道走到京裡，遭了拳匪，走到這

裡，遇了這事，怪不得說是『野蠻之國』，又怪得說是『黑暗世界』」。在經歷百般磨難之後，寶玉決心尋找真正的文明境界，表明了作者對社會現實的批判立場。

三

第二十二回「賈寶玉初入文明境」，借寶玉「性質晶瑩」的眼睛，一一描摹了作者理想中的「文明境界」。文明境界共二百萬區，分為東、西、南、北、中五大部，每區用一個字作符識，中央是禮、樂、文、章四字，東方是仁、義、禮、智四字，南方是剛、強、勇、毅四字，北方是忠、孝、廉、節四字。文明境界的締造者東方文明有三子一女，名英、德、法、美，又招一婿，乃化學博士華興字必振之後裔名華自立，「父子五人，俱有經天緯地之才，定國安邦之志」，境內「日就太平繁盛，皆是此父子五人之功」。東方先生又有孫名東方文、東方武、東方韜、東方鈐，外孫華務本；曾孫東方新、東方盛、東方振、東方興、東方銳、東方勇、東方猛、東方威，外孫華日進、華日新；元孫東方大同、東方大治，外元孫華撫夷：在兒孫的命名中，概括了通過向西方學習，漸使中國走向獨立富強，進而實現世界大同的遠大理想，而其核心的核心，則是弘揚中國傳統文化的積極成分。

充當寶玉導遊的老少年（實際上是作者的化身）曾經借「酒德」發揮道：「中國開化得極早，從三皇五帝時已經開了文化，到了文、武時，禮樂已經大備，獨可惜他守成不化，所以進化極遲。近今自稱文明國的，卻是開化的極遲，而又進化的極快。中國開化早，所以中國人從來未曾出胎的先天時，先就有了知規矩守禮法的神經，進化雖遲，他本來自有的性質是不消滅的，所以醉後不亂；內中或者有一兩個亂的，然而同醉的人總有不亂的去

扶持他，所以不至於亂了。那開化遲的人，他滿身的性質還是野蠻底子，雖然進化的快，不過是硬把道德二字範圍著他，他勉強服從了這個範圍，已是通身不得舒服，一旦吃醉了，焉有不露出本來性質之理呢？所以他們是一人醉一人亂，百人醉百人亂，有一天他們全國都醉了，還要全國亂呢！」這種以酒德為喻證明中國傳統文化遠比西方文化優越，固然不無可議，但作者那種絕無文化自卑心理的自信態度，那種否定全盤西化思潮的清醒意念，卻是非常值得稱道的，決不能視為文化保守主義。

正是懷著對於傳統文化的自信，作者認為，在構建未來的文明事業中，固然要吸收西方文化的先進成果，更重要的是要充分發揮中國文化本有的精神資源，使之介入實現文明的進程，甚至在其中起主導作用。小說所虛構的「文明境界」裡，有許多科學發明，如飛車、驗骨鏡、助聽筒、助明鏡、透水鏡等，這些類似科學幻想的發明創造，明顯帶有西方科技的印記；但小說反覆強調：由中國人做出的一切，都比歐美製造的更為精良。如用化學製成的鏡子可以測驗人的性質：「隔著此鏡窺測人身，則血肉一切不見，獨見其性質。性質是文明的，便晶瑩如冰雪；是野蠻的，便渾濁如煙霧。視其煙霧之濃淡，以別其野蠻之深淺。其有濃黑如墨的，便是不能改良的了。」如果說這還是屬於幻想，那麼，採用地火為能源，「不比那野蠻國，無論通都大邑，家家都有開火爐的煙囪，還有那製造廠的大煙囪雜在裡面，鬧了個煙霧騰天的世界，他還自己誇說文明，還有人崇拜他的文明呢！」反對以犧牲環境為代價來發展經濟，就有相當的先見之明。小說關於中西醫的高下優劣的比較，也是頗能發人深省的：「中國向來沒有解剖的，而十二經絡分別得多少明白。西人必要解剖看過，便詡詡然自以為實事求是。不知一個人死了之後，血也凝了，氣

也絕了，縱使解剖了驗視，不過得了他的部位罷了。莫說不能見他的運動，就連他的顏色也變了，如何考驗得出來？莫說是解剖死人，就捉一個活人殺了去驗，也須知他一面斷氣，一面機關都停了，又從那裡去考驗呢？西醫每每笑中國人徒然靠診脈定方，以為靠不住，然而他那聽脈筒又何嘗靠得住呢？」這種對於中醫本質的深刻闡述，得力於對中國傳統文化精髓的把握。

有人愛將現代文明與資產階級民主政治混為一談，對西方的議會制度頂禮膜拜。小說中的老少年卻一反眾說，認為在世界上行的專制、立憲、共和三種政體中，「倒看著共和是最野蠻的辦法」。原因是：「其中分了無限的黨派，互相衝突，那政府是無主鬼一般，只看他黨派盛的，便附和著他的意思去辦事，有一天那黨派衰了，政府的方針也跟著改了，就同蕩婦再醮一般，豈不可笑？就是立憲政體，也不免有黨派，雖然立了上下議院，然而那選舉權、被選舉權的限制，隱隱的把一個貴族政體改了富家政權，那百姓便鬧得富者愈富，貧者愈貧。」對於那種醉心於黨派鬥爭、認為「沒有黨派就沒有了競爭，沒有競爭就沒有進步」的觀點，老少年認為：「那是不相干的人不要好的話，處處要有人和他比較才肯用心，沒有人和他比較，就不用心。不知就是沒有競爭，只要時時存了個不自足的心，何嘗沒有進步呢！」他進一步發揮道：「若要競爭，便和外國人競爭，何嘗沒有競爭呢？可笑近來的人，開口便說『同胞』，閉口便說『同胞』，卻在同胞當中分出許多黨派，互相攻擊，甚至互相詬罵。遇了知自重的，不和他較量，他看見人家不理他，更是攻及人家私德，訐及人家隱事，自鳴得意。這種真是小人之尤，狗彘不若的東西。靠了這種黨派，要求競爭進步，不過多兩個小人罷了，有什麼進步呢！」這種對資產階級民主政治的批判，是觸及到某些本質方面的。

　　尤為可貴的是，作者並沒有染上當時諸多小說家乃至思想家、政治家所特有的急功近利的輕文化、重物質的毛病，更沒有那種認為中國傳統文化是現代化的主要障礙，現代化必須以澈底犧牲中國傳統文化為前提的錯誤觀念。在「文明境界」中，最大的文明就是道德文明。老少年認為，所謂自由，也有文明、野蠻的分別：「大抵越是文明自由，越是秩序整飭；越是野蠻自由，越是破壞秩序。界乎文野之間的人，以為一經得了自由，便如登天堂。不知真正能自由的國民，必要人人能有了自治的能力，能守社會上的規則，能明法律上的界線，才可以說得自由。那野蠻自由，動不動說家庭革命，首先把倫常捐棄個乾淨，更把先賢的遺訓叱為野蠻，這等人，我們敝境人是絕不敢瞻仰的。」在作者看來，中國傳統文化中那些歷久而彌新的成分，在未來的文明世界中，將長期存在下去。在氣象文明的「文明境界」中，卻不曾見過廟宇和教堂。老少年解釋道：「一切迷信都破除了，還有什麼廟宇？我們大開門戶，聽憑外人來傳教，他們來了，立了教堂，任他把那新舊約說的天花亂墜，只是沒有人去聽他。他只能一個人站著自己說給自己聽，只得去了。」在作者看來，宗教只對野蠻國產生作用，所謂「天下豈有無教之野蠻國」和「天下豈有有教之文明國」，正是一個問題的兩個方面。如果一定說有「教」，那就是孔教了：境中之人，「從小時家庭教育，做娘的就教他倫常日用的道理，入了學堂，第一課先課的是修身。所以無論貴賤老少，沒有一個不是循理的人，那孝悌忠信、禮義廉恥，人人都爛熟胸中，所以才敢把『文明』兩個字做了地名。」小說提倡做官的和做皇帝的，都要實行《大學》上「民之所好好之，民之所惡惡之」，關鍵乃在普及德育教育：「那一個官不是百姓做的？他做百姓的時候已經飽受了德育，做了官那有不好之

理？百姓有了這個好政府，也就樂得安居樂業，各人自去研究他的專門學問了，何苦又時時忙著要上議院議事呢！」

推而廣之，作者主張國與國之間也要平等相處。小說揭露近日那些「自誇說是文明之國」的，「恰好是文明的正反對」，因為他們「看著人家的國度弱點，便任意欺凌，甚至割人土地，侵人政權，還說是保護他呢。……照這樣說起來，強盜是人類中最文明的了」。作者的宏願，是實現世界文明。東方先生道：「世界上凡有戴髮含齒、圓顱方趾的，莫非是人類。不過偶有一二處教化未開，所以智愚不等。自上天至仁之心視之，何一種人非天所賦，此時紅黑棕各種人，久沉於水火之中，受盡虐待，行將滅種，老夫每一念及，行坐為之不安。同是人類，彼族何以獨遭不幸！每想設法出之於水火，登之於衽席，無奈事體既遠且大，總未曾籌得一個善法。」在東方先生看來，這個善法就是「同他脫了羈絆之後，還要設法教育他，開他的知識，教得他具了自立的資格，方算大功告成呢。」這和梁啟超的「新民」觀，也是一脈相通的。

報癖評《新石頭記》說：「南海吳趼人先生，近世小說界之泰斗也，靈心獨具，異想天開，撰成《新石頭記》，刊諸滬上《南方報》，其目的之正大，文筆之離奇，眼光之深宏，理想之高尚，殆絕無而僅有。全書凡四十回，以寶玉、焙茗、薛蟠三人為主腦，未涉及一薄命兒；且先生亦現身說法，為是書之主人翁，書中之老少年，即先生化身也。而其所發明之新理，千奇百怪，花樣翻新，大都與實際有密切之關係，循天演之公例，愈研愈進，為極文明極進化之二十世紀所未有。其描撫社會之狀態，則假設名詞，以隱刺中國之缺點，冷嘲熱罵，酣暢淋漓。試取曹本以比較之，而是作自占優勝之位置。蓋舊《石頭記》豔麗，新

《石頭記》莊嚴；舊《石頭》安逸，新《石頭》動勞；舊《石頭》點染私情，新《石頭》昌明公理；舊《石頭》寫腐敗之現象，新《石頭》揚文明之暗潮；舊《石頭》為言情小說，亦家庭小說，新《石頭》係科學小說，亦教育小說；舊《石頭》兒女情長，新《石頭》英雄任重；舊《石頭》消磨志氣，新《石頭》鼓舞精神；舊《石頭》令閱者癡，新《石頭》令閱者智；舊《石頭》令閱者入夢魘，新《石頭》令閱者饒希望；舊《石頭》使閱者淚承睫，新《石頭》使閱者喜上眉；舊《石頭》浪子歡迎，新《石頭》國民崇拜；舊《石頭》如曇花也，故富貴榮華，一現即杳，新《石頭》如泰嶽也，故經營作用，亙古長存。就種種比例以觀，而二者之性質，之體裁，之損益，既已劃若鴻溝，大相徑庭，具見趼公之煞費苦思，大張炬眼，個中真趣，閱者其亦能領悟否乎。」（《月月小說》第六號）

舊《石頭記》是古老文明的結晶，新《石頭記》是傳統文明對現代文明的介入和超越，報癖的評價，是頗能代表當時多數讀者的心聲的。

（九）《洪秀全演義》：討伐「滿洲偽業」的民族英雄的頌歌

—

直接取材於清代史事以宣傳種族革命，是革命派小說作品的又一品類，最著名的是黃小配的《洪秀全演義》。

《洪秀全演義》載乙巳（1905）香港《有所謂報》及丙午（1906）《香港少年報》，堪稱對「滿洲偽業」「聲罪以彰討

伐」的民族英雄的頌歌。孫中山自小受到太平軍遺老的薰陶，稱洪秀全為「反清第一英雄」，有「洪秀全第二」之稱（胡去非：〈總理事略〉）；及壯年鼓吹革命，亦常為人樂道太平遺事，並輒以洪秀全自居。番禺正處太平軍策源地，「人民對於太平天國懷有深厚的情感，故於瓜棚豆架之下，酒後茶餘之間，太平遺事，素為人口人心中最有趣味而最為興奮的談資話柄；說者固津津樂道，聽者更眉飛色舞，由是而民族英雄的流風餘韻，永遠流傳於民間。」（簡又文：〈太平天國全史導言〉）黃小配自小即生活在這種氛圍中，二十三歲時又同侍王李世賢幕府璜山上人相識，瞭解到更多的珍貴資料。他之創作《洪秀全演義》，固然由於民族主義政治理念的推動，也是自小積蓄於心間的對太平天國英雄敬仰感情的驅使，這正是《洪秀全演義》不是簡單的政治宣傳品，而是成熟藝術作品的根本原因。

作為講史小說，作者首先在「書法」上力糾傳統史家關於「正統」、「僭國」、「偽朝」的偏見，從民族的大義、民權的公理著眼，「以天國紀元為首，與《通鑑》不同」（〈例言〉），表現出富於時代特徵的進步歷史觀。作者稱頌太平天國，不僅因為他們是反滿的英雄，而且是追求民主政治的鬥士。《自敘》稱：「當其定鼎金陵，宣佈新國，雅得風氣之先，君臣則以兄弟平等，男女則以官位平權，凡舉國政戎機，去專制獨權，必集君臣會議。復除固閉陋習，首與歐美大國遣使通商，文明燦物，規模大備，視泰西文明政體，又寧多讓乎！」在小說中，民族的解放與民主的嚮往融為一體，構成了政治理念的兩翼，這就比偏狹的種族情緒來得高明，況且這種理念又是同情節緊密結合的。如洪秀全在廣西傳教時道：「凡屬平等的人民，皆黃帝子孫，都是同胞兄弟姊妹，各有主權，那裡好受他人虐

待？叵耐滿洲盤踞我們中國，我同胞還不知恥，既失人民資格，又負上帝栽培。」又如金田起義之際，欲聲動大義，號召人心，洪秀全所言「起事伊始，不宜說滿漢界限，因二百年習染相忘，國民還不知有主權之辨，故當從緩言之，不如先斥朝廷與官府之苛民，較易激人猛省」，則是對鬥爭策略的冷靜抉擇。李秀成親往招撫蘇州民團，道：「吾等帶兵到蘇州，為大義也；何信義等獻出蘇州，亦為大義也。爾等須知中國是何人之中國，蓋被滿洲人滅我而為之君，二百餘年矣。爾等皆中國人，何以愛滿洲為之君，而拒中國人自為之君乎？我天王定鼎金陵，並無暴虐政治；即我等帶兵出征，亦不如清兵之騷擾。昔和春、張國梁等，爾等亦稱‘同心殺盡和張賊’，何以今日便忘之？今清國自知不敵，又借洋兵，縱後來得勝，亦必分土地與洋人，於爾等有何利益。今我朝只欲恢復中國，拯救人民而已。」更生動地寫出了太平天國之深受民眾擁護的情景。這些，都是對太平天國鬥爭正義性的自然闡發，亦可收以小說進行反滿宣傳的效用。

二

作為具有審美特質的長篇歷史小說，《洪秀全演義》以其塑造的叱吒風雲的英雄群象及跌宕起伏的故事情節，贏得了巨大的成功。小說寫石達開之擲筆即為名將，縱橫數省，當者莫攖其鋒；寫林啟榮之堅守九江孤城，斷敵國交通之路，時歷數年，身經百戰，矯然不移；寫林鳳翔以老將神威，所向無敵，統三十六軍，自揚州而山東，而安徽，而河南，而直隸，直搗北京，卒因孤軍深入，就義以歿，等等，皆是驚天地、泣鬼神的壯麗篇章，置諸任何一部長篇歷史名著之中，均毫不遜色。

但是，《洪秀全演義》堪稱講史小說獨樹一幟的傑作，卻在

於結構上所獲得的成功。〈例言〉說:「尋常說部,皆有全域在胸,然後借材料以實其中,如建屋焉,磚瓦木石俱備,皆循圖紙間架而成;若此書,則全從實事上搬演而來,蓋先留下許多事實以成是書者,故能俯拾即是,皆成文章。」彷彿只是將《太平天國戰史》、《楊輔清福州供詞》、《滿清紀事》所載以及民間流傳之「流風餘韻之猶存者」隨手掇拾的「以事成文」的紀實文學。其實,這是作者的謙詞。《洪秀全演義》是有「全域在胸」的經過精心擘畫的藝術精品,這體現在構建了以錢江這一嶄新的藝術典型為核心、以馮雲山→錢江→李秀成為主幹的英雄人物的形象體系。〈例言〉說:「讀此書如讀《三國演義》,錢江、馮雲山、李秀成三人,猶武侯、徐庶、姜維也。雲山早來先死,又如徐庶早來先去;錢江中來先去,如武侯後來先死;若以一身支危局,則秀成與姜維同也。觀金陵之失,視綿竹之降,當同一般感情者矣。」正點明作者苦心孤詣的命意所在。

用敵對營壘中的胡林翼的話說,錢江是「天文地理無所不通,諸子百家無所不曉,且政治軍旅更其所長」的王佐之才,他是全書首先亮相的英雄,是太平聚義的靈魂。小說開頭寫權臣穆彰阿把持朝政,威挾下民,害死太子璉,京裡紛紛傳說,便惱了一位英雄,這就是浙江歸安府人錢江。錢江胸懷「願復國安民,為漢之張良、明之徐達」的大志,看到天下大勢趨於東南,珠江流域必有興者,遂舍家遊粵,就花縣知縣幕府,一意訪求豪傑。小說寫他與馮雲山邂逅相遇,是很有神氣的。當馮雲山稱讚錢江「不求仕進,卻到敝縣管理刑名,人民悅服」時,錢江內心的反應是:「此人氣宇非凡,談吐風雅,倒把『人民』兩字記在心中,料不是等閑的。」如果說對人民的關切使兩人有了交結的契機,則馮雲山之「種族之界不辨,非丈夫也」的讜言,更使兩人

的相知有了堅實的基礎。「救國有心，濟時無術」的馮雲山，得遇沉機識變、腹有良謀的錢江，立刻結成了莫逆之交。通過馮雲山的介紹，錢江結識了洪秀全，為之剖析天下大勢道：「方今朝廷失道，盜賊紛起，足下若因其勢用之，總攬賢才，拯扶饑溺，此千載一時之機也。」並為之指點方略，以為廣東濱臨大海，非用武之地，惟有間道入廣西，撫諸綠林豪傑以舉義，然後取長沙，下武昌，據金陵之險要，以出幽燕，則天下不難定也。又針對中外通商、外教流行的形勢，提議洪秀全潛身教會，以傳道為名，一來可勸導人心，二來又免外人干涉，大得洪秀全之贊同。可以說，錢江是太平軍起義的真正策動者，他的地位，比起《三國演義》中的諸葛亮來，還要重要得多。

　　錢江因總督林則徐邀為督幕，遂留在廣州，「大則打動林公，圖個自立，小則結識豪商巨賈，接濟軍需」，而為太平軍策劃運籌的使命，就落到了馮雲山的肩上。錢江對馮雲山的評價是：「雲山這人雖欠些學養，只是決謀定計，臨機應變，實不可多得的人物」。馮雲山做的第一件大事，是隻身前往江口，說服羅大綱舉義。其時羅大綱聚眾數千，勢不為弱，要撫為己用，並非易事，馮雲山以危言相激，謂「綠林豪客，從無百年之盛，雄如宋江，不過一降卒耳」，果然打動了羅大綱，使之信奉上帝道理，共舉義旗。馮雲山做的第二件大事，是決策於金田起義，並解釋了黃文金與譚紹光的宿怨，促成了保良會的大聯合。馮雲山做的第三件大事，是建議以八月初一為期，黃文金、羅大綱、楊秀清三路一齊舉義，並夜走貴縣督羅大綱進攻永安州，又用計逼楊秀清之團練起義。總之，太平軍之舉義，雖由錢江策劃，實則係馮雲山之作成。在用兵之方略上，馮雲山也忠實地執行了錢江「廣西起事後速進湖南」的計劃，當洪秀全以「桂林未下，廣西

根本未成」，表示反對時，馮雲山笑道：「哥哥豈欲以廣西為基業耶？大局若定，何憂一桂林？……錢先生之言，必不妄也。」不幸在攻佔全州、三軍得手的時節，馮雲山為流彈所中，「與諸君共飲胡虜之血，以復國安民」之壯志未遂，齎恨以終。臨死時猶言：「東平先生文經武緯，勝弟十倍，不久必到廣西，何憂輔佐無人！」與《三國演義》相比，馮雲山不是大破曹仁的徐庶，錢江也不是馮雲山薦來的諸葛亮。洪秀全說過，「某自物色英雄以來，師事者錢江，兄事者便是雲山，恐天下英才無出此兩人之右」，道出了錢、馮二人在他心目中的地位。

果然，錢江因事充軍，在韶州府得胡元煒之助，脫身來與洪秀全會合，就得心應手地扮演起諸葛亮的角色來。錢江在太平事業中，把自己的注意點放在以下兩個方面：

一、**戰略決策**。同諸葛亮的三分天下居其一的決策不同，錢江的戰略思想是不能戀棧廣西，而應直進湖南湖北，據南京為基業，然後北伐，奪取全國政權。在貫徹這一戰略思想過程中，錢江排除來自太平軍內部的種種干擾，取得一步步的勝利。先是金田起義之後，洪秀全仍留胡以晃一軍駐紮金田，以應糧臺，錢江指出，「軍行因糧於敵，方為妙策」，速召胡以晃回來，全軍會合於全州，直進湖南。又以攻長沙為名，牽制兩湖清軍，乘湖北空虛，一舉攻下武昌。此時，太平軍內部面臨著一場嚴重的抉擇：洪秀全不欲離武昌以下江南；楊秀清則建議由河南直取長安以為基業，然後分兵四川，握險要而圖之；黃文金亦以為武昌四戰之地，斷難久守，贊同楊秀清之議。其時大半以取長安及西川為善策，主取金陵者只錢江、李秀成、石達開三人。當此緊要關頭，錢江乘夜擬定〈興王策〉一篇進諸洪秀全，深刻地剖析了當前的形勢，指出「區區武昌，守亦亡，不守亦亡；與其坐而待

亡，孰若進而猶冀其不亡」，而「秦隴四塞，地錯邊鄙，人悍物
嗇，糧食艱難，且重關迭險，縱我攻必克，大費兵力，勞而莫
必，固貽後悔，得不償失，亦棄前功」。即便在蜀漢之時，「先
以諸葛之賢，繼以姜維之智，六出九伐，不得中原寸土，賴吳據
長江之險，以為唇齒，尚難得志」，何況「方今天下財庫，大半
聚於東南，當此逐鹿於寧謐之時，欲以四川一隅敵天下，江知無
能為也。」為此，他一針見血地指出：「方今中國大勢，燕京如
首，江浙如心腹，川陜閩粵如手足。斷其手足，則人尚可活，若
取江南而摧其腹心，則垂危矣。故以先取金陵，使彼南北隔截，
然後分道，一由湖北進河南，一由江淮進山東，會趨北京，以斷
其首。待北京既定，何憂川陜不服？是當先其急而後其緩也。」
一篇酣暢淋漓的〈興王策〉，終使洪秀全回心轉意，決計攻取金
陵，終於取得了戰略性的重大勝利。

　　二、**制度建設**。同諸葛亮之以法家思想治國治軍不同，錢江
的著重點在激發民族大義和張揚民主精神，體現了更多的新的時
代因素。當全師進攻湖南之際，錢江提議先定官制，使各有秩
序，統屬較易，又以宜於號召人心，取國號名「大漢」，並以石
達開名義傳檄天下。檄文揭露「蠻夷大長，既竊帝號以自娛；種
族相仇，復殺民生以示武。揚州十日，飛毒雨而漫天；嘉定三
屠，匝腥風於遍地」的罪惡，稱頌洪秀全「奉漢威靈，憫民水
火」、「相率中原豪傑，還我河山」的壯舉，義正詞嚴，遠近震
驚，連左宗棠都道：「洪氏以復國為名，其言甚正，吾輩拒之，
實為不順」，可見威力。及攻長沙，得一玉璽，中現「太平」二
字，錢江等皆推洪秀全改元正位，且謂「主公今以宗教起義，崇
尚天父天兄，今主公既為天子，可稱天王，國名就喚天國」。又
改定制度服色，恢復漢皇威儀。定鼎金陵後，「天王勤求政治，

每天分辰、午兩次君臣共議大事，議事時諸王皆有座位，掃去一人獨尊的習氣。其有請見議事者，一體官民，皆免跪拜」。錢江鑒於「自滿清道光以來，各國交通，商務大進，商務盛即為富國之本，能富即能強」，遂與各國更始，立約通商，互派使臣，保護其本國商場。時有美國人到南京謁見洪秀全，親見其政治與西國暗合，乃歎道：「此自有中國以來，第一人也。」遂請洪秀全遣使美國，共通和好。其他如徵集賢良，設立女官，發帑賑民，減免糧稅，不一而足。

錢江的正確決策，卻受到了楊秀清的嚴重干擾與抵制。小說是把楊秀清作為以錢江為代表的正確路線的對立面來寫的。楊秀清廣有家資，唯好人諛頌奉承。洪秀全為得楊秀清之力，便借嘉禾之兆，計賺楊秀清，道是「王氣鍾靈，莫如廣西；瑞氣祥符，應在足下」，以朱元璋相推許。此種權宜之計，雖使楊秀清奮而起事，卻種下了日後的隱患。馮雲山臨終時，就對蕭朝貴道；「將來誤大事者，楊秀清也。……將來大事成就，當即處置此人，想錢先生必有同情也。」錢江也早看到「此人眼光不定，面肉橫生，久後必不懷好意。自今起事之際，自不宜同室操戈，只日後自有處置」。錢江雖比馮雲山高明，但他沒有馮雲山那種與楊秀清平起平坐的地位；當進軍湖南前夕，楊秀清心懷叵測，託病不至，錢江只好以蕭朝貴之妹與楊秀清結親以調停之，使兩家暫泯嫌隙。然而，一旦金陵得手，楊秀清的野心愈加膨脹，惟恐錢江始終為天王所用，自己不能獨行大志，諸事多梗錢江之議。錢江的戰略方針是「注重北方而緩視南部」，具體做法是派人另守武昌，而使東王直趨汴梁，並起傾國之兵以趨山東，與東王會合以臨北京；楊秀清卻力主以一旅之師出征，且擅發林鳳翔引軍北伐，使林軍孤軍深入，終致大敗。

　　在制度建設上，錢江的意圖也不能貫徹始終。當湖南大捷時，洪秀全便欲加封各人官爵，錢江道：「近來豪傑紛紛來歸，亦以亡國之痛，思展長才，助明公之力，以報答國家耳；果其志在官階，則將願為貳臣，以從張國基之後，豈復能為我國耶？今若勝一仗加一官，若至天下大定之時，恐封不勝封，將何以自處？」因其時尚處於艱難之時，洪秀全採納了這個意見。一旦洪秀全做了天王，想到起義以來，各以兄弟相稱，欲使共用榮名，加封王位。錢江諫道：「天賦雖是平等，只名位原有高下，且所以能令眾者，以號令所出耳。」但洪秀全心內一直畏忌楊秀清，欲以王位買結其心，還是大加封王：這是洪秀全第一次不用錢江之言。石達開道：「國家隱患，即伏於此，是不特吾的不幸，實漢統的不幸。」錢江知諫不可止，乃歎曰：「雲山若在，斷能使大王不行此事也。」疏不間親，點出了錢江之不及馮雲山的關鍵所在，故雲山雖亡，而其氣猶未中絕也。

　　劉備不用諸葛之言，導致伐吳的失敗；洪秀全不用錢江之言，種下了日後敗亡的隱患。錢江之不如諸葛，在於他面前橫梗著一個處處掣肘的楊秀清。馮雲山、錢江雖然早就察知楊秀清心懷叵測，後必為患，只為起事之際，不宜同室操戈，容待大事成就之後，再予處理。及至楊秀清黨羽既盛，除之更難。韋昌輝「奉全國人民之意」而殺之，其弟昌祚復將楊家盡行殺戮。處此劇變，錢江以為：「東王有可殺之罪，北王無擅殺之權——兩言盡之矣。」並提出：「先下諭數東王之罪，並稱翼王不與北王同謀，而歸罪於昌輝，責以擅殺大臣之罪；昌輝雖主謀擅殺，必有動手之人，不如先殺其動手者，並殺害東王全家之韋昌祚，然後奪北王之權以安眾心，庶乎可矣；不然，則可殺昌輝以殉眾。否則，人心激變，悔之亦晚矣。」奈天王心懷不忍，既不欲暴東王

之罪，又不欲殺北王之首，加之洪仁達最惡石達開，欲嫁害之，石達開以一時之憤，請兵入蜀，天王允之，錢江諫道：「臣每欲以翼王統大兵為林鳳翔後繼，惜東王屢梗此議，致不果行。今東王已故，臣方欲與大王再行其志，今若去一百戰百勝之老萬營勇，而又去一識略蓋世之翼王，天下胡可為乎？」翼王去而北王死，錢江感情大灰，已無心於天下事了。第三十二回「錢東平遁跡峨嵋嶺」寫劉統監對李秀成道：某昨夜蒙軍師召至府裡，告某以歸隱，某大驚，為之挽留，力勸以國事為念。軍師道：「方今大局之成敗，係於北伐之勝負；然北伐軍權操於楊黨，非吾所能號令之。此後大權當在秀成，吾當退而讓之，以成其名也。」軍師言至此，某復苦勸，軍師又謂某道：「秀成臨事有智，深識大體，和於上下，勝吾十倍。他必能繼江之志，不勞多慮，至於成敗，則天也。早晚如見秀成，為江致謝，努力國家，勿學江之無終也！」

　　錢江走後，李秀成遂成了貫徹他的方略的姜維。奈其時安、福二王攬權恃勢，忌及秀成，諸多阻撓，尤其是洪秀全本人，失了進取之志，惟以保守金陵為首務，往往任意打亂李秀成的部署，使之徒勞往返，功敗垂成。部將汪安鈞道：「昔錢先生在時，謂吾等欲成大事，須天王肯舍去金陵方可，今觀之益信矣。天王視金陵為家，稍有兵警，即自疲其全力，此實一大患也。」以「其身歷安危，民心不變，其得人也勝似武侯；出奇制勝，用兵如神，其行軍也勝似韓信；幾歷艱劫，軍糧不絕，其籌餉也勝似蕭何」的「古今來第一流人物」（〈凡例〉）的李秀成，臨危受命，力挽狂瀾，雖屢建奇功，卒致勞而無功，症結適在其之不能真正施行錢江之方略之故，則錢江雖去，而其靈魂猶在。

　　黃小配著《洪秀全演義》共五十四回，其核心人物，乃是錢

江，故當第五十三回寫了錢江的蹤跡之後，小說的基本情節已相當完整，而其後之寫太平天國之敗亡，亦與黃小配寫作此書之宗旨不合，宜乎其戛然中止也。

四、新小說的第二個高峰
（1906-1909）

（一）立憲小說：改革的深化及其面臨危機的紀錄

一

清廷自1901年決意改革以來，積五年正反兩面的經驗，開始把目標指向政治體制，並考慮「先定為立憲之國，然後開議會，決公論，一切變法之事，皆依立憲政體而行」（《光緒朝東華錄》第5286頁），將立憲確定為「國是」（國策）。載澤、尚其亨、李盛澤、戴鴻慈、端方五大臣「分赴東西洋各國，考求一切政治，以期擇善而從」，正是中國人開眼看世界、與現代型民主政治體制接軌的過程。端方考察歸來之後說：「立憲政體幾遍全球，大勢所趨，非此不能立國。」（中國第一歷史館藏端方檔，函字69號，轉引自遲雲飛：〈端方與清末憲政〉，《辛亥革命史叢刊》第九輯）在〈請定國是以安大計摺〉中又說：「中國今日正處於世界各國競爭之中心點，土地之大，人民之眾，天然財產之富，尤各國之所垂涎，視之為商戰兵戰之場。苟內政不修，專制政體不改，立憲政體不成，則富強之效將永無所望。」（《端忠敏公奏稿》卷六）光緒三十二年（1906）七月十三日，根據考察大臣的意見，宣佈預備立憲：「各國之所以富強者，實由於實

行憲法，取決公論，軍民一體，博採眾長，明定政體，以及籌備財政，經畫政務，無不公之於黎庶。……時處今日，惟有及時詳晰甄核，仿行憲政。」（《光緒朝東華錄》第5265頁）

立憲政體的宣佈和預備立憲的實行，是前無古人的政治變革，它既是對綿延幾千年的專制政體的根本否定，也是在中國大地上推行民主政治的空前演習。試想，古老中國有誰聽說過憲法？又有誰見過國會、資政院、諮議局、地方自治？更有誰參加過投票選舉之類的政治活動？立憲無論在理論和實踐上，都是石破天驚的嶄新事物，並且同大眾心底最關切的富國強兵聯繫在一起，理所當然地受到了朝野的歡迎，也受到小說界的注目。正如阿英所說，此時小說創作的取材，已開始從早期啟蒙題材「學校的創立，西洋文化的介紹，婦女解放運動，反迷信運動諸方面」，轉到反映立憲上來，以致形成了一個以立憲為主題的小說創作的熱潮。光緒乙巳（1906）九月，汪維甫於上海創辦《月月小說》，聘吳趼人主持撰述。創刊號首載盧江延陵公子《月月小說出版祝詞》，開宗明義即云：「方今立憲之詔下矣，然而立憲根於自治，此其事不在一二明達之士夫，而在多數在下之國民；苟不具其資格，憲政何由立？自治何由成？」吳趼人發表於創刊號（1906年10月）的《慶祝立憲》、第二號（1906年11月）的《預備立憲》、第五號（1907年2月）的《立憲萬歲》，都是以立憲為主題的短篇小說。可以說，晚清立憲小說提出的重大論題及採用過的各種藝術手法，吳趼人都涉獵過嘗試過了。

《慶祝立憲》寫「慶祝立憲」會場上，黃龍旗迎風招展，幾位「究不知立憲之狀」的佝僂老人，也來參加「曠古大典」。忽有一莽夫說：「七月十三之上諭，是叫你們『預備立憲』，不是叫你們『立憲』；就是慶祝，也只慶祝得一個預備立憲，怎麼含

含糊糊的把一句話囫圇吞棗的咽了下去呢？就算據諸公的高見，
是慶祝立憲了，憲是立定的了，諸公可知道立憲是個什麼東西？
憲政是個什麼樣子？必要到了什麼程度才夠得上立憲的資格？」
小說指出，就當時社會現實而言，「『立憲』兩個字，說都懂
呢，此刻卻是不懂的居了一百中之九十七八，那稍微懂得點的，
卻還有百分中之二三。倘使那些混帳官兒都不懂的倒也罷了，偶
然碰了個把懂的，那就不好了。他一想，果然立了憲，議院便是
百姓的代表，議院操的是立法權，地方官所有的不過是行政權，
這一立憲啊，把我從前尊無二上的官威，變做了百姓的公僕，這
一口氣如何咽得下去？他還有不竭力阻止你們的預備的嗎？」把
立憲的阻力來自何處的問題清醒地預計到了。

　　《預備立憲》也是從「國人之見解」著眼的小說。作者對於
立憲，未始不持歡迎的態度，故曰：「吾國國民，處於黑暗世界
中，五千餘年，未曾得睹一線之光明，此閱者諸君所共知者也。
豈於前此三個月之前，忽覯一異事，使吾人如瞽者之處於烈日之
下，隔此一重厚膜，彷彿見膜外透出些微光明，其時為何？則七
月十三日是也。」但立憲該如何預備呢？小說寫了一個自以為深
諳「預備立憲之術」的鴉片鬼，此人自七月十三日明奉上諭，即
盡出囊中資，購買南洋票、湖北票、安徽鐵路票，心中作中頭彩
之希望。及至陸續開彩，皆不中，而猛進未肯少休，仍出資買種
種之大票及副票，如是者數月，輸出之資已達百金。這種近乎
「欲乘汽車者而購汽船之票」的反常舉動，卻出於希冀僥倖中彩
以「達於有被選資格而後已」的怪異動機。附言曰：「預備立
憲，預備立憲，而國人之見解乃如此，乃如此！若此者，雖未必
能代表吾國人之全體，然而已可見一斑矣。抑吾又思之，若此
者，已可謂之有知識之人矣，其於此事相隔一萬重障膜者，猶不

知幾許人也！此雖詼詭之設詞，吾言之欲哭。」

《立憲萬歲》則是以神話的形式諷刺現實的「滑稽小說」。玉皇大帝聽說下界已經立憲，忙召集群仙諸佛商議此事，竟引起上界一致的反對，人人都能道出一套「立憲的弊病」來。文昌帝君道：「下界人只講得一句變法，便停了科舉，遂使我的血食，登時冷淡起來。」魁星道：「便連我這枝朱筆也沒用了，你不見我麼？舉起手高高了提起這枝筆，永遠沒得點下去，好不難受。」龜蛇二將擔心立憲之後，他們的門包也要革除，哮天犬的賣折，就更不必說了，於是都來商議阻止之法。不想鬧到後來，立憲不過改換兩個官名而已，「此外不再更動，諸天神佛，一律照舊供職」。於是群畜一齊大喜，同聲高呼「立憲萬歲」。

二

這一時期，一批以立憲為主題的小說競相問世。杭州戊公的《立憲鏡》、烏程蟄園的《鄒談一噱》、不題撰人的《憲之魂》、八寶王郎的《冷眼觀》，及《月月小說》先後發表的蕭然鬱生的《烏托邦遊記》、燕市狗屠的《中國進化小史》、大陸的《新封神傳》、蕭然鬱生的《新鏡花緣》、春飄的《未來世界》、報癖的《新舞臺鴻雪記》、想非子的《天國維新》等，作者都是以「民」的身分對立憲的「講求」，是中國小說史上的全新的樂章，相信立憲確能使中國驟臻富強，是立憲小說普遍的信念。

《憲之魂》寫陰司地府近百年來，黯於外交，拙於自治，致使國勢阽危，主權都被外國所攘奪，閻王決心立憲，誓與臣民共同遵守，要求臣民亦盡國民之責。陰府數萬萬鬼魂都如枯木逢春，只喜得愁雲盡散，怨霧全消。由於側重民權，百姓皆知個人

與國家有密切之關係，所以億兆一心，竭傾全國財力增練海陸各軍，打敗入侵的獅子國、劫化國，乘勢收回一切被占去的權利，於是「陰府裡國勢鞏於苞桑，皇基安於磐石，各種實業俱臻發達，各處民智都已大開，野無遊惰之氓，國有文明之俗，完完全全的成了一個君主立憲國」。小說相信，立憲是臻中國於民主富強的有效途徑。結尾寫道：「……少頃，忽聽見一聲鐘動，田野雞鳴，陰府裡大放光明，現出一輪紅日，鬼影全無。」

《未來世界》寫立憲以後的中國，早已不是老大病夫的中國，可以任意欺侮的了。中國志士陳國華到朝鮮考察遊歷，被高麗人無意中撞了一下，員警扭住那人說：「你怎麼好好的走路，會碰到人身上去？又怎麼不撞別人，偏偏的撞了中國大人！萬一鬧了個交涉案子出來，你耽得起這樣的干系嗎？」陳國華忍不住責問道：「他雖然撞了我一下，不過走路冒失了些，並沒有什麼大罪，何用你來狐假虎威的這般胡鬧。況且你是和他一國的同胞，怎麼倒趨奉著我，把同國人這般欺侮，這是什麼意思？」那員警諾諾連聲，不敢多說。結尾寫陳國華的話道：「我們中國要沒有立憲的一番改革，怕不就是第二個朝鮮嗎？如今總算是我們中國四百兆同胞的幸福，居然從專制時代進於立憲時代，復了我國民權的自由。我不得不祝立憲萬歲！立憲自由萬歲！我自由之立憲國民萬歲！」處在積貧積弱主權淪喪的時代，想像中國有朝一日通過立憲成為與歐美並駕齊驅的強國，對於「既無尺寸之權，又無立言之責」的小說家來說，有的只是一顆跳蕩的愛國之心！

《未來世界》第一句就是：「立憲！立憲！速立憲！這個立憲，是我們四萬萬同胞黃種的一個緊要的問題，一個存亡的關鍵。」但小說家並沒有沉湎在立憲強國的空想之中，相反，他們

從中國的社會現狀出發，清醒地看到這是一條充滿荊棘的道路，弄得不好，不僅立憲強國會變成泡影，甚至還有召亂促亡的危險。為此，立憲小說提出了三個至關重要的問題：

第一，關於國民資格的思考。《立憲鏡》開首有「作意問答」，第一則是：「問《立憲鏡》何為而作？曰：為國家頒布立憲之命令，喚起一般國民之預備，使人人有預備之精神。作者非徒鏡人，亦以自鏡，故名之曰《立憲鏡》。」小說寫「中國有一位很盼望君主立憲的人」，人稱金人先生，出洋至英、比、法、德諸國遊歷考察，「早已將外國富強法子一眼看破，預備將來轟轟烈烈做一番頂天立地的事業」。歸國以後，見河南舉行新政已有數年，卻毫無維新氣象，早已心冷了一半。忽然看到七月十四日新聞紙載預備立憲的上諭，歡喜之極，以為中國維新，到今日才有點意思；但又想到：「這個立憲，總歸要國民程度夠得上才好；如今國民程度究竟怎樣，且把社會情形去探聽探聽。」於是來到風氣最開的上海。不料所見到的維新人物卻是叫局狎妓，縱酒打牌，文明戒煙會長躺在煙榻上，不覺大失所望。江湖豪傑花凝福告訴說，有一班無行業的假新黨，藉著預備立憲的名目斂錢肥己，取巧漁利，「往往維新當中有一樁極好的事情，被這般無行業的人混在裡頭瞎鬧，鬧了破綻出來，被這些頑固的趁此藉口造謠惑眾，那熱心做事的到反弄得棘手了」。《未來世界》大聲疾呼：「先要有了這般的資格，方才能做那樣的事情」，「立憲的這個事情，不是憑著那政府的幾個大老，外省的幾個重臣，就可以自由自便，組織這個憲法的；要叫那天下二十二行省，全國四萬萬同胞，一個個都曉得自己身上，對於憲政和問題，有贊成立憲的義務，成了個完完全全立憲以後的國民，這才算得是自強！」

　　第二，對於改革阻力的剖析。《未來世界》指出：「這立憲的一件事兒，專講那共和主義，不問你地方官吏、士農工商，都有那保護憲法的責任，奉行憲法和義務。在百姓一邊看去，卻是件有益無損的事情，自然的進步也就十分迅疾；在官吏一邊看起來，有了這憲法的兩個字兒，無論什麼事情，都要守著這個方方正正、不偏不倚的憲法方能行事，既不能公行賄賂，位置私人，又不能假公濟私，欺君罔上，好像倒被這憲法兩字，束住了身體的一般，卻是件有害無益的事情。」《憲之魂》也說，陰府裡立憲所有為難之處，不在閻王，不在小鬼，只在那大小陰官，因為他們暮氣太深，腐敗太深，免不了「有名無實」、「陽奉陰違」兩大弊病。立憲，就是要實行法治，以憲法和法律來規範政治生活和社會生活，嚴定官吏辦事權限，這對憑借專制政體貪贓受賄、橫行不法的大小官吏確是有害無利的，他們必然對立憲改革採取敷衍了事態度，是改革事業的最大阻力。《憲之魂》寫閻王決心立憲，將阻礙立憲的大臣送往刀山地獄治罪，於是大小陰官不敢再泄逯敷衍，無不兢兢業業，實力奉行，終於使陰府改革規模粗具，氣象一新。

　　第三，有關立憲要旨的揭示。《憲之魂》指出：立憲不是徒具形式的空言，不能只講表面的光鮮。立憲的要旨，首在「重民權」，「使百姓皆知個個與國家有密切之關係」。閻王在陰府議會的演說中，回顧以往的失敗教訓說：「當日不明厥旨，誤以為立憲之端，基之於上，是以擾擾頻年，終歸無補」，後來明白「應以國民為主動力」，自上而下地推行立憲政治，「先設地方議會，然後由一鄉一邑而推之朝廷」。憲法既是「一國之定法」，在憲法面前，不論是閻王還是臣民，都應共同遵守，議院決議應革應興的十條大計事，第三條「請革一夫多妻之制，自宮

廷始」，就是針對閻王的。小說還說，「前番沒有頒布實行立憲
詔書的時候，大眾視閻王如贅疣」，而一旦實行立憲，閻王所有
旨在富民強國的措施，如普及教育、建設海軍、清丈田畝、編查
戶口、籌辦民債、興辦礦務、製造槍炮、獎勵工藝、懲罰遊民，
都得到了人民的擁護。小說取名「憲之魂」，就是要「借鬼神的
幻變，說立憲的為難，不過要國民曉得改革的方針」，可謂用心
良苦。

（二）《新三國》：政治體制改革方案的抉擇和預見

一

　　陸士諤（1878-1944），名守先，又字雲翔，別署雲間龍、
沁梅子，江蘇青浦朱家角鎮人。他比劉鶚小二十一歲，比吳趼人
小十二歲，比李伯元小十一歲，比曾樸小六歲；他1905年前後來
到上海，比吳趼人晚十八年，比李伯元晚九年；他1906年以「沁
梅子」筆名撰寫《滔天浪》、《精禽填海記》，開始步入創作領
域時，以《官場現形記》、《二十年目睹之怪現狀》、《老殘遊
記》、《孽海花》為代表的新小說鼎盛時代已經降臨，「後來
者」的身分，註定了陸士諤在小說界的劣勢。為了獲得社會的認
同，他的部分作品如《官場新笑柄》、《官場怪現狀》、《龍華
會之怪現狀》、《最近社會祕密史》，顯然是在李伯元、吳趼人
設定的範式中運作的，《新孽海花》甚至襲用了曾樸的書名。
《新中國》寫李友琴詰問道：「你的《風流道臺》、《官場新笑
柄》，比了《官場現形記》如何？」陸士諤無言以對，實際上承
認自己在這一領域，並無驕人的業績。

但是，起步較晚的劣勢，卻給了陸士諤某種難得的機遇。他在〈《新水滸》序〉中寫道：

客問陸士諤：《新水滸》何為而作？士諤曰：為憤而作。客曰：嘻，甚矣，先生之妄也！當元之季，政綱寬弛，民生雕敝，儒林偃息，僧侶專權，朝盡北人，世輕南士，耐庵滿腹牢騷，末由發洩，奮筆著書，乃有《水滸》之寄託深遠，言詞激烈，固其所也。今先生生逢盛世，遭遇聖明，當憲政預備之年，正先生秉筆之日，言何所指，意何所托？毋乃類畫蛇之添足，等無病之呻吟。嘻，甚矣，先生之妄也！士諤曰：吁，有是哉，子之迂也！準子之說，是安居不可以慮患，盛世不可以言危，則丁茲強敵外窺，會黨內伺，魑魅充斥，鬼蜮盈塗，朝廷有望治之心，編氓乏自治之力，蜚言四起，異說朋興，仍可凜金人之三緘，戒惟口之興戎，歌舞太平，渡此悠悠之歲月何。嗟吁，神州夢夢，苦口嘵嘵，屈靈均懷石投江，賈長沙痛哭流涕，情非得意，志欲有為。媧皇誓補情天，精衛願填恨海，世而知我，則吾書足以回天；世不我知，則吾身騰罵於萬口。諒吾者必曰：言者無罪，聞者足戒；罵吾者必曰：顛倒黑白，信口雌黃。然吾國民程度之有合於立憲國民與否，我正可於吾書驗之。客休矣，俟我書發行後，來與我辯論未晚也。客聞言，垂頭而去。

陸士諤秉筆撰作小說，正趕上「當憲政預備之年」。此時新小說的幾位主將，李伯元已於1906年去世，曾樸正忙於撰寫反映「舊學時代」的《孽海花》，劉鶚更陷於政治危機之中，只有吳

跕人發表了若干短篇，殊難產生重大影響。陸士諤適逢其會，自覺將寫作定位為針對「預備立憲」的「為憤而作」。剛剛步入文壇的銳氣，同時代最敏感主題結合一起，遂使他一下子掘開了豐厚的創作源泉。

充盈於陸士諤心臆的，首先是熾熱的愛國主義情結。在《新上海》中，陸士諤說：「現在中國正在危難的時候，光是政府裡幾個人支撐這個局面，力量裡實有點子吃不住，我們做百姓的，自應去幫忙幫忙。我有一個譬喻講給你聽：中國譬如是只船，政府譬如是船上的老大，百姓譬如是坐船的。船行在大洋裡頭，忽地遭著了風浪，狂風怒吼，巨浪拍天，那只船顛簸不已，老大支撐不住，看看要翻了，船一翻掉，老大與坐船的，就要都沒有性命。請問：這時候坐船的，還是去幫老大的忙好，還是依舊坐視的好？」他是懷著「屈靈均懷石投江，賈長沙痛哭流涕」的心情，以「媧皇誓補情天，精衛願填恨海」的態度，來寫那「情非得意，志欲有為」的小說的。基於愛國的熱忱，陸士諤相信立憲能使中國臻於民主富強。《新孽海花》的背景為「朝廷恩准臣民請願，特下諭旨籌畫立憲預備事宜」，寫的是日本法律專科畢業生朱其昌與女教師蘇慧兒的愛情糾葛。當蘇慧兒聽說朱其昌有機會為國效力，遽然提出：「我很知道你極是愛我，我這會子要求你從此以後不必愛我了。」朱其昌愕然不解，蘇慧兒道：「我此後懇求你把愛我之心移在國家上，愛我怎麼樣愛，愛國也怎麼樣愛。你把中國像我一般的看待，中國就能威震東亞，你也就能名揚四海了，我也可以快活了。」這是何等熾熱的愛國之情！夾批道：「中國有其昌，我為中國賀；中國有慧兒，我尤為中國賀。」他之成為晚清創作數量最多的小說作家，決不是偶然的。

二

《新三國》宣統元年（1909）改良小說社出版，書中所要表述的，是作者對於改革、尤其是政治體制改革方案的某種「講求」。

《新三國》屬於「翻新小說」的範疇。借了翻《三國演義》的舊案，通過「殲吳滅魏，重興漢室，吐洩歷史上萬古不平之憤氣」這樣一個對《三國演義》愛好者具有永久魅力的老話題，採用「蹈空」的虛構手法，將「歐風美雨捲地來，世界頃刻翻新」的形勢引入三國，讓周瑜、孔明等穿戴古衣冠的人物，登上改革開放的新舞臺，演出著亦古亦今、亦莊亦諧的活劇，以其對於改革的「言皆有指，語無不新」的深沉思考和「局度謹嚴」、「氣勢蓬勃」的藝術樣式，而顯得尤有特色。陸士諤翻新三國故事的高明之處，在於通過吳、魏、蜀三國對待改革的截然不同的態度及其所採用的不同改革模式的成敗利鈍的比較，表達了作者本人對於現實改革的種種不足乃至弊端的批評，並提出他心目中的「立憲模範國」的理想。

《新三國》前十六回，對比著敘寫了吳、魏兩國的改革。三國之中，孫吳獨占地勢之利，「濱臨大江，開通最早，事故亦最繁」。吳主孫權深懷憂患意識，開經濟科取士，以圖自強。蔣幹取為第一，擢參議大夫，上書力請變法。舉朝大嘩，齊斥為「用夷變夏」之狂言。贊成改革的魯肅只好搬出為諸人所推許的周瑜來，說當日公謹亦曾提及變法，只因曹兵壓境，未克舉辦；並且又報告一個驚人的消息：周瑜當日恨奇計為吳國太所誤，故詐死以自脫，現正隱居於廬山。孫權即命魯肅往請周瑜出山。周瑜乃說孫權曰：「現今世變之亟，非特東吳開國以來所未見，抑亦皇

古至今所未有也。夷風蠻雨，橫卷東來，大秦、烏孫、月氏、身毒諸國，挾其輪船火炮之利，迫我通商，吸我膏血，若聽其自然，必至同歸於盡；至起與相抗，又慮力不堪支。乃腐儒欲以祖宗舊法，支此危局，不亦懼乎？臣願主公奮發有為，創萬古未有之法，應萬古未有之變，而成萬古未有之功。」指出「銳意改革，所以固國基，維國脈，張國權」。孫權大悟，遂議定變法。於是大變官制，創設各政院分治各事。任武政院大臣之周瑜，大力振頓軍營積弊，裁汰舊有營兵，舉辦徵兵，創辦海陸軍。又開築鐵路，興辦電報，建立學堂，派使出洋考察法律，頒行《東吳新律》等等。總之，東吳獨享開放之地利，君有孫權之賢，臣有周瑜魯肅之智，君臣合德，銳意維新，改革在理論上的準備也比較充分，加上主持之人大多盡心盡力，改革之事業，頗有起色。

而曹魏的情況則完全不同。曹丕之政權，乃篡奪所得，見人心思漢，大施壓制政策，把刑律修改得十分嚴酷，「凡朋友集會滿三人以上而不預報官吏查驗者，罪皆族；甚至商人簿計、騷客吟稿，忘載年號，只登甲子者，皆以大不敬論，處以立決之刑」。弄得民不聊生，騷亂愈甚。管寧等祕密運動，組織革命黨，四方歸之如鰲。曹丕大懼，為剪滅革命黨以弭內亂，不得已，亦實行新政：「黨人之有才智而熱心功名者，則恕其既往，勵以將來，擢之使佐新政；其冥頑倔強甘冒不韙者，則廣布偵探，嚴緝之以絕禍患。」司馬懿陰懷大志，起先故意贊成刑法酷烈，以圖釀成大禍，於中取利；及聞舉行新政，則又乘機力主改革官制，謀得內閣大臣之職，大權盡在掌中。其子司馬昭，身兼軍政與農工兩府大臣，又復開設銀行，吸收外資，贏利甚巨。華歆掌財政，大倡「中央集權」之論，一意搜刮，把各郡縣地方出息，悉令解京，弄得百項新政，無資興辦，只得敷衍塞責。主篡

臣奸，君臣離心，辦事之人，各謀私利，與東吳相較，真有天淵之別：「東吳如旭日之初升，生氣勃勃；北魏如夕陽之將下，氣息奄奄。東吳如小孩子，北魏如老頭兒。東吳如俠客，北魏如老僧。總之，東吳尚是朝氣，北魏已屆暮氣。所以，同一新政，在吳則善，在魏則否；同一新業，在吳則良，在魏則劣。」

《新三國》關於兩國改革情況的描述，基本上是從現實政治中擷取來的，恰與清政府自1901年以來的改革進程一一相合，實際上是分借兩國寫出了改革的兩個側面。東吳的改革，反映了時代之變，潮流之變，清政府本身不能不變的歷史大趨勢，反映了其改革比較積極認真、並取得一定成效的一面；而北魏的改革，則揭露了清政府借改革裝潢門面，「誘使革命意識離開它的軌道」，甚至以之為消弭內亂之大計的一面。《新三國》用這種獨特的「兩分法」所反映的現實，應該說都是真實的，藝術處理也是很有創造性的。

尤可稱道的是，作者在肯定東吳改革熱情的同時，又從根本上道出了它的弱點：自辦新政，需用浩繁，帑藏空虛，而鐵路電報「開辦之時，色色物料都向外洋購辦，那工程師等人都從大秦請來的，薪水很是昂貴，成本過巨，獲利甚難」。為開利源，只得鼓鑄當十銅幣，舉辦各種雜稅以剝民，創議將鐵路公司收歸國有以損商。力行新政八九年，巴望吞魏滅蜀，早成一統，那知蜀魏不曾滅掉，自己國勢倒先已立不住了，只得出「圖擇強國，與之結盟」的下策。為結波斯之歡心，至不顧國庫如洗，廣借外債以為歡迎波斯艦隊之費用，甚至天真地認為：「現今外洋各國，富有資財，均慮無人借用，試一開口，則千萬之資，不難立集。」要之，「製作紛紛，百無一效」，究其根由，在於它所舉辦的一切新政，「皆是富強之具，而非富強之本」。

　　《新三國》從第十七回起，將重點轉到蜀漢這一立憲國模範上來。蜀漢僻處一隅，改革最遲。吳主孫亮即位，蜀漢派鄧芝來吳祝賀，方曉外界改革之形勢，回國後力請變法，並尖銳指出：「吾國之於吳、魏，非力不及而兵不逮也，然而每次出兵，終不能有所勝，何也？彼維新而吾守舊，彼知變而吾泥古也。近歲以來，兩川士民，扼腕扣胸，知與不知，莫不爭言變法，且謂吾蜀若長此終古，不復改圖，將土地有分裂之憂，人民有奴虜之患。」後主心動，命諸葛亮等同議變法事宜。孔明聞之，一針見血地說：「變法亦大佳事。然法有本末之殊。吳、魏所行者，均新法之皮毛，雖甚美觀，而無甚實效；吾國變法，須力矯此弊，一從根本上著手。」清醒地提出吸取吳、魏改革的教訓問題。杜瓊獻疑道：「法誠不可不變，而頭緒紛繁，究宜從何入手？思欲變甲，當先變乙；及思變乙，又宜變丙：由是以往，膠葛紛紜。若但枝枝節節以變之，則恐非特徒勞無功，而所變亦不能久也。」杜瓊所言，實際上已接觸到改革的系統工程問題。為此，蔣琬以為變法當從軍界入手，郤正以為當以變革財政為第一義，鄧芝以為宜專從改革舊政入手。諸人所議，實皆是吳、魏二國之已試者。孔明高瞻遠矚，指出：「古今謀國救時之道，其所輕重緩急者，綜言之不過標本兩字而已。標者在夫理財經武擇交善鄰之間，本者存乎立政養才風俗人心之際。勢急則不能不先治其標，勢緩則可以深維其本。雖然，標不能徒立也。使本源大壞，則標無所附，雖力治之，亦必無功。所以標本之治，不可偏廢。」在暢論治標治本的辯證關係之後，孔明宣佈了他的「富強之本」：「吾國變法第一要著，須使人民與聞政治，先立上下議院。上議院議員由皇上特簡三分之一，由朝臣推舉三分之一，由人民公選三分之一；下議院議員全由人民公選。一切財政軍政國

家大事，應興應革，須悉經議院認可，然後施行。如此則君民一體，庶政自易推行，而綱舉目張，百僚自無廢事。至於編艦隊、練陸軍、設銀行、開鐵路等，雖皆是富強之具，然不從根本上著手，而貿然為之，則近日有糜財之患，遠之有資敵之憂。公等不信，請看吳魏今日經營之具，不出十年，必為我囊中物矣。」

考察憲政大臣達壽光緒三十四年七月十一日（1908年8月7日）奏摺說：「數年以來，朝野上下，鑒於時局之阽危，謂救亡之方只在立憲。」（《清末籌備立憲檔案史料》第25頁）反映了當時輿論的主流。但達壽從狹隘的皇族利益出發，一力主張「欽定憲法」，主張實行「大權政治」。正因為清廷最終不甘願將君權置於憲法之下，導致了立憲的決撤。《新三國》中孔明編就的《帝國憲法》，亦載有「皇帝神聖，不可侵犯」等條文，似與達壽所議並無二致。然細析之，則有很大不同。《帝國憲法》對君權有較大的限制，規定「皇帝，國之元首，總攬統治權，依憲法之條規行之」，也就是說，應以憲法來規範政治生活，皇帝的統治權必須在憲法條規範圍內行使；而「一切財政軍政國家大事，應興應革，須經議院認可，然後施行」的規定，則大大地加強了議院的權限，實際上是把皇帝作為國家的象徵，骨子裡更多地注重於民主憲政和法治，與封建專制主義相比，無疑是一個大的進步。第二十一回，小說更具體地闡明立憲國與專制國之不同：「立憲國則以國為君民之共有物，故君為國主，民亦未始非國主也；專制國則以國為君主之專有物，故人民萬不敢以國認為己有也」，「立憲國凡在一國之內，無論為君為民、為官為吏，皆在法律範圍之內，故各有權利，各有義務；專制國則君主不受法律之範圍，有權利而無義務，官吏可以枉法害民，權利多而義務少，惟小民則僅有義務，毫無權利。」較之清政府光緒三十四

年八月初一（1908年8月27日）發布的《憲法大綱》規定「凡法律雖經議院議決，而未奉詔命批准頒布者，不能見諸施行」，「議院只有建議之權，並無行政之責，所有決議事件，應恭候欽定後，政府方得奉行」（《清末籌備立憲檔案史料》第58-59頁），要開明得多了。至於上下議院之選舉法，清政府遲至宣統三年九月十五日（1911年11月15日），亦即武昌起義之後，方匆匆發出一簡短上諭，「令資政院迅速擬訂議院法、選舉法」（《清末籌備立憲檔案史料》第664頁）。即便是作為上議院基礎的資政院，光緒三十四年六月初十日（1908年7月8日）公佈的院章規定，議員由王公世爵、宗室覺羅、各部院衙門四品以上者，業主有資產滿一百萬圓以上者及各省諮議局議員幾項人員組成（《清末籌備立憲檔案史料》第629頁）。相比之下，陸士諤設計之上下議院之構成，倒真正體現了予人民以參政權的主張。

關於立憲時機之當急當緩，亦為時論所注目。內閣中書劉坦在條陳中說：「惟徒知立憲之當急，而不察人民之智愚，則程度不足，即使頒布憲法，亦僅成一紙空文，反至凌躐淆亂，不可收拾；若憚民智之難開，委於時機未至，則因循遲誤，又不免因噎廢食之譏」（《清末籌備立憲檔案史料》第120頁），比較客觀地講到處置急緩的關係。光緒三十四年（1908）頒布九年預備立憲論後，朝野輿論紛紛要求速開國會，而清政府不予理睬。《新三國》寫蜀漢既頒布憲法，長史楊儀主張先令州郡縣鄉各辦議局，以為議院之模範，孔明道：「人民既有州郡縣鄉議局議員之資格，難道沒有上下議院之資格麼？何必分作兩番建設？」這種肯定人民參政的資格與能力，贊成直接選舉的思想，也是很大膽的。

孔明改革的另一要著是破除迷信，興辦教育，發展科學。太

史譙周在孔明大力支持下，對時憲書進行修改，將迷信各款悉數刪除。國會開會，議士郤正發議：「現今要務，當以轉移風俗為第一義」，於是通過決議，興辦學校，編纂教科書，又編撰各種新小說，以開發民智。在注重精神文明建設的同時，又積極發展生產，大開岷山礦，向大秦購辦最新開礦機器，聘大秦人臘黎龍為總工程師，開鑄國幣，以金幣為本位，商業繁盛起來。又大修蜀道，製造電汽車，蜀國因而財盈府庫，米滿倉廒。

孔明見國家富裕，傳姜維告之曰：「偏安者，恢復之退步；未有志在偏安而能自立者也。」命以新法訓練海陸兩軍，七出祁山，一舉滅魏。吳人畏懼，納土歸命，於是三分一統，新政畢行，人民樂業，學術昌明，「社會之進化，幾有一日千里之勢」。更令人神往的是，海外各國都派學生到大漢來留學，各國高等學校都有漢文漢語一科，漢人之應聘到外洋充當教習及工程師各職者達十萬人以上，「新發明的各種器械也就日增月盛，少說些每月總有百餘種，出口各貨，年增一年」，「漢人在外經商的遍於全球，漢國的語言文字，各處皆通」。作者相信改革立憲可以致中國於民主富強之境，他的信念是真誠的，他描繪的改革後漢國的美好圖景，也是很誘人的。

《新三國》沒有將立憲與革命視為絕對對立的東西，這是它政治思想上的重要特點。小說對革命持同情甚至讚賞的態度，認為革命是專制主義的酷烈刑法逼出來的，連司馬懿都承認：「彼革命黨人豈好為危難殘暴之舉哉？逼於饑寒，不得已而出此耳。」小說把革命黨首領管寧寫得十分光明磊落，一團正氣；它嘲諷的是「想騙幾兩銀子，混幾口飯吃」的假革命黨。饒有深意的是孔明滅魏之後，招安革命黨管寧，「談論政治，一見如故」，孔明欲奏朝廷為加官爵，管寧道：「某志存興漢，寤寐不

忘。不甘箕子之蒙難，寧為莨叔之違天。跋涉遼東，仗劍起義，屢創屢起，迄未成就。今公幸成我志，吾願足矣，不敢再萌他念。」力請辭去。革命黨的任務既然是為改革掃清障礙，它與立憲民主的關係是相輔相成，可以統一起來的。

《新三國》「開端」，借《三國演義》之「好處是在激發人的忠義，而其壞處即在鞏固人的迷信」發揮道：「方今全國維新，預備立憲，朝旨限九年後頒布國會年限，於九年中切實舉辦諮議局、地方自治等各項要務。看官，國會是要人民組織的，若使迷信不祛，進化有限，那時組織起國會來，豈不要弄成大笑話麼？所以在下特特撰出這部《新三國》來，第一是破除同胞的迷信，第二是懸設一立憲國模範，第三則殲吳滅魏，重興漢室，吐泄歷史上萬古不平之憤氣。」小說中的蜀漢是作者懸設之立憲國模範，是作者理想化的空中樓閣，由此表達了作者高於時人的對於民主富國模式的探索和追求，其核心是「君為國主，民亦未始非國主也」，「無論為君為民，為官為吏，都皆在法律之內，故各有權利，各有義務」，這種對於政治改革方案的清醒抉擇，是有現實的進步意義的。清政府宣佈了立憲政體，但到臨了卻不願限制皇帝的特權，終於喪失了改革的時機。直到武昌起義以後，方於宣統三年九月十三日（1911年11月3日）匆忙宣佈「君主立憲重大信條十九條」，規定「皇帝之權，以憲法所規定者為限」，但已經為時過晚。《新三國》寫曹丕被困許都，惶恐淚下，陳思王植說他曾泣諫「請早頒立憲之詔，赦免黨人之罪」，曹丕不聽，致有今日。曹丕哭道：「專制國君主的末路，竟至此乎！」陸士諤於三年前似乎就預見到清廷覆亡的結局，而這卻是他所不願意看到的。

三

《新三國》雖然依舊保持著《三國演義》三分鼎立的格局，依舊遵循著原書的事理和人物性格的邏輯，但又恰到好處地融進一點新的內容，適如其分地做一點翻案文章，從而形成舊與新的既有強烈反差而又融渾一體的藝術效果，這正是它成功的所在。

在思想傾向上，《新三國》堅持了原書擁劉反曹、對吳則褒中帶貶的基本傾向，其褒貶的標準，卻由傳統的正統觀或仁義觀演化為現代的改革觀。蜀漢之所以值得肯定，主要不是因為大漢皇叔的正統，或是仁民愛物的仁君，而是因為是實行改革的立憲模範。採用這種藝術手段宣傳改革，啟發民智，同讀者長期形成的心理積澱完全合拍，由此產生出無以抗禦的感召力量。如比較吳蜀改革的不同道：「看官，你想吳國的變法先於魏蜀，並且君臣合德，並無因循泄遝惡習，為什麼周瑜魯肅一死，竟就人亡政息，弄到這般地步？錯來錯去，只因不曾立憲，不曾開設上下議院，不曾建立國會，憑你怎麼聰明智慧，終不過君相一二人相結的小團體，如何可敵立憲國萬眾一心的大團體呢？否則以孫亮的智慧與後主的庸愚相比較，又豈可同日而語乎？只因一國立憲，一國不立憲。立憲的國，是聚眾人的智慧以為智慧，其智慧就大得了不得；非立憲的國，只靠著一二人的小智慧，休說孫亮，就是周公孔聖，恐也抵當不住。所以國而立憲，即庸愚如後主不為害；如不立憲，即智慧如孫亮也靠不住。」這種議論，是極為發人深省的。

在人物性格的刻畫上，《新三國》對原書既有繼承，又有發展。如對於孔明的「智而近妖」，世人向有微詞，《新三國》則刻意作了翻案文章。小說寫譙周擔心孔明「素喜裝神弄鬼，迷惑

人民」，會阻撓其改《時憲書》之舉，廖化隨以事實說明，孔明當日「縮地之法」，不過是乘了四輪電氣車，迅速異常，故魏人詫之以為神；而「禳星祈命」，則是孔明自知病殆，密電請華佗來軍診治，懼軍心搖亂，故假借解禳以鎮定之。小說往往從兩個側面來寫孔明，如他早就有多設鄉學普教人民，以為變法之張本，但為後主年輕，未有恩德及民，故特以變法出於後主之意，使人民感念上恩：這是寫孔明忠的一面；當後主在國會嘲笑議員議事表決為「群犬嘹嘹」，說什麼「一犬吠影，則百犬吠聲以應之，究為什麼而吠，即最初之犬亦不自知也」，孔明即正色道：「天子無戲言。陛下奈何以犬比議士也，不亦自輕其議院而蔑視人民之代表乎？設新聞記者以陛下此言登錄於報紙上，則萬國傳聞，必以陛下之立憲，非出自本心矣。陛下慎勿再為此言矣。」後主聞之，只得說「相父教訓的是，朕知過矣」：這又是寫孔明直的一面。沒有忠，不成其為孔明；沒有直，又不成其為立憲。小說還寫了孔明嚴於責己的一面。聞知張裔於議會彈劾自己，便道：「難得張裔竟能於會場萬眾間，力揭我失，不少假借，真我之良友，國之忠臣也。」而李嚴之起復，本出自後主之意，孔明亦贊成復其官爵，以觀其果能自新與否，寫出了他寬於待人的一面，且與史載「諸葛公在世，我必復用」之語相合。

《新三國》還在孔明性格中增加了新的成分，如七出祁山，派關興率領氣艇隊前往眉雍兩城偵察，眾將見氣艇上升，不勝羨慕，孔明笑道：「但願諸軍努力王事，俾天下早歸一統，某當以此氣艇隊，作閑遊之具，與諸君分乘之，以遨遊乎雲漢之表，遍察乎天下之奇，為御風之列子，騎鶴之仙人也。」表現出一種博大的胸襟。全書結束，孔明見憲法尊嚴，國會鞏固，學術昌明，

社會進化，遂上表陳情，歸隱南山，仍與崔州平、司馬徽一班老友往來。這種處理，已非舊式的「急流勇退」可比，可說是具備了自覺廢除終身制的意識，難能可貴。

除了孔明，《新三國》寫得較好的改革人物還有周瑜、魯肅、姜維、廖化、楊儀等。而凜然有生氣的，則要推革命黨人管寧、吉幼平、金子韋、耿幼紀、韋稚晃等，寄託著作者的贊許欽佩之情。反面人物中，寫得最好的要算打入革命黨作國事偵探的鄧艾，真是狡詐百端，令人切齒。

《新三國》寫改革過程中的弊端，也頗為真實，饒有深意。如司馬昭派賈充去洛陽購辦軍械軍服，賈充先至梅德栗洋行，由「康白度」季復泉接待：

> 客套一回，漸漸談到生意上來，賈充便向身邊摸出一張單子來遞與季復泉。復泉接來一看，只見上開著：「毛瑟槍二萬支，克魯伯炮三百尊，指揮刀五千柄，軍樂十二副。」另外一行寫道：「留聲機器二隻，連片十打；八音琴二隻：須頂好者。」季復泉看完，連連點頭道：「有有有，小行都有。大人可否先瞧瞧樣子，如合意時，可即電外洋趕裝來洛也。」賈充卻慢吞吞地道：「兄弟尚想到富貴洋行去問一問呢。」季復泉見他作難，心下早已明白，便不十二分兜攬，說了回閒話，又道：「大人這個軍械卻最難辦的，各家各貨色，各家各行情，請大人先去打聽，然後再向小行訂購亦可。但這留聲機器，卻推小行第一，大人可要取出來瞧瞧？」賈充點頭道：「瞧瞧也好。」季復泉忙叫人把機器拿到客座，將戲片裝好，開了機器，那機器便咿咿啊啊的響起來，果然聲音洪亮，十分好聽。

　　唱了一出，又是一出，把個賈充聽得點頭拍掌，只管叫好。……季復泉見賈充聽得出神入化，便道：「賈大人，這留聲機器如何？」賈充大贊道：「果然很好。」季復泉趁勢道：「既蒙大人見愛，兄弟即以奉贈。」

　　收下了這當時最時髦的留聲機，又被引著遊洛浦、宿美妓，就糊糊塗塗地把軍械一事委託了季復泉。如此這般的細微末節，令今人看了，也難免要會心一笑的。

（三）《新水滸》：社會經濟改革的超前描摹

一

　　宣統元年（1909）七月，陸士諤在改良小說社出版了《新水滸》。兩部同屬翻古舊小說之「新」的作品，內容上是互相呼應的，風格上則呈現不同的色彩：《新三國》寫的是國家政治生活方面的改革，《新水滸》寫的則是社會經濟生活方面的改革；《新三國》的人物情節，雖然帶有明顯的想像虛構成分，但歸根到底是晚清政治體制改革的折射和當時風行理論的復述，而《新水滸》的人物情節，在細部上儘管是從社會現實中擷取來的，但其總體構想卻並不是那個時代必然能夠提出的，更多的是作者的發現和首創，因而不能不令人慨歎歷史進程的回環往復和作者關於民主富強之路的探求的深邃和超前。

　　《新水滸》的故事緊接貫華堂本「梁山泊英雄驚惡夢」一回，寫盧俊義惡夢醒來，忙至忠義堂言於宋江道：「眾位頭領且休快樂，恐本山的大難，即在目前。我想梁山泊區區一彈丸地，

究不是什麼金城湯池；我們團體雖堅，究不過一百單八人。設朝廷特派大軍前來剿捕，終屬寡不敵眾。」因把方才惡夢說了一遍，提議大家須想個預防之策，以免惡夢應驗。為防不測，吳用遂派林沖、魯智深、戴宗到東京探聽消息。三人回山以後，報告宋江，道是在山下「見行人多有短衣窄袖，斷髮洋裝的，店家的招牌，都標著『特別』、『最新』、『改良』等字樣，聽人家的講話，都是什麼『目的』、『手續』、『雙方』、『仲裁』、『權利』、『義務』等名目，我們不勝詫異，動問旁人，方知朝廷已經維新，按照神宗時王安石新法略為變通。我們這時候如大夢初覺，方曉得此次離山上京，是第一遭脫去舊世界，闖入新世界呢。哥哥，我們眾弟兄此刻都是新世界人物了。」這就將梁山的居安思危，同新的改革形勢巧妙地融合起來。吳用因亦倡言變法道：「我們既處在新世界上，則一切行事自然不能照著舊法了，必須要改弦更張，大大的振作一番。」建議大得宋江的贊同，惟各項改革頗需開辦經費，恐眾弟兄反對。吳用道：「人情莫不好利，現下我們提創的就是金錢主義，只行權利，不識義務，眾弟兄那一個不踴躍？」花榮建議眾兄弟離開梁山泊，各逞所長為本山謀利益。吳用則提議成立梁山會，各人所得利益，提二成作為會費，二成作為公積，餘六成即為本人薪金。眾皆稱妙。於是忠義堂初行選舉，以宋江為會長，盧俊義為副會長，蕭讓為書記，花榮、柴進、董平、阮小七、石秀、燕青、朱武、朱貴為庶務員，吳用為庶務長，蔣敬為會計員。宋江乃指派眾會員下山，經營各種新事業。

　　在晚清時代，民族工商企業尚處於步履艱難的起始階段，自然談不上什麼大型集團的體制改革。梁山泊實行的本是「八方共域，異姓一家」，「不分貴賤」、「無問親疏」的政策，過的是

「大塊吃肉，大碗喝酒」的平等生活，這種帶有「現代平等要求」色彩的社會集合體，經濟是依靠「打家劫舍」來維持的，因而是難以持久的。對於這種類似「吃大鍋飯」形態的社會集合體的改革，是絕對不可能在二十世紀頭一個十年提出來的。然而，陸士諤偏偏就提到了這個問題。吳用建議的以提存為機制的近似於承包制的改革模式，無疑具有極大的超前性。

尤其令人歎服的是，承包制試驗雖是陸士諤個人的主觀臆想，他卻確確實實預見到推行此種方式所可能帶來的後果。這就是：它固然調動了人的積極性，提高了工作效率，但也造成個人收入的不平衡，導致社會分配的不公。小說最後一回寫重陽節過，梁山會年會已屆會期，一百單八個會員報告收益，由執法員裴宣評判等級，結果是最優等三名：扈三娘經營女總會，所抽頭錢及局賭所得，約共銀子四十八萬三千二百兩有奇；孟康得著船政差使，造成巡洋艦四艘、戰鬥艦四艘，每艘浮支船銀五萬兩，共得銀四十萬兩；盧俊義獨自承辦鐵路，除開支各項費用外，一年中可得淨利銀七十二萬兩，不到十年，本利全可收歸，此後永永為餘利。其餘優等十二名，陶宗旺開妓院，「銀子不過齷齪些，數目倒也不少，共有二十五萬二千多兩」；吳用得銀子二十萬三千六百五十三兩有奇，花榮十萬八千兩有奇，「都是從發派糧餉、採辦軍械上克扣下來的」；凌振辦鐵廠一年，「得購辦機器回扣銀十八萬兩有奇」；張青孫二娘小夫妻開了個夜花園，頭尾四個月，淨多銀子十六萬兩；宋江只費掉三百金運動做著了議員，籌辦捐務，淨餘捐賑款十萬五千兩，內計無名氏捐款五萬兩，購糧折扣所得五萬五千兩。此外，皇甫端、白勝開藥房以獸藥欺人，倒也騙得三萬多兩銀子，列為頭等；王英、周通「都得的不名譽錢」，王英得了三千多兩，列為中等，周通只有六百多

金，列為下等。黑旋風李逵非特分文沒有，反輸掉了許多銀子，
列為下等；柴進柴大官人揮霍太過，出入相抵外，所餘不到千
金，屈為中等。

陸士諤關於梁山會員收入的多寡的描述，透露了在新的開放
形勢下，所造成的社會分配的差別及其內在原因，具有相當的深
刻性和預見性。市場經濟會使一部分人先富起來，問題在於，他
們是勤勞致富還是投機暴發，這才是社會肌體是否健全的關鍵所
在。梁山泊一百單八人（除了留守山寨的關勝、徐寧、魯智深、
楊志），在同一時刻投向社會，然而，他們的起點是截然不同
的。這裡既有個人秉賦與素質的差異，又有社會關係的不同，而
他們的最終效益，不只取決於經營之是否得法，更與其所從事之
行業密不可分：孟康的船政差使和盧俊義的承辦鐵路等，其奧祕
無非是以權力作為原始資本，利用法律和體制的不健全，靠浮支
公款、收受回扣等不正當的手段，成了暴發的權貴；扈三娘的夜
總會、孫二娘的夜花園之類娛樂業，充其量只能算是一種簡單勞
動（撇開其骯髒的一面），卻由於商業化程度極高，迎合了市民
社會的較低層次的（甚至是庸俗的）文化娛樂的需要，竟獲得
極高的經濟效益。由此而造成的嚴重社會問題，陸士諤是憂心忡
忡的。

二

梁山泊對其成員的考評，意味著社會以經濟效益為價值取向
的轉變。這就將道德與金錢的矛盾，尖銳地提到讀者面前。人的
本質是社會關係的總和。《水滸》的精髓是「義」，它是我們民
族重視人與人之間關係的民族性格的反映。在《水滸》中，「仗
義疏財」和「見義勇為」，都是最崇高的行為。這兩個方面，構

成了我們民族積極的思想感情方式、精神品性和作風氣派。所謂「水滸氣」，決不應該成為貶義詞，它正是《水滸》之所以流傳不衰，之所以為全體中國讀者接受的奧祕之一。

而到了《新水滸》中，「綠林暴客，翻為新學傳人」，人們的生財之道，卻是以犧牲「義」為代價的。吳用將這一套概括為「文明面目，強盜心腸」，據他介紹，裝文明面目的方法有三：「第一先要罵人：碰著年老的人，就可以罵他『暮氣已深』，碰著年少的人，就可以罵他『躁進喜事』；碰著守舊的，可罵他『頑固不化』，碰著維新的，可罵他『狂躁妄為』；人家做事成功，可以說『頓使豎子成名』，倘使不成功，則可說『我早料及』：不論維新守舊、庸愚豪傑，一撞著先罵他一個暢快。罵盡了眾人，方可顯自己的本領。——這罵人是第一樣訣竅。第二乃是吹牛。自己的本領，沒人知道，總要自己賣弄出來，說得十二分聲色，要使人家相信的死心塌地方好。罵人是排去眾人，吹牛是賣弄自己。再有一樣功夫是必不可少的，叫做拍馬屁，碰著大的可以拍大馬屁，碰著小的可以拍小馬屁，可大可小，隨遇而安了。這三樣訣竅，文明面目就裝成了，此後碰著人就可滿口『熱心公益』，『犧牲一己』，『提創實業』，『開通風氣』，『竭誠報國』的亂說，有人相信，就可按照著我們做強盜的宗旨，得寸進寸，得尺進尺，敲骨吸髓，唯利是圖。」

《新水滸》寫梁山弟兄下山以後，各種新事業都被占盡，商界、學界、官界、軍界、工界，都有人在。其中最突出的有神算子蔣敬與時遷合夥，在雄州金國租界開辦忠義銀行。蔣敬只有二萬二千兩資本，一年中卻發行三四十萬的鈔票，兼辦儲蓄，忠義銀行鈔票通行全國。雄州各外國銀行群謀抵制之策，公議拒收中國鈔票。忠義銀行宣佈倒閉，蔣敬時遷二人已得五十萬銀逃之夭

夭，倒楣的卻是那些省吃儉用將錢存在銀行中的普通百姓。又有湯隆、劉唐辦理鐵路，借款風潮起，二人至東京，以死力爭，方獲著個不借不還結果。因爭路頗得眾望，舉為公司總理、協理，乃仿宋江經營梁山之法經營鐵路，果然成效顯著，因「心力交瘁」，一再辭職，各界函電交馳，謂「湯劉存，鐵路存，湯劉亡，鐵路亡，鐵路亡，江州亡，江州亡，中國亡」，二人只好留任，名聲益著。不想湯劉二人的辭職，是從宋江處學來的，不過想裝個文明面目，「騙起錢來亦較他人自易十倍」罷了。

一些文明事業，也辦得走了樣子。林沖在東京充陸軍學堂教習，為整頓學堂，「寬了不好，嚴了又不好，總要寬中帶嚴，嚴中帶寬」，吳用出主意道：「銀子這件東西，天下的人沒一個不喜歡的。我就把人家喜歡的東西去騙人家，就把人家喜歡的東西去管束人家，就把人家喜歡的東西去獎勵人家」，辦法是：「定幾條章程，凡本學堂教員，薪資都以時光計算，每一小時若干價值，貴或一兩，賤至三錢，逐日現付，不到扣除」；「凡教習所教學生一學期中進步異常快速，則年假暑假大考後，另外酌送酬勞費二十兩、三十兩以至四十兩不等，進步遲慢者不給，如是則做教員的，沒有一個不熱心從事矣」。宋江在濟州城設立天災籌賑公所，各處的人聽說及時雨做了總董，以為是弊絕風清了，就把銀子累千整百地捐將來。宋江借無名氏不落名、以賑款存放錢莊得利、以一報十以十報百等手段，大發其財，又得了好名聲。吳用以「目下報館雖多，敢言的卻一家沒有」，開辦《呼天日報》，「立異標新，不受官款，不受外款，不避權貴，不辭勞苦」，搏擊時事，銷路大暢，官場中傳觀色變。吳用深知「只消罵得厲害，不怕他不來買」，果然，蔡九知府無可奈何，以二十萬銀子買下報館，請歸官辦。吳用不但大大的賺了

一注銀子，而且所有辦事人及主筆等悉照舊章，薪水還增加十分之三。

梁山中人，只有李逵「一塊天真，不識些兒詐偽，世路崎嶇，人情叵測，他都不曉，只道天下人都似自己一般的直，一般的真，這種人到新世界上來，怎麼不吃虧？」

《新水滸》深刻地揭示了在新的條件下，道德和競爭的二律背反，尖銳地提出了這樣一個問題：隨著市場經濟的發展，以效益和金錢為標尺的商業競爭激烈展開的情勢下，是不是只有「利」才是唯一值得追求的？道德的淪喪是不是經濟發展的必要代價？陸士諤雖然沒有說出他的觀點，但他的傾向是十分明顯的。李友琴《新水滸總評》說，「《新水滸》最愛關勝、徐寧、魯智深、楊志，故決不肯使之下山；《新水滸》最愛李逵，故雖使之下山，必不肯列之優等，且不肯列之中等、下等，而必列之於劣等」，目的竟是為了不讓他所愛的英雄的善良人性受到玷辱，用心可謂良苦。市場經濟應是有規範的，這裡既有法律的規範，也有道德的規範。從道德上講，就是要正確處理「義」和「利」的矛盾。荀子說：「先義而後利者榮，先利而後義者辱。榮者常通，辱者常窮。」社會上有弱小者需要人們挺身而出，「見義勇為」去進行救助，公眾有許多有益的事業需要人們慷慨解囊，「仗義疏財」去加以支援。從《新水滸》的反面，是否可以悟到這些道理來呢？

三

《新水滸》是從《水滸》翻新而成的，它處處時時緊扣原著來鋪陳情節，刻畫人物性格，因而具有相當的藝術魅力。第二十二回「新舞臺李逵演活劇」寫李逵隨吳用到新舞臺看《全本大名

府》，吳用向李逵道：「你不記得當啞道童時候嗎？今日臺上所演之戲，就是盧員外上山故事，你我都做在其中呢。」李逵道：「做得好便罷，做不好時，一板斧結果他們的狗命！」吳用道：「此地如何可以動蠻？在新世界上，雖不做事，也須裝三分文明面目出來。」看到開場，李逵道：「這廝文縐縐，一些兒英雄氣味都沒有，卻扮作盧員外，辱沒殺了！」演到〈吳用賣卜〉，則瞧著吳用笑道：「先生瞧瞧自己，認識不認識？」吳用道：「那個人能識自己本來面目？你瞧瞧啞道童像嗎？」李逵道：「我哪有這樣的黑？」及演到李固賈氏通姦圖陷各節，李逵再也按捺不住，一躍登臺，大吼一聲，把李固一手抓住罵道：「負義賊！認得老爺嗎？今日叫你知道老爺厲害！」提起鐵錘般大小拳頭，去李固脊樑上擂鼓也似打。滿場人都議論道：「《盧十回》這齣戲開演過好幾十次，從不曾有過這樣節目，莫非今改良了嗎？」李逵正打的高興，吳用、花榮在背後劈腰抱住，李固一道煙走向戲房去了。吳用埋怨道：「你直呆子，這演戲是假的事，如何認真起來？」李逵道：「怕我不知道假的，才給他拳頭吃；真的早用板斧結果了，還等到此刻麼？」所敘故事，既合乎人物性格的邏輯，又巧妙地將調侃時人的內容融入其間，令人忍俊不禁。結尾「陸士諤歸結新水滸」，寫梁山泊眾人聚會的情形道：

> 是夜，梁山泊中燈火通明，光華豔發，全山的彩燈五光十色，耀目欲花。那座山宛似一座燈山，倒影入於湖中，映得全湖都徹亮，照得湖中水族，如春波浴日般，只向亮處翻騰上下。忠義堂上，大排筵席，男女頭領，團聚歡飲。鐵叫子樂和率著會唱歌的小嘍囉踏著批霞納，高唱凱歌，

以助清興。宋江道：「往常也曾宴會，從不曾有今日之樂。」吳用道：「兄長覺著嗎？座中少了一人。」宋江全席一觀，卻不見了個戴宗，隨問：「戴院長何往？」吳用道：「青浦去了。小生昨日得著一個消息，聽說松江府青浦縣有一個姓陸名士諤字雲翔的，把我們下山所做各事，調查得清清楚楚，在那裡編撰小說，所以教戴院長去探聽一個確實。昨日辰刻動身，此時敢待回來也。」正說著，只見眾人齊道：「戴院長回了，戴院長回了。」戴宗走進，向吳用道：「先生，你所得消息，確確實實，一點不差。陸士諤把我們的事實，已經編撰成書，書名就叫《新水滸》，不日就要出版了。請公明哥哥快調撥全夥人馬，火速趕到青浦，把這廝拿來斫掉，以絕後患。」吳用道：「文士筆鋒，安可力敵？我們只索避之，此後下山，做起事來，須守定一個祕密主義，祕之又祕，密之又密，使彼無從探聽，又安能搖唇弄舌乎？」看官，士諤果被吳用治倒了。他一用祕密主義，我竟一句都寫不下去了，只好就此收場。

　　前面讓李逵在新舞臺演劇中觀看自己的形象，此處則讓梁山眾人得知有陸士諤其人，復將自己的行為寫入了《新水滸》，古古今今，時空交錯，故可謂之「新」也。「歸結新水滸」的結尾，大得《水滸傳》、《紅樓夢》的韻味，誠如李友琴所評：「《新水滸》全書十萬餘言，一線到底，曾無半字脫節處」；而「祕密主義」之議論，更覺意味深長，堪稱結構藝術的高手。

（四）《宦海潮》、《宦海升沉錄》：革命清議的
《春秋》和《綱鑑》

一

光緒宣統之間，黃小配相繼完成了三部「近事小說」：《宦海潮》（1907）、《大馬扁》（1908）和《宦海升沉錄》（1909）。以新聞近事入書，是晚清小說具普遍性的現象，而以某一具歷史人物貫通其間，《孽海花》等也有過成功的嘗試。黃小配近事小說的最大特點，是他拈出的張蔭桓（化名張任磐）、康有為、袁世凱，不是賽金花之流的次等角色，而是近代史上的關鍵人物；他們在作品中扮演的也不只是構連情節的線索，而是真正的主角。小說以他們一生遭際為主軸，貫串以十九世紀末葉至二十世紀初葉一系列外交內政的重大事件，「作清議之《春秋》，編個人之《綱鑑》」（黃耀公：〈宦海升沉錄序〉），既取得了相當的成功，也暴露出某些帶傾向性的問題。

《宦海潮》的時間跨度約在1837至1900年之間，從張任磐的少年困頓到晚年慘死，不啻是一篇張氏的列傳。按《清史稿》卷四百四十二〈張蔭桓傳〉云：「張蔭桓，字樵野，廣東南海人。性通脫，納資為知縣，銓山東，巡撫閻敬銘、丁寶楨先後器異之，數薦至道員。」本傳於其微時細事，不著半字。黃小配憑借與張蔭桓之同為鄉梓，於其軼事傳聞有相當瞭解的有利條件，「或得耳聞，或本目睹，或向發現與新聞會社」（〈凡例〉），放開手腳大寫張任磐進入宦場前的種種「失態」，繪聲繪影地重現了一個市井無賴的發跡史。作品的長處，在於能從單個人發跡

變泰的際遇中，極其自如地寫出因「風氣初開」而造成的種種世相和心態，從而給張任磐的「無賴」性格打上時代的印記。如張任磐反駁利宗嶽「無友不如己者」的勸告時道：「孔子這一句說話，今世那裡用得著？世界許多人，有勝過自己的，有不及自己的。若不及自己的，我便拒絕他；恐怕勝過自己的，亦像自己一般見地，那時節他那裡還肯來結交自己？」由於「海禁初開」，社會財富的重新分配和人的社會關係的重新調整，往日卑賤的人物，獲得了更多的發跡變泰的機會，「廣東富貴人家」的盛名，竟然使「大半是窮措大一般」的王孫公子豔羨不已，就是極端的例子。張任磐與做糞埠生理的鄭用為摯友，與薙髮匠李成氣味相投，更被妓女李銀屏引為知己，在他發跡程途上，恰是這些「不如己者」給了他真正的幫助。從人物塑造上，黃小配立志要掃除「尋常著書褒貶過甚」之弊，主張對所寫人物應「在不褒不貶之間」。張任磐的許多行為諸如逃妓債、騙支票、造假信、賺奇書、竊名畫等，本來都是醜的，惡的，但小說在依據生活自身的邏輯、人物性格自身的邏輯去表現生活、表現人物的同時，又不時在張任磐這一地地道道的市井無賴身上，揭示出若干美和善的光彩。張任磐種種無賴，種種狡黠，唯與鄭用、銀屏二人處，純是一片真情，絕無欺詐虛偽。第十三回「念前情觀察寄書」，載張任磐致銀屏長書，真情實意，令讀者迴腸蕩氣，骯髒盡銷。要之，小說稗官，乃史外之史，《宦海潮》於張任磐微時事描寫詳盡，固可補正史之不足，而就小說創作來說，也使一個美與醜、善與惡的因數互相穿透和擁抱的人物形象，躍然紙上。

當然，小說最有價值的部分，還是「於描寫人情世故之外，隱寓國勢盛衰之感情」（〈凡例〉）。張蔭桓之一生，與國勢盛衰有關之事跡有二：一為贊同維新變法，一為參與外務活動。

在變法中，張蔭桓與康有為關係極為密切，「有為之開保國會也，演說二十事，人莫能明，皆得之蔭桓。……有為嘗單騎造蔭桓門，密談至夜分，往往止宿不去。」（胡思敬：《戊戌履霜錄》）張蔭桓不僅是康有為的推薦者，而且是「維新運動之主持人」（蕭一山：《清代通史》第2102頁）。可惜由於原始史料的毀失（主要是張蔭桓自己的焚毀），此事的內情遂湮而不彰。康有為、張蔭桓同為南海人，黃小配於二人之關係亦當聞見稍多，然而由於個人的以及黨派的偏見，黃小配註定對張蔭桓主張維新一事不可能有表現的熱情，而只能將重點放在張蔭桓的外交活動方面。

黃小配〈《宦海潮》敘〉說：「張氏有生數十年，正美雨歐風、外潮澎湃之日，所謂一時袞袞，眼光如豆，求以通外情者顧不多，覯張氏際之，稍事委蛇，遂得脫穎而出。」十分準確地將張氏的外交活動與當時的國際大勢聯繫起來，指明張氏「逆料夫風氣之所尚」、「一從事於外交肆應間，以與列雄相見」的「善揣時勢」之長。自鴉片戰爭以來，時勢確實大大地變了，中國已不再是居於世界中心的「天朝」，而逐漸淪為以現代工業文明為後盾的列強宰割瓜分的對象。黃小配辛辣地嘲諷了當權頑固派之不識時勢及驚人的無知愚昧。當甲午戰爭已敗，朝中派張任磐前往日本議和，「軍機裡頭人物總是不知死活」，在所擬國書中自稱「大清國」，而在「日本」二字之前，死活不肯加一「大」字，猶然要維護「天朝」的虛假體面。小說寫了一個尚書徐蔭軒，宣言絕不相信鐵甲船，說什麼「你試拿一塊鐵兒放在水上，看他沉不沉？那有把鐵能造船，可能浮在海上的呢？」他斷然反對與外人劃定疆界，大言「普天之下，莫非王土」，「盡要把個屬害給外人看看，外人才不敢來爭地呢」。翁和甫（翁同龢）、

潘同蔭（潘祖蔭）等京中大老，「於無事時只提倡舊學，於嗜好
括帖、骨董、字體、書畫及詩酒流連以外，無一政治思想」。正
是在「一時衰衰，眼光如豆」的情勢下，張蔭桓被朝庭「倚為奔
走使令之才，號通洋務」（蕭一山：《清代通史》第2102頁）。

在外交活動方面，黃小配並沒有拔高張蔭桓，如寫在他的思
想深處，仍有著「天國中心」的殘餘意識。如寫當他在香港登舟
赴美，對送行的朝鮮國戚閔泳翊，「不免露個驕傲顏色出來」，
同寓之人評道：朝鮮名目雖是中國藩屬，究竟將脫藩籬，「今還
驕傲他，既非柔遠之道；且傲下者必畏上，這樣望他爭回苛例，
你道難不難呢？」但還是肯定張任磬在劣勢下從事外交活動，心
懷「天能生吾以有用之身，我應許國為救時之臣」的志向的。

張任磬的第一件重要外交活動是光緒六年（1880）隨曾文澤
（曾紀澤）出使俄國，交涉廢除由崇佑（崇厚）簽訂的喪權辱國
的條約。在這場捍衛國家領土主權的折衝尊俎的鬥爭中，「渾身
是計」的張任磬，每每於曾文澤之說中「略參自己意見」，博得
曾文澤「熟悉外交、能辦大事」的稱讚。在交涉中，「曾文澤本
有些見識，那張任磬又憑著有曾文澤任事，膽氣更壯，兩人力向
俄外部詰駁」，終於將條約作廢。

張任磬任出使美、日、祕大臣，是他外交活動最重要的一
幕，也是小說的重頭戲。其時適逢美國驅逐華工，「洛士丙冷一
案，華僑被害得極重，還未了結」。據《清史稿》卷一五六〈邦
交志〉載：「十年七月二十五日洛市丙冷埠一案，慘殺廖臣頌等
二十八命，傷十五人，焚毀鋪屋財物值十四萬餘元」，廣大華工
在美國驅逐殘毒的政策之下，正處於「留不能留，歸不能歸，保
護亦無從保護」的危慘情勢。張任磬受命之初，已心存為華人爭
回權利之心。他路過日本，答日本外部井上興道：「但恐爭禁約

無甚功效耳；倘能爭得轉來，便是死了也不足惜。」此行使命之艱巨性，在張任磐甫抵美境就出人意料顯示出來。先是關吏藉口搭客有人患熱症病故，要對全體搭客用硫磺熏洗，連欽差大臣也不能通融。用通達的眼光看，此舉容有留難之意，但作為防疫措施，也尚不為太過，且「美國是立憲平等國，所有國家法律，無論貴賤上下人等，都要遵守」，也屬正理。身為欽差，熏洗一番，並不算丟失臉面，執意不從，不免虛榮心理。唯關吏索觀國書一事，張任磐拒之，卻十分正確。此事《清史稿》張蔭桓傳有載，小說所寫更為具體。關吏硬要索觀國書，蠻纏道：「你既是做欽差，只是憑你的口裡說來，究竟有什麼憑據？你又沒有『中國駐美欽差』六個字雕在頭頂上？」張任磐斥責道：「你忒大個膽子！你是什麼人，要把國書給你看？除了你國大總統，便是你國什麼內閣議院及內部大臣，怕還沒有看我國書的資格呢！」領事勸其權且忍辱，張任磐怒道：「如此還有什麼國體？若一個關吏能究查驗國書，不特我國皇帝沒了體面，便是他國總統還置諸何地？凡事須爭一國體面，否則更令他小覷自己了。」後美總督再商關吏，仍不肯讓步，張任磐憤然道：「待弟電詢貴國大總統，倘貴國總統能自降尊，不顧體面，任關吏查看國書，任磐就給他們看看便是！」終於維護了國體的尊嚴。

尤為難得的是，經此一番磨難，任磐對華工的苦難有了感同身受的體會，說：「本大臣是奉皇帝命來做使臣，尚且如此，若尋常客商往還，更不知怎地苛待了。」聽了洛士丙冷華人的控訴之後，「覺他們此舉具有愛國同種的感情，可見自己來做欽差，這責任自是不能放棄的。只是外交情勢，全靠自己國家裡頭兵力強盛，就易爭勝；叵耐自己國勢方弱，美人料自己不能奈得他何，竟把自己同胞百般虐待。此來若爭氣不得，那裡對得國人

住？」張任磐向老華僑調查情況，深知其離鄉別井之苦，為之歎息。華僑李榮道：「美人開國，沒一事不靠華人之力。從前開採礦務，採伐森林，墾辟荒蕪，統通是靠華人的。因美人自畏山嵐障氣，又利我們華人工值較廉，就請華人到來，做他的開荒牛馬。可惜中國沒什麼工藝安置國人，就令國人要流離異國。今美國商場盛了，工人多了，一切事業可不必再靠華人，就把我華人來驅的驅，虐的虐，種種苛殘，是說不盡的了。可惱我們中國做官的沒點子心肝，替我們華僑爭點氣，任令外人漁肉，豈不可歎。」李榮在欽差面前罵到中國官場，張任磐聽了，究是實情，怪他不得，反賜其酒食，慰之使去，表明張任磐思想感情已傾向人民一邊了。洛士丙冷案交涉結果，美議院定議補十四萬餘金，張任磐道：「洛案被害八百餘人，區區十四萬金，其數太少。」但「華僑亦知美人即不允賠款，亦屬無法；今幸爭得一個‘賠’字，已是萬幸，因此華僑亦不再多說」。後來又與訂中美新約，主張限制華工，《清史稿》曰：「未幾，美設苛例，欲禁遏華工，蔭桓曰：『與其繫命他族，毋寧靳而勿與通也，於是倡自禁華工議。』」作者對此是持贊同態度的，認為人之多言，「多不知外交艱難，竟紛紛把任磐參劾」。

張任磐在出使美日祕任上，還獲得了睜眼看世界的機會。在鳥約（紐約）遊博物館，「但見朱鶴翠鸚，奇彩小鳥，羅列其中，暗忖：中國若有此等堂院，實增人博物見識不少」。又見石棺上刻南北花旗戰時情狀，聽美總督講解鐵甲船之發明與製造，「張任磐聽得，覺南北美之戰至今不過數十年，戰具已日新月異。若中國現時還始創海軍，那裡能夠與人對敵」。至巴黎遊博物院，但見展覽所制船式圖專備人考究，「任磐見西人於遊觀之地，亦寓考究武備之意，更為歎服」。通過考察，張任磐敏銳地

覺察到中西文化的差距。在華盛頓聽得留聲機（錄音機）辨冤的故事，感慨道：「我們中國迷信的積習，梨園菊部中演唱劇本，大凡有冤情案件，不是說仙佛指迷，就是說鬼神托夢，虛杳荒誕，只騙得一般愚夫愚婦。今有留聲機能報出案情，我們中國人那裡見過？可見西人考求技藝，沒一件不精的了。」如果這還是從技術科學角度立論，那麼下面對「國恥」的不同態度，已觸及到深層文化心理的差異了：任磐至法國觀畫，「是當日德兵破巴黎時，法皇已被擒及法軍逃潰的事跡」，道：「這是法人羞恥的事，偏繪給人看，盡有原因的。」陪行的許景清道：「這不過是欲激勵眾心，欲為三年拜賜之意。」任磐道：「弟早已聽過人說了，只這等事若在我們國中，不特不繪這些畫，若繪將來，怕還要罵他羞辱國體呢！」他們由此悟出「這就是國勢強弱的由來」。任磐初到法國，聞法德兩國為一人被拿，幾動干戈，歎道：「外人為爭國體起見，且如此緊要，實在欽羨！」並自然聯繫到國勢的強弱，「想在美華工被逐的事，交涉這般棘手，倘是己國強盛，怎能任美人藐視？」這種思考，都是很可貴的。

張任磐睜開眼看世界，發現了西方文明中許多有價值的東西，但又不是一味的全盤西化主義者，對西方文化中的糟粕，能自覺持懷疑和批判的態度。如遇西人談相，暗忖：「相命之理，惟中國最是迷信，如何西人也好此道？」通過觀察，發現西人談相，「只觀看部位，論其性情，並不論休咎」，看來連相法也反映了中西文化的差異。此人道：「凡人耳上髮際有一團像狐穴一般的，此人最為詭譎；若此部位不顯，那人便不作偽。至於頂心的骨是主其人的忠實，倘這部位聳起，此人即可與交，斷沒有誤的。」任磐聽得，頗覺可笑：「因與人相交，斷沒有驗其耳上及摩他頂心骨的道理」。又如在西班牙觀鬥牛，評論道：「這直是

以殺為戲，以傷物類為樂。……以此等惡習作為大典，所謂文明的國，不過如是！」此論容或偏頗，但不盲目與洋人俯仰，卻是十分顯然的。

黃小配對張任磐外交觀的肯定，也表現在有關中東之戰役與白蓮教之排外的態度上。關於中日甲午之戰，《宦海潮》涉及張任磐的有兩點：一是他和李鴻章「深知外國情形，都不主戰」，「怎奈政府裡頭自尊自大，竟開起仗來」；一是他被派赴日講和，在劣勢中力爭體面，申斥陸奧宗光道：「任是如何不合，不應擲本大臣帶來的國書。貴大臣如此，不特藐視本大臣，且藐視敝國皇帝。縱貴國天下莫強，亦何至如此相待？」電致日皇，責陸奧之不是。張任磐因戊戌政變發往新疆，聞白蓮教之排外事起，殘殺外人，預見要釀出大禍，說：「聞邪黨用數千人攻擊一間使館且不能得手，這樣如何抵得外人？是各國將來一定攻破京城的了！到那時，若然不幸，必被各國把我國瓜分；若得僥倖，亦必折無數錢財，方能說和了事。」新疆巡撫饒應熙大為歎服，奏保起復他為議和大臣，不料反使頑固黨敦親王（端王）、江湘（剛毅）省起張任磐還在，謂「好招引外人通商，及好與外人交遊的，正是此輩」，矯詔以「私通俄人，圖謀不軌」罪名殺之。黃小配雖不以張任磐為「人傑」，甚至責備他不能「內審諸己，外征諸時，辨種族，識時務」以「奮作國民」，還是對這位「於外交肆應間以與列雄相見」的外交人才流露出贊許之情，並對「專制斧鉞，生殺隨意」表示了憤懣與譴責。

二

《宦海升沉錄》小說一名《袁世凱》，故亦可視為袁氏的列傳。從總體上講，《宦海升沉錄》堪稱《宦海潮》的姐妹篇。它

企圖通過袁世凱一身之升沉，以反觀風潮之變幻，「於描寫人情世故之外，隱寓國勢盛衰之感情」。但與《宦海潮》為張蔭桓立傳相比，卻有兩點明顯的區別：第一，此書寫於1909年，敘事之下限為袁世凱之去職。黃小配本人1912年死於陳炯明之手，未及看到袁氏的「大團圓」，在瞬息萬變歷史大動蕩的關頭，他的觀察和思考，必然會有偏頗和混亂的一面。第二，作者對於袁世凱的家世，不具備和張蔭桓、康有為同鄉的有利條件，因而缺乏更多的瞭解，如將叔父袁甲三誤為其父，又將袁世凱之初入仕途，說成是往天津拜謁李鴻章，得其賞識入幕，旋派為駐韓商務委員，而不及袁世凱早在光緒七年（1881）即投奔吳長慶並東渡朝鮮平定兵變等情事。所以，《宦海升沉錄》不能如《宦海潮》那樣大段補敘張蔭桓發跡前的遺聞軼事，袁世凱在小說中，一開始就是以政界人物的身分登場的。

《宦海潮》凡例云：「書中有三大事，應詳而從略者，如中東之戰役、白蓮教之排外及狗黨之播弄改革，皆不過略記其大概以為引子。因此三大事已各有專書，且是書主腦不在於此，故從略焉。」有趣的是，《宦海潮》從略的三大事，《宦海升沉錄》都有較詳的描寫，因為它們都與此書的「主腦」有密切關係。在小說中，袁世凱被寫成比張蔭桓更敢於正眼看世界的人物，他反對守舊派大臣盲目自大的排外傾向，當面駁斥「不知外情天花龍鳳」的大臣要「大起王師，伸張撻伐」、「要把厲害給外人看」的大話道：「現在世界情勢，要把厲害給外人看，總是不容易的。」他堅決反對迷信法術，說：「自古斷無崇尚邪術能治國家的。今團黨自稱能弄法術，使刀槍不能傷，槍炮不能損，只能瞞得三歲孩童，焉能欺得智者？且看他們借扶清滅洋之名，專一殘害外人，實在有違公法，破壞國際，又復大傷人道，將來各國

必要興師問罪。試問已國能對敵各國否呢？若不及早見機，必貽後來大禍。」但袁世凱又不是毫無作為的人，他身為駐韓代表，「自從日清兩國開了仗，已把日本軍情，凡自己探得的，統通電知李相」，所以李鴻章在反省甲午戰爭責任時道：「自年前軍興以來，沒一個不誤事的，惟那姓袁的報告軍情，沒一點差錯。」在庚子國變中，作為山東巡撫的袁世凱，將省內團黨殺個不留。及端王矯詔與各國宣戰，袁世凱默念此事關係安危，遂分電各省督撫，「力言各國不易抵禦，外人不宜殘殺」，促成東南督撫同盟，與各領事訂約，聲明東南各省照公法保護洋人，各國亦不得攻擊東南各省，以致日後太后想起：「若當時政府裡頭聽袁世凱之言，斷不致有今日之禍。」

但《宦海升沉錄》敘寫的重點不是外務，而是內治，這體現了它與《宦海潮》的恰當分工，也說明了作者思想認識的深化。既然已經清醒地認識到世界的大勢，認識到單憑肆應於列強之間的外交活動，已難於挽回已頹之國勢，那麼，希望就在於謀求自身的改革。

按說，「三大事」中的戊戌變法，理應受到充分重視。但由於個人的與黨派的偏見，黃小配對康有為採取了全盤否定的態度。同《大馬扁》一樣，《宦海升沉錄》同樣將康有為變法的動機說成是「欲升官而未得志」，以圖升遷的手段，又貶低康有為之上書「統不過是說築鐵路、開礦產、設郵政、廢科舉、興學堂、裁冗員這些話頭，本是平常之極」，顯然不是歷史主義的態度。

在《宦海升沉錄》中，對「狗黨」之播弄改革的否定，恰成了袁士凱之力行新政的反襯。不過，小說在以正筆寫袁世凱的改革事業時，並沒有將事情的原委交代清楚。它既沒有提到光緒二

十六年十二月丁未（1901年1月29日）決行新政的諭旨，更沒有意識到這時候的新政，實際上就是戊戌變法的翻版，只是在敘及清俄聯盟時提到，俄人「又說這會欲助中國自強，又說要扶中國什麼維新，種種甘言，弄得北京政府裡頭，神魂顛倒」，所談的就是這件事。又寫慶王召見袁世凱，道：「明天在政務處會議新政，因目前足下在任上奏陳組織立憲應辦事件，力主先建內閣，明天會議，就為此事」，則新政已將立憲提到日程上來了。小說贊揚袁世凱之辦理新政，「不特安逸之所不敢圖，即毀譽亦不敢計」，如在政務會議上，倡言「方今朝廷有鑒於世界大勢，苟非立憲，不足以息內亂而圖自強」，主張「欲行立憲，先建內閣為本，然後分建上下議院，君主端拱於上，即不勞而治」。袁世凱的立憲主張，在小說中是以凜然正氣的面目出現的，同揶揄康有為的《大馬扁》形成鮮明對照，儘管二者主張的立憲完全是一碼子事，康有為還應該算始作俑者。袁世凱的意見受到滿清特權集團的強烈反對，醇王詰問道：「我國開基二百餘年，許多宗室人員，承繼先勳，得個蔭襲，未必便無人才，斷不把政體放在你手裡，你休要妄想！」袁世凱道：「政黨既立，自然因才而選，斷不能因親而用。若云立憲，又欲使宗室人員盤踞權要，不特於朝旨滿漢平等之說不符，且既云立憲，亦無此理。」醇王怒道：「什麼政黨？你也要做黨人？我偏不願聞那個『黨』字。你說沒有此理，我偏說有的，看我這話驗不驗。你不過要奪我的宗室政權罷了，我偏不著你的道兒！」至欲拔槍攀擊。政治體制改革就這樣同個人的特權發生了衝突，並與民族矛盾糾纏到了一起。小說最後通過袁世凱的被斥，大歎「狡兔死，走狗烹，飛鳥盡，良弓藏」，從而歸結到「方今種族昌明，民情可見矣。藉非國民主動，亦不足以實行立憲，苟欲得將來之建設，捨現在之破壞，無

他道焉」的緒論上來。

　　《宦海潮》、《宦海升沉錄》就這樣從外交、內治兩個方面，寫了兩個對世界大勢有較清醒認識的人物被頑固腐敗的滿清特權集團所屈殺、所驅逐的命運，證明現實政治之不可為，唯有排滿革命，才是真正的出路。作為一個革命派小說家，黃小配以這種眼光來「作清議之《春秋》，編個人之《綱鑑》」，無疑是完成了自己的使命的。

　　但是，透過表像考察一下背後的嚴峻事實，就會發現作者一再宣稱的「不褒貶過甚」的宗旨，在《宦海升沉錄》中並不曾得到起碼的貫徹。同張蔭桓的列傳相比，用於袁世凱的筆法不少是抑揚失當，甚至是是非倒置的。如甲午戰爭前，袁世凱作為駐韓代表，事先對日本的陰謀毫無覺察，光緒二十年五月一日（1984年6月4日），日本署使杉村往晤袁士凱，袁竟報告說「杉與凱舊好，察其語意，重在商民，似無他意」（《甲午戰爭電報錄》，《東行三錄》第95頁），而五天後日軍即開赴朝鮮。袁世凱之麻痹輕敵，貽誤了戰機。及形勢惡化，袁士凱大懼，於六月初三日電李鴻章，言日決無和意，「凱在此無辦法，徒困辱，擬赴津面稟詳情，佐籌和戰」（《甲午戰爭電報錄》，《東行三錄》第122頁），最後以重病為由，在大戰爆發前倉皇逃跑回國。但小說卻道袁世凱在開戰後，把日本軍情統通電知李相，只是被張佩綸私自塗改電文，方誤大事，純屬無中生有。又如戊戌變政，譚嗣同隻身往說袁世凱勤王，將皇帝密詔付袁，「以文忠（榮祿）大逆不道，令赴津傳旨，即行正法，所有直督一缺，即以袁補接，並帶兵入京，圍頤和園」（陳夔龍：《夢蕉亭雜記》）。袁世凱出首，維新運動失敗。而小說卻說是康無謂（有為）頻頻催促袁世凱發兵圍頤和園，拿密詔給袁看，只露出上半截「善保

朕躬」四字（《大馬扁》第十三回則謂：「袁世凱聽了，大為疑惑，隨道：『密旨現在何處？某願一看。』康有為道：『是發給弟與林旭的，斷不能給人看。如足下不信，可到軍機處查問。』袁世凱略點頭，含糊道：『待弟預備，到時再行通報。』」），袁世凱識破康之禍心，方才發告榮祿，更是為袁洗刷罪名。

如果說以上諸事尚與小說之「主腦」不相抵牾，那麼，以下幾件以濃墨重彩敘寫的大事，就不能不與小說的基本傾向大有關礙了：

第一，關於拒俄義勇軍隊向袁世凱請願事。馮自由《興中會時期之革命同志》鈕永建名下云：「癸卯夏東渡，與葉瀾、秦毓鎏發起拒俄義勇隊，被舉赴天津謁袁世凱請願出兵拒俄，為袁拒絕。」（《辛亥革命》第一冊，第185頁）小說卻說袁世凱對學生代表「讀書外洋還不忘中國」，甚為欽敬，「不特不加罪他，還與他一力周旋，以殊禮相待」，再三聲明「國家斷無聯俄之事」，懇切接受學生代表「力圖自強，勿以與強國聯盟為可靠」的意見。小說竭力表現袁世凱對後生青年的關心，勉勵他們「奮力前途，學業有成，好歸救國」，還虛心向代表詢問東洋軍政，領他們往看北洋新軍，致二位代表誠惶誠恐，感激不置。

第二，關於對待革命黨的態度。袁世凱在直隸總督任上，「為防止青年學生昌言革命，『惑亂人心』，他頒布了集會章程，規定學生集會超過十五人者，必須於三日前稟明地方官。定出賞格，嚴飭察拿革命黨人，獲得黨首一人者，賞給千金，並奏請獎勵；獲得脅從一名者，賞給五百金。派人在總督門首隱匿之處祕密拍攝生人照片，以便稽查黨人。向慈禧密陳遏止『亂萌』大計，請求嚴懲國事犯，派人遊說華僑，使之內向，限制學生出洋，申明國家主義，不受革命黨人影響。並將所獲黨人消息隨

時密電外省市，通知緝拿。」（侯宜傑：《袁世凱評傳》，第98頁）小說卻寫袁世凱將擒獲的前來暗殺的虛無黨人賈炳仁，獨自訊問，賈炳仁直言不諱。袁世凱聽了，笑道：「你不知東京拒俄義勇隊曾舉代表來見我麼？我那有主張聯俄這等下策！我初只道你是有點見地的人，不想道路傳言，就信為真，致自輕身命，冒險來幹這件事。」他感佩賈炳仁的志氣膽量，道：「古人說得好，道是三軍可奪帥，匹夫不可奪志；又道是士各有志，不能相強。足下此言，實如披肝瀝膽，令人敬佩。」不僅不發具嚴訊，株連同黨，反要將其悄悄省釋回去，道：「此後望足下奮力於國家，仍須光明正大，若區區求刺刃於個人，事本無補，且足下縱輕一死，試問足下有若干個頭顱，有若干個性命，能死得若干次？若小用其才，自輕其命，此匹夫匹婦之氣，若有志國家者可不必為，足下以為然否？」感動得賈炳仁道：「大人既國士相許，那敢不勉？總而言之，大人行大人之志，某亦將有以慰大人成全之苦心也。」小說還寫段芝貴以形跡可疑拘拿黨人張惠等二十人，袁世凱責備道：「人言不足成讞，若只從形跡上求他罪名，必至弄成冤獄，事關人命，你們總要謹慎些。若一心一意要當他是革黨，然後用刑求他，實在大誤，你們慎勿存一點僥倖功勞的心。況且確是黨人，也不必株連太過。」在黃小配筆下，袁世凱竟成了一個開明通達、寬容大度的人物。

　　總之，《宦海升沉錄》之寫袁世凱，不是如《宦海潮》提供細節和遺聞軼事來補正史之不足，而是在眾多歷史事實中更為大膽甚至主觀地取捨抑揚乃至虛構，來達到「言志」的目的。如果擺脫所謂「藝術真實」論的束縛，可以感到可悲的危機的存在。小說在塑造一個同歷史真實完全相悖的深明大義的袁世凱形象的同時，十分傳神地反映出革命黨人對袁世凱的幻想。張惠、褚重

光見袁世凱「有偌大兵權，他的部下又最服他的，一旦號令起來，沒有不服從的」，就想向袁世凱運動，「欲行宋太祖黃袍加身的故事」；歐洲的留學生索性致書袁世凱，以「位高招尤」相聳動，謂：「為足下計，與其跼蹐待罪，不如奮起求全，復故國之河山，造同胞之幸福，足下行之，直反手事耳。憶昔法倡革命，實啟民權；美苦煩苛，乃倡獨立，造世英雄，華拏未遠。某固不以庸庸厚福待足下，而以造世英雄待足下也。」儘管作者批評這種舉動之無謂，說：「不知袁世凱固是無此思想，且他向做專制官吏，便是獨立得來，終不脫專制統治，於國民斷無幸福」，但在主觀感情上和藝術形象的內在魅力上，小說還是萬分傾心於袁氏，並為這一「造世英雄」最終被斥而深深惋惜的。革命派以排滿而否定立憲，倡破壞而輕視建設，狹隘的民族情緒模糊了視線，看不清歷史的走向，對漢族軍閥袁世凱抱有極幼稚的幻想。蓋棺方能論定。黃小配是看不到袁世凱日後之倒行逆施了，但通過小說精確刻畫的革命黨人的微妙心態，已經預示了歷史的某些必然性，這也許是《宦海升沉錄》的歷史價值罷。

五、新小說的餘波（1910-1911）

從《新中國》到《血淚黃花》：改革終結的歷史見證

—

　　晚清改革的結局，是大家都清楚的。清廷宣佈了立憲政體，但隨著光緒皇帝和慈禧太后的相繼去世，執掌大權的輔政大臣不願皇帝的權限處於憲法範圍之內，使立憲派也「對和平過渡到民主制的希望喪失了信心，少數人甚至想到了革命」。立憲是實現民主政體的最佳方案，既然君主不願立憲，改以革命手段實行之，就勢在必行了。梁啟超《新中國未來記》曾留下一條退路：「講到實行，自然有許多方法曲折，……但非到萬不得已，總不輕易向那破壞一條路走罷了」。在現實的激變中，「從1911年起在諮議局、省一級和全國政權中非常突出的新紳士，……比我們通常想像的要更加激進」（《劍橋中國晚清史》下冊，第573頁）。1911年10月10日辛亥革命的勝利，不光是革命派舉義的成果，更是改革派在全國範圍響應的成果，他們是保證革命勝利的基本力量。

　　1910年到1911年間創作的小說，數量儘管相當地多，但大都失卻了作為改革小說的銳氣，其基調總的說來是比較灰暗的，故只能稱之為新小說的餘波。進入民國以後，人們面對的是被

迫中斷了的改革，作為觀念形態的小說理所當然步入了全然不同
的階段。

二

宣統二年（1910），陸士諤出版了「理想小說」《新中
國》。它繼承《新中國未來記》以正筆寫「新中國」美妙誘人的
「未來」的展望體路數，用夢的形式展望美好的未來，而又時時
環顧黑暗的現實，呈現出更為沉鬱的意味。

小說主人公是陸士諤本人。宣統二年正月初一，陸士諤一覺
醒來，只聽「發財」「恭喜」之聲盈耳，外邊不是牌局，就是骰
局，心頭悶悶，獨自喝了會酒，醺然睡去。忽有女友李友琴前來
喚醒，一同出去遊玩，發現世界已換了個樣子，原來已經是宣統
四十三年正月十五，恰是立憲四十年後的新中國了。

小說通過李友琴陪同陸士諤在上海的遊歷，具體描繪了「新
中國」的嶄新面貌。頭一個深刻印象是：馬路中站崗的英捕、印
捕皆已不見，外國人亦十分謙和，「並不似從前掉頭不顧，一味
的橫沖直撞」，昔日不許中國人越雷池一步的跑馬廳，已變成人
人可進的新上海舞臺。第二個印象是路政市政建設之善：下雨有
「雨街」可走，飛馳不絕的電車都改在地道中行駛，大鐵橋橫跨
黃浦江上，浦東已興旺得與上海差不多了。再深一層調查，見裁
判所已極完備，裁判官、律師皆為中國人，所判均極公平，惹得
陸士諤發議道：「可恨李伯元這短命鬼早死掉了，沒有瞧見現在
的官員！不然也堵他的嘴，省得他說白道黑——他那《官場現形
記》把我國官員罵得太刻毒了。」李友琴反詰道：「我笑你但能
責人，不知責己耳。你的《風流道臺》、《官場新笑柄》，比了
《官場現形記》如何？」陸士諤無言以對。二人至南洋公學，監

督介紹共設二十六個專科，二萬六千多學生，歐美日本都派有留
學生。學生畢業以後，每年有二千名應聘出洋當教員，漢文漢語
都成了世界的公文公語。又參觀興華針釘廠，見總帳房都是女
子，廠中機器更有鬼斧神工之妙，產品勝歐貨遠甚。中國之海軍
紀律嚴明，軍力已居全球第一。恰逢立憲四十年大祝典，全世界
二十多國會議設立弭兵會並萬國裁判衙門，弭兵會會長就舉了中
國皇帝，萬國裁判衙門正裁判官公舉了中國前任外務部尚書、國
際學會法學博士夏永昌先生。陸士諤贊歎道：「這真是盛極了，
文明到這般地步，再要進化恐怕也不能夠了！」陸士諤心目中的
「新中國」，新就新在中國澈底擺脫了屈辱與苦難，享受到真正
的獨立、富強、民主、自由。如果說，這種種憧憬是當時所有中
國人都普遍渴望的話，那麼，在具體的市政規劃方面，陸士諤堪
稱歷史上第一個勾畫架設黃浦江大橋、開發浦東、修建上海地鐵
藍圖的愛國者。

　　推究新中國繁榮富強的根本原因，就是立憲。第二回借新上
海舞臺觀新劇十本，「回顧」了作者意想中歷史發展的進程：

> 第一本《甲午戰爭》，自東學黨起義反朝鮮清兵開場，做
> 到李文忠馬關議和為止，其中情節，如中日兩國派兵，高
> 升商輪被擊，兩國宣戰，丁提臺降日，平壤大敗，李文忠
> 遇刺等，異常熱鬧；第二本《戊戌政變》，自康有為上書
> 開場，做到六臣殉節為止；第三本《庚子拳禍》，自端、
> 莊兩王招集拳匪開場，做到兩宮西狩為止；第四本《預備
> 立憲》，自各省第一次公舉代表入京開場，做到下詔預備
> 開辦諮議局為止；《請開國會》是第五本了；以下第六本
> 是《籌還國債》；第七本是《振興實業》；第八本是《創

立海軍》；第九本是《召集國會》；第十本是《改訂條約》。

十本戲中，第一至第四本是已逝的過去，第五本是正在進行的現在，而第六至第十本是期望中的未來。小說正面敘寫第五本《請開國會》的演出道：預備立憲公會會長國必強，與請開國會的各省代表約於明日連騎北上，上海各團體特假張園設筵公餞，國必強言道：「代表入都，關係吾國存亡。」可見，小說是將立憲視作關係拯民救國、轉弱為強的大事的。應該指出，陸士諤肯定立憲有兩個要點：第一，立憲的實質，就是「全國的人，上自君主，下至小民，無男無女，無老無少，無貴無賤，沒一個不在憲法範圍之內」；第二，立憲不是君主的恩賜，而要靠全國人民通過鬥爭去爭取。更為重要的是，立憲是實行民主、自由、平等的手段，完全服從強國富民這一總目標。宣統八年，國會召開以後，第一樁議案就是收回租界、裁革領事裁判權。下議院議長黃漢傑謂：「租界不收回，就是吾國疆域不完全；領事裁判權不裁革，就是吾國法律不完全。疆土法律都不完全，何足稱為立憲國？」同時，在政體變革的基礎上，以政權之力興辦教育，發展科學，促進經濟起飛，實業繁榮，實現高度文明化和現代化。李友琴道：「中國人勤儉耐勞，平和廉讓，本非他邦人所及得上，智慧聰明，又遠勝於他國人，當時所以委靡不振者，都緣政體不良之故。」將「政體不良」作為委靡不振的根本原因，以立憲為實現騰飛的手段，這種認識是自覺的、清醒的。撇開革命與立憲的手段上的區別，就其所追求的目標而言，最重要之點有二：一是社會主義，一是世界大同。

先說陸士諤的社會主義。李友琴解釋人力車絕跡的原因道：

「現在新發明的事業不知要有多少，常因人手少了做不開，出著很優的薪水招人還恐招不攏，不像從前人浮於事，失業的人成千累萬，所以這種苦力事情人家都搶著去做，只要圖著口飯吃就是了。」這就引起陸士諤關於「歐洲初行機器，工人因此失業，擁到工廠把機器拆掉，為什麼我國暢行機器，人手反倒缺起來了」的疑問，李友琴答道：「這是創業的人心理不同，所以收效也各兩樣了：歐洲人創業純是利己主義，只要一個子（上海方言一個人的意思）享著利益，別人餓熬、凍熬，都不干他事，所以要激起均貧富黨來；我國人創業純是利群主義，福則同福，禍則同禍，差不多已行著社會主義了，怎麼還會有均貧富風潮？」李友琴進一步指出：「私利並不是真利。一人專利，萬人失業，那失去的人必不肯就此罷手，必要與專利的人算帳。那專利的人必定不肯被許多失業的人常來纏擾，勢必至於籌守禦之策用防禦之人，那時候開消必大；開消大了，取利也不能厚，一樣的不能享受厚利，徒多一層取人怨恨，又何苦呢！」陸士諤用自己的語言描述了他所理解的社會主義，強調中國利群主義的價值，主導面是積極的。他沒有簡單地提倡廢除財產，廢除貨幣，而是主張銀行儲蓄；也沒有簡單地提倡廢除婚姻，而是主張婦女廣泛就業，以為女子心性靈敏，治繁理劇之才勝於男子，所不及者不過體魄之健強、舉動之活潑，所以男女應有合理的分工。

再說陸士諤的大同觀。他十分強調中國人民愛好和平的本質，如海軍提督周戎一說：「講起兵來，我國的海陸兩軍殺出去，那一國擋的住？就是混一全球也容易很。但是，我國人最喜和平的，只要保住自己的疆土，不再有什麼奢望了。」陸士諤主張弭兵，各國都把兵備廢掉，將海陸軍軍餉、軍械製造費這兩款

省下來，以減輕國民的負擔，用於造福人民。他還設想，「異日世界各國，或者嫌那國界種界不便，由各大小邦自願合並成功一個世界國」，預言「這乃是全世界人的公意，你看各宗教所講的天國咧，極樂世界咧，那一個不是大同主意？可知，人家總嫌紛擾的煩瑣了。」這一見解實源於康有為「今欲至大同，先自弭兵會倡之，次以聯盟國緯之，繼以公議會導之，次第以赴，蓋有必至大同之一日焉」之說。康有為以為，「民權自下而上為大同之先驅」，他回顧歐美歷史，將「立憲遍行，共和大盛」相並提，以為「故民權之起，憲法之興，合群均產之說，皆為大同之先聲也。若立憲，君主既以無權，亦與民主等耳，他日君銜亦必徐徐盡廢而歸於大同耳」（《大同書》）。《新中國》對於美好未來的憧憬，固然帶有濃厚的烏托邦成分，其內核卻是完全合理的。梁啟超和陸士諤展望的未來，都放到了五十年與四十年以後，與康有為「以公理言之，人心觀之，大勢所趨，將來所至，心有訖於大同而後已者，但需以年歲，行以曲折」的預言相合。1897年，梁啟超反駁民主「西方有胚胎而東方無起點」論，自信地說：「蓋地球之運，將入太平，固非泰西之所得尊，亦非震旦之所得避。吾知不及百年，將舉五洲而悉惟民之從，而吾中國亦必能獨立而不變，此亦事理之無如何者也。」（梁啟超：〈論君政民政相嬗之理〉）陸士諤也對四十年以後的中國充滿了嚮往之情。小說在一場春夢醒來之後寫道：

> ……我遂把夢裡頭事細細告知了女士。女士笑道：「這是你癡心夢想久了，所以才做這奇夢。」我道：「休說是夢，到那時真有這景象也未可知。」女士道：「我與你都在青年，瞧下去自會知道的。」我道：「我把這夢記載一

下，以為異日之憑證。」女士就瞧我一句句的寫，寫至上燈時候，方才完畢。

這種描寫，十分真切地傳達出了先進的中國人的極好心態。他們在正視危亡現狀的同時，十分執著地相信，「天下事是人力做得來的」，而「用人力可以弄壞的東西，一定還用人力可以弄好轉來。」（梁啟超：《新中國未來記》）陸士諤一句句地記下自己癡心夢想的奇夢，希望日後能夠得到印證，這種基於救國拯民的高度熱情，是異常感人的。

三

但是，歷史並沒有按陸士諤們的意願發展。期望立憲的陸士諤春夢醒來時，「依舊是宣統二年正月初一，國會依舊沒有開」，周圍仍然是黑暗與腐敗。同樣的心緒，也反映在同一時期大量小說之中。1910年以後問世的小說，能與《新中國》相提並論的有亮色的作品，幾乎已經絕跡。宣統三年（1911）《小說月報》連載亞東一郎《小學生旅行》，寫官立小學堂學生文化歐，因讀了冒險小說《十五小豪傑》，也想學書上的童子，出外旅行，不想「客吳閶種種腐敗，登火車屢屢虛驚」，一路上所見所聞，盡是黑暗現狀，令人喪氣。作者大約已無心繼續下去，便讓主人公突然得家中電報，匆匆返里了事。宣統三年《小說月報》連載不才的《醒遊地獄記》，也是遊記式的作品。寫上海書社編輯黃無人做了一夢，夢見世界遭受一場浩劫，劫後的巴黎黃沙滿目，日本更是一片衰草荒煙，唯有中國龍旗招展，軍樂奏凱，成了東亞雄國。不料黃粱夢醒，黑暗的現實，竟如地獄一般，便立意遍遊中國內地，結果看到的是一幕幕貪官橫行、哀鴻遍野景

象。榮山逸史加評說:「捕快家裡的私刑,是謂活地獄;揚州華錦堂妓女的歷史,是謂家庭地獄;賑濟粥廠裡的師爺作弊,是謂吃人地獄;蘭山太太,是謂夜叉地獄;無人失路所宿的客店,是謂黑夜地獄;孟宣公館裡僕婦的歷史,是謂夫妻地獄;德州客店裡的孤兒,是謂貧兒地獄。」夢想中國富強,而目睹的卻是如此黑暗的現狀,作者內心的不平衡,展露得入木三分。

眾多的小說,還傳達出對於改革的徒具形式以至歪曲變質的憤懣之情。地方自治被認為是立憲的基礎,宣統二年(1910)《小說月報》連載劣狗的《自治地方》,通過「小可」(作者自稱)與「友」二人的對話,淋漓盡致地刻畫了新舊劣紳借地方自治以營私的醜惡嘴臉。末科舉人魏自治到東洋混了半年,自稱法政科畢業,滿口「經濟」「法律」,「立憲」「自治」,被縣官派充自治公所總辦。魏自治便將地方舊有積穀、賓興兩大款項及員警費、小學經費都全數提出,再抽房捐、加鹽價、加錢糧等等以自肥,又在選舉中運動選票,當上了議長。地方自治公所舉定以後,死的死,走的走,得錢的得錢,最後並沒有議什麼,也沒有辦什麼,完全變成一場無聊的鬧劇。

寫官場依舊腐敗,是此一時期小說的熱點。天夢的《烏龜生涯》十六回,寫黃吉人、樓京唐一班人,品質下劣,「由烏龜一變而為官,再由官而變為烏龜,龜而官,官而龜」,故又名曰《烏龜變相》,罵得可謂刻薄之極。此書卷終云:「唐堯臣見樓四和蕭和關結了婚,未免有些醋興勃勃,酸氣沖天,想把他們的事情請人撰一部小說,發泄發泄這口兒憤氣。暗想,現在的新小說家要推青浦的陸士諤為此中名手,遂連忙忙的趕到青浦陸先生那裡,誰知陸先生正大筆淋漓的編撰《新上海》,回說沒暇,堯臣沒奈何,只得再去請教別位……」,則此書之寫作,與陸士諤

尚有若干關係。睡獅的《馬屁世界》十回，更是別具一格的罵盡官場之作。它講述的是絕頂荒唐的故事：京城裡有幾位大紅人，只因善拍馬屁，紅頂花翎，富貴已極。後來辭官不做，將家眷搬到上海，打算做點事業，尋點利益，商量來商量去，一致決定開設一所「馬屁學堂」，收集天下識時務的俊傑，專門傳授升官發財的妙訣。學堂的辦學方法極為文明：一不要學費，二不論人品，三不問程度，四不要保人，只於進堂時寫下一紙志願書，說明畢業出堂得志以後，再行補報，目下分文不取，吃的、穿的、用的、耍的，一切等等都是公的。陝西書生單卜信，生性強硬，脾氣多疑，聽說上海地方文明要算中國第一，單單不信，便獨自一人跑到上海。不久，盤纏用完，正納悶時，被爛汙客明期仁誘入馬屁學堂。單卜信進門以後，就被領去「修身」：洗澡、纏足、整容、修舌，又教以行禮、學文、習字、作畫、吟詩、寫信、遊藝、飲酒種種拍馬屁的本領。單卜信經此一番修身，取鏡自照，只見「身幹陡覺苗條，面貌大為花妙，臉似相公，形如小旦」，幾乎羞死。「修身」之後，復教「養性」，目標是要養成幾種性質：「第一狐媚性，第二狼毒性，第三蜂蠆性，第四蛇蠍性，第五鯨吞性，第六鷹揚性，一切陰賊陰險之性。」養性已畢，鑽過狗洞，便算正式入學。總教習馬屁大王向學生講授相馬術、騎馬法、養馬訣，此外，還有馬耳科、馬眼科、馬足科、馬卵科等課程。不久學業完成，在英租界跑馬廳舉行畢業典禮，學生十有八九都獲得優等，獨有幾個農家子弟、鐵匠徒弟、鄉間老夫子，因鹵莽操切，不堪造就，不列等；明期仁因拍馬手段太顯，列在中等；單卜信只得個「平等」。畢業典禮上，又有幾個外國專家當場贈送文明拍馬妙器。馬屁學生畢業以後，具此妙手，懷此利器，真是無往不利，馬到成功：鑽入學界的，

做到教習；鑽入軍界的，做到官長；鑽入官界的，做到大人；鑽入警界的，做到官弁；鑽入商界的，做到老闆；鑽入工界的，做到工頭。次一等的，鑽入倡優門的，也當了班長龜頭；鑽入隸卒門的，也當了班長卯首；鑽入江湖派的，也成了大光棍老光蛋；鑽入釋道派的，也成了老方丈大管家：總之是個個走運，處處風行。唯有單卜信，不會拍馬，到處碰壁，只好跳出勢力圈子，賣文度日。一日，幾個大闊老聚在一起，互相傾訴受馬屁客愚弄之苦，發起拒絕馬屁大會。馬屁學生聞訊，齊到馬屁學堂商議對策。學堂教習以為世事愈變，人心愈靈，馬屁法子亦須改良，便又教以「龍馬負圖」、「駑馬戀棧」、「鴇馬配合」、「駒馬連環」、「驥馬稱德」等新樣馬屁，卷土重來，一夥富貴之徒，果然又入圈套。單卜信見此情景，心煩頭悶，忽見《時報》上刊出一條新聞，全國滅絕馬屁請願代表聚集北京，便趕到北京參加臨時大會，會上請得東京回來的幾位馬屁專家，用「打鬼還用鬼法」之計，將中國馬屁妙手統統禁下，再由代表申奏朝廷，公堂會審，飛電查抄馬屁學堂，從此中國公道大行，國勢日盛。

揭發和抨擊貪緣、逢迎、巴結等官場醜惡現象，本是晚清小說極為風行的題材，《馬屁世界》區別於同類作品的最大特點，是將這種揭發和抨擊以一種在現實生活不可能有的荒謬形式表現出來。「於今時風，簡直是個馬屁世界，無論何人何事，總離不了這個手段」──京師裡靠「辦新政得利」的闊老這個判斷，並沒有超過以往作品的水準；然而，「若果開個學堂，專門來講究這馬屁的道理，一定要風行的」，卻確是前無古人的奇思妙想。小說的成功之處在於，它居然使這種荒唐奇想，獲得了現實的合理性：首先，引征聖人之言：「富而可求，雖執鞭之事，吾亦為之」，馬屁學問是符合聖人之道的，這就為馬屁學堂的宗旨找到

了理論根據。其次，學堂的監督、教員之類，主其事的闊老就可以充任，因為他們本身都是拍馬屁的專家。第三，五湖四海，三教九流，人人皆欲升官發財，因此學堂生源也無須擔憂。第四，學生入學時雖然不要分文，但畢業得志以後，定可加倍補報，則學堂經費也可無虞。總之，有教員、有生源、有經費，馬屁學堂就具備了生存的一切條件。尤為風趣的是，敘事時時注意突出一個「馬」字。闊老們商議辦學堂的地點是馬立師路馬德里公館；明期仁勸誘單卜信，誇說馬屁學堂畢業後的出身，起碼是司馬、洗馬之類，進而是東床駙馬，紫禁城騎馬，賞穿黃馬褂。學堂課程又多與馬有關，有相馬術、養馬訣、騎馬法之類。相馬術將馬分為龍馬、驥馬、馴馬、駿馬，與烈馬、驕馬、駑馬、蠢馬兩大類，騎馬法又將馬分為狂奔馬、豎牌馬、驚跳馬、怒跌馬、前趴馬、後坐馬等等，無不從馬字上大做文章，將拍馬的種種伎倆，種種醜態，集中展覽，揭露無遺。馬屁學生畢業，竟然齊聲高唱起石破天驚的〈馬屁軍歌〉來：

天下榮，馬屁助成功。天下樂，馬屁最要學。拍起來，馬屁莫嫌臭，你看那，嘗糞滅吳國。

我中華，馬屁最風行，大闊老，多半是名角。想起來，好不羨煞人，要快活，快把馬屁拍。

最可笑，一種強硬性，英雄們，常被人傾覆。最可笑，一種拘執性，聖賢們，永遠受寂寞。

最可愛，一種依賴性，奴隸們，庸庸多厚福。最可喜，一種柔媚性，娼優們，聲名倒赫濯。

那怕他，唾罵當我面，一世裡，好官由我作。我同學，拍馬莫害羞，騎上了馬背真快活。

　　軍歌將馬屁客靈魂深處的隱衷和盤托出，道出了馬屁的娼優奴隸的柔媚本性，這種將事物推向極端，讓馬屁專家登壇說法，比起正面譴責馬屁的醜惡來，更有一種痛快淋漓之感。

　　小說沒有停留在表面現象的暴露之上，而是試圖將馬屁與中國的衰敗貧弱聯繫起來加以思考。第九回寫單卜信在黃浦江邊遇一老奴，向他訴說主人鍾華（中華）被馬屁客所蒙蔽，弄得死無葬身之地的慘劇，就是為了揭露馬屁客「占千百人的權利，享千萬人的幸福」的罪惡本質。小說還朦朧地意識到，要徹底清除逢迎拍馬的積弊，最根本的是改革一班闊老當道專權的體制，實行民主政治，而這一層意思，小說又是通過「馬屁」的曲折形式表達出來的。全國滅絕馬屁請願代表大會上，會長報告說，雖然聖諭准許捉拿全國馬屁客，卻沒人是他對手，為此，只好「打鬼還用鬼法」、「捉賊還用賊智」，請得三位新由東京回來的馬屁裡的維新家，馬屁中的革命黨來幫忙。他們的宗旨，與中國式的馬屁不同：「中國的馬屁往上拍，外國的馬屁往下拍。往上拍的為一人，害萬人；往下拍的利萬民，並不害一人。所以往上拍的為小人，往下拍的為君子；往上拍的為奴隸，往下拍的為英雄；拍一人的為宵小，拍萬民的為聖賢。」由於馬屁維新家的參與決鬥，終於掃盡妖氛，使中國公道大行，國勢日盛。而馬屁維新家的要訣，不過是將拍馬屁的方向由往上拍改為往下拍，這實際上就是提倡尊重民意，實行民主。這一層意思，依然用了馬屁的術語表述出來，顯得格外貼切自如，與全書的風格渾然一體，令人叫絕。

四

但是，像《馬屁世界》那樣，運用荒誕形式宣傳實行民主、尊重民意，已經是相當無力的了。在現實中，十年改革雖然取得了進展，卻難以深入下去，於是導致了辛亥革命的爆發。

辛亥革命成功後，出任《新漢日報》總司理兼撰述員的黃小配，以極快速度創作了《新漢建國志》，在廣東光復日出刊的《新漢日報》第四天或第五天連載。據顏廷亮先生《黃世仲作品諸問題小辨》考證，黃帝紀元四千六百〇九年九月十九日（1911年11月9日）《新漢日報》創刊號的廣告〈本報惟一小說出世預告‧新漢建國志〉云：

> 是書為本報總司理兼撰述員黃君世仲所著，將二十年來中國革命之運動，及一切歷史，源源本本，據實詳敘，俾成信史。著者閱此數十年，所見所聞，固多且確。凡我同胞，留心國事者，皆當各手一篇，則於新漢建國源流，自不至數典忘祖，同胞幸勿忽之也。准於二十二日即禮拜一出版，逐日排刊報端，以供眾覽。至於著者所著說部之價值，閱者久已知之，無庸贅述。

顏廷亮先生分析道：「九月十九日是星期四，九月二十二日當為星期日而非禮拜一。故廣告所謂『二十二日即禮拜一』，不是『二十二日』有誤，就是『禮拜一』不確。今《新漢日報》可見者僅數張，『二十二日』或『禮拜一』以及這兩天之後一段時間中所出該報，已難覓讀。因而《新漢建國志》在該報發表的情況，今已難以知悉，其確切的發表時日亦難確定。但廣告中既然

有『准於』二字，則黃世仲撰寫了這部小說，《新漢日報》發表了這部小說，均是可以肯定的，儘管不知是否已撰寫完畢和發表完全。」（《文學遺產1989年第2期》）黃小配是辛亥革命當事人，「閱此數十年，所見所聞，固多且確」。他沒有忘記革命派作家的責任，運用自己駕馭史料的嫻熟功力，已經在為「新漢」的建國，「著成書本」、「留作佳話」了。可惜的是，他不久就慘遭陳炯明殺害，齎志以沒。

相形之下，殷切期待著立憲給中國帶來民主富強的陸士諤，辛亥年（1911）十一月，也在湖南演說科初版了謳歌武昌起義的《血淚黃花》。

《血淚黃花》一名《鄂州血》，題「時事小說」。小說開卷的《滿江紅》道：「遍地腥膻，何處是唐宮漢闕？歎底事，自由空氣，無端銷歇！」詞中強烈的排滿種族情緒，是陸士諤以往小說所沒有的。第八回「讀檄文英豪氣壯」直錄民軍的宣言書道：「滿洲政府者，馬賊之遺孽，而素無文教之頑民也。自明祚淪亡，乘間窺伺，盜竊神器，將三百年。華冑夷為臺隸，饕餮肆其奸回。一二黃耆隨時先逝，後生不見屠夷之慘，相與因循，遂得使滿洲殫其凶虐，恣行無忌。近又假託立憲之名，塗民耳目。官以族貴，政以賄成，殺人惟恐不多，加賦惟恐不足，乃者以鐵道國有之目，劫奪民資，囚幽議士，莢莢赤子，悉膏刀砧。蜀人不勝其虐，始舉義旗，龕定三府，兩湖志士，實踵其後。」這表明，由於對立憲的失望，陸士諤迅速地轉到革命立場上來，並且成了從最近距離反映辛亥革命的第一位小說家。《血淚黃花》以湖北新軍隊官黃一鳴和徐振華的愛情為線索，敘寫辛亥八月十九日（10月10日）前後武昌革命形勢的急遽變化，盡情嘲弄了滿人官僚的窮途窘態，熱情抒寫了革命志士的豪情壯志。小說詳細載

錄了軍政府的檄文、告示、誓辭、宣言、文書，以及流行民間的
軍歌、雅調、山歌等等，保存了許多可珍貴的史料。而小說的主
人公黃一鳴、徐振華，則很可能是一雙虛構的人物，這種借革命
隊伍中普通一員的經歷和愛情故事來反映重大歷史事變的模式，
一直為後世許多革命題材的文學作品所運用，顯示了陸士諤的首
創精神。

　　小說把革命寫得堂堂正正，說「革命黨個個都是好人」，
是「國民的救主」；「革了命，一則是報雪舊恥，二則是改良
政治」。革命黨捨生拼死，「無非替同胞求幸福，為國家謀治
安」。小說寫武昌起義的情形道：

> 卻說黃一鳴自那夜會議後，擦劍摩槍，時時等候口號。到
> 十九那晚，才吃過晚飯，就聽左右營房裡「九十九」、
> 「九十九」喊一個不住，知道口號到了，忙回喊了「努
> 力」兩個字。──那也是暗號，是回報預先說定的。一聽
> 口號，早不約而同都把白布兒繞定。黃一鳴指揮刀一揚，
> 喝令站隊，全隊兵士頃刻站成長蛇般一條，開營沖出，步
> 伐一斬之齊。只見各營兵士蟻屯蜂聚，都在營房前那片草
> 地上聽候軍令。

　　革命的大旗上書「光復」、「興漢」，革命的軍歌高唱「殺
盡胡兒興大漢」，充盈著革命的激情。小說還通過朝鮮人所唱的
革命山歌，宣揚「此番舉動非別故，殺盡仇敵興漢邦。同胞各人
立志量，根本就是業工商」，號召大家「速即投軍把賊擋，復漢
就是這一場」，對「漢族一體樂安康」的未來滿懷信心。

　　《血淚黃花》，可謂晚清新小說的終結篇。晚清的最後十

年，是中國歷史上極重要的階段。在這一時期裡，醞釀著一場由黑暗轉向光明的現實的變革。由於種種原因，這場變革失敗了；反映這場變革的新小說，也終於降下了帷幕。歷史是主體選擇的結果。在關鍵的1911年，中國人選擇了革命，以為只要把帝制推倒，民主富強便指日可待。誰也沒有料到的是，辛亥革命雖然推翻了滿族皇帝，結束了長達二千年的封建帝制，卻換來了軍閥的分裂與混戰。改革的進程被中斷了，實現民主的起點實際上降得更低了。素質更差的大小軍閥，開始追求自己的皇帝夢，指望他們來實現民主已完全沒有可能。進入民國以後，陸士諤沉湎於武俠小說的寫作，他的心境的頹喪與悲涼，是可以想見的。

後　記

歐陽健

　　我對晚清小說的研究，是由《中國通俗小說總目提要》派生出的。為編纂《總目提要》，我曾遍訪北至哈爾濱、南至昆明、西至蘭州的全國六十多家圖書館，讀了大量以往不曾接觸的原版晚清小說，久久沉浸於「發現」的喜悅和興奮中。我發現，自唐代至清末的通俗白話小說總量1164部，而自1901至1911年十年中就有529部，幾乎占了一千二百年總量的一半。而魯迅以為，庚子國變後，「群乃知政府不足與圖治，頓有掊擊之意矣」，故稱晚清小說為「譴責小說」，頗有貶抑之意；還有人以為，晚清小說是改良主義的，按照某種極其簡單的邏輯：改良就是保皇，保皇就是不革命，不革命就是反革命，更是應當徹底否定。晚清小說的異常繁榮，誘使我苦苦思索：既然「政府不足與圖治」，大家都起來革命好了，寫小說幹什麼呢？我一心要找到，是什麼原因激發了晚清作家的創作熱情？

　　通過閱讀《光緒朝東華錄》、《清末籌備立憲檔案》等原始史料，恍然發現：光緒二十六年十二月丁未（1901年1月29日）上諭宣佈的「新政」，恰是一場真正的改革，這方是晚清小說繁榮的契機。而幾乎所有正統《近代史》著作，在「義和團」一章之後便是「辛亥革命」，「新政」要麼被含糊地忽略，要麼稱之

為「消弭革命的騙局」，這就造成了認識的失誤。在我提出「新政」是一場真正改革這一見解的三年之後，史學界方有夏東元先生的「西太后取締戊戌變法，但歷史潮流促使她又不得不在義和團運動後，也搞起立憲。有人說她的維新立憲是假的，不確切。有假也有真。她實行戊戌變法所未實現的一些經濟政策，出現了近代中國資本主義黃金時期，這就是『真』，但她要保持專制統治，不可能搞民主政治，這就與戊戌變法要實行民主政治相背，這就是『假』」（〈論清末「新政」在經濟和政治關係上的矛盾——為辛亥革命八十周年作〉，《學術月刊》1991年第8期），部分認可西太后的「新政」；正面評價與認可「新政」，則是二十一世紀的事了。

通過對大量晚清小說的深入剖析，用改革開放的眼光重新審視其豐富遺產，揭示改革是晚清小說繁榮的根本原因，從而萌生了構建以「新小說」的概念來取代「譴責小說」、突破晚清小說研究中的思維定勢的《晚清新小說史》的想法，在陸續發表的〈晚清新小說的開山之作——重評《新中國未來記》〉、〈論1902-1903年外國題材的改革小說〉、《論1903年新小說的愛國主題》、〈愛國志士對於改革維新的深層次思考——《老殘遊記》新論〉、〈《癡人說夢記》在晚清新小說史上的地位〉等論文中，我都使用了「新小說」、「改革小說」的概念。1991年10月在上海「首屆中國近代文學國際學術研討會」上，我大會發言講〈《市聲》：民族資產階級初登歷史舞臺的心聲〉，即席吟〈中國近代文學國際學術研討會口占〉：

改革何須添引號①？幸知清末無《萃編》②。

但從稗說尋真諦③，不問史家舊係年④。

　　雖欲突出「新小說」之概念，但我的三本晚清小說史（《晚清小說簡史》，遼寧教育出版社1992年10月；《晚清小說史》，浙江古籍出版社1997年6月；《晚清小說簡史》，山西人民出版社2005年5月），分別是《古代小說評介叢書》、《中國小說史叢書》、《古代小說斷代簡史叢書》的一種，受體例限制，未能如願。1995年5月杭州《中國小說史叢書》審稿會，我已將書稿定為《晚清新小說史》，理由是：其一，拈出「新小說」一詞，以「改革」二字貫串其中；其二，劃分「發軔」、「第一高峰」、「第二高峰」、「餘波」四個階段，稍顯其演進之跡；其三，於幾大名著，都力圖提出新見，且與全書基調一致；其四，於若干為前人所輕忽之作，亦有所發現、采擷。浙江古籍出版社社長助理陳慶惠先生頗為贊同，認為大有新意；告知主編侯忠義先生，也以為未嘗不可。不料被浙江古籍出版社總編輯蕭欣橋先生察覺，執意要將「新」字去掉，以保持體例一致，還得補寫「晚清時期的其他小說」一章，侯忠義先生哈哈一樂，我只好從命，補寫了第五章「晚清時期的其他小說」，其第一節為「傳奇異書《笏山記》」，第二節為「言情佳構《劍花洞》」，第三節

---

① 范伯群先生謂：「改革開放」為近代小說題材四大熱點之一，余笑問曰：「可否去掉引號？」范公頷之。
② 姜東賦先生考得《橋杌萃編》非晚清小說，既糾正余編《中國通俗小說總目提要》之誤，尤可防余擬撰《晚清新小說史》之再誤。
③ 黃霖先生謂，當從文學的實際情況立論，大得我心。
④ 余在會上發言，以為「近代小說」不是史家劃定的近代史範圍內的小說，而是具有近代精神的小說，與會諸公，幸不以悖謬見責。

為「講史新篇《吳三桂演義》」。到山西人民出版社2005年出版
《古代小說斷代簡史叢書》時，晚清小說研究有了新突破，一是
肯定了《吳三桂演義》黃小配的作品，二是發現了他的《鏡中
影》，三是發現了他寫作《新漢建國志》的線索，這本《晚清小
說簡史》，該是地地道道的《晚清新小說簡史》了。

　　秀威資訊科技股份有限公司推出「秀威文哲叢書」，承秀威
文哲叢書主編韓晗先生青睞，擬將《晚清小說簡史》列入學術文
庫，感到不勝榮幸。此次新版，除改為繁體排版之外，將書名確
定為《晚清新小說簡史》，使之名實相副。

　　　　　　　　　2015年3月12日　寫於自由行赴臺之前夕

PG1379　秀威文哲叢書12

晚清新小說簡史

作　　者/歐陽健
主　　編/蔡登山
叢書主編/韓　晗
責任編輯/盧羿珊
圖文排版/莊皓云
封面設計/蔡瑋筠

發 行 人/宋政坤
法律顧問/毛國樑　律師
出版發行/秀威資訊科技股份有限公司
　　　　114台北市內湖區瑞光路76巷65號1樓
　　　　電話：+886-2-2796-3638　傳真：+886-2-2796-1377
　　　　http://www.showwe.com.tw
劃撥帳號/19563868　戶名：秀威資訊科技股份有限公司
　　　　讀者服務信箱：service@showwe.com.tw
展售門市/國家書店（松江門市）
　　　　104台北市中山區松江路209號1樓
　　　　電話：+886-2-2518-0207　傳真：+886-2-2518-0778
網路訂購/秀威網路書店：http://www.bodbooks.com.tw
　　　　國家網路書店：http://www.govbooks.com.tw

2015年10月　BOD一版
定價：350元
版權所有　翻印必究
本書如有缺頁、破損或裝訂錯誤，請寄回更換

國家圖書館出版品預行編目

晚清新小說簡史 / 歐陽健著. -- 一版. -- 臺北
　市：秀威資訊科技, 2015.10
　　面；　公分
　BOD版
　ISBN 978-986-326-345-6(平裝)

　1. 晚清小說　2. 中國文學史

820.9707　　　　　　　　104011041

讀者回函卡

感謝您購買本書，為提升服務品質，請填妥以下資料，將讀者回函卡直接寄回或傳真本公司，收到您的寶貴意見後，我們會收藏記錄及檢討，謝謝！
如您需要了解本公司最新出版書目、購書優惠或企劃活動，歡迎您上網查詢或下載相關資料：http:// www.showwe.com.tw

您購買的書名：_____

出生日期：_____年_____月_____日

學歷：□高中 (含) 以下　　□大專　　□研究所 (含) 以上

職業：□製造業　□金融業　□資訊業　□軍警　□傳播業　□自由業
　　　□服務業　□公務員　□教職　　□學生　□家管　　□其它_____

購書地點：□網路書店　□實體書店　□書展　□郵購　□贈閱　□其他

您從何得知本書的消息？

　□網路書店　□實體書店　□網路搜尋　□電子報　□書訊　□雜誌

　□傳播媒體　□親友推薦　□網站推薦　□部落格　□其他_____

您對本書的評價：（請填代號　1.非常滿意　2.滿意　3.尚可　4.再改進）

　封面設計____　版面編排____　內容____　文／譯筆____　價格____

讀完書後您覺得：

　□很有收穫　□有收穫　□收穫不多　□沒收穫

對我們的建議：_____

_____

_____

_____

11466
台北市內湖區瑞光路 76 巷 65 號 1 樓

秀威資訊科技股份有限公司　　　收

BOD 數位出版事業部

⋯⋯⋯⋯⋯⋯⋯⋯⋯⋯⋯⋯⋯⋯⋯⋯⋯⋯⋯⋯⋯⋯⋯⋯⋯⋯⋯⋯⋯⋯

（請沿線對折寄回，謝謝！）

姓　　名：＿＿＿＿＿＿＿＿＿　年齡：＿＿＿＿　性別：□女　□男

郵遞區號：□□□□□

地　　址：＿＿＿＿＿＿＿＿＿＿＿＿＿＿＿＿＿＿＿＿＿＿＿＿＿

聯絡電話：(日) ＿＿＿＿＿＿＿＿＿＿＿　(夜) ＿＿＿＿＿＿＿＿＿＿＿

E-mail：＿＿＿＿＿＿＿＿＿＿＿＿＿＿＿＿＿＿＿＿＿＿＿＿＿